불가능한
대화들

불가능한 대화들

초판 1쇄 발행 2011년 3월 24일
   2쇄 발행 2015년 7월 28일

지은이 염승숙 외 18인
엮은이 오늘의문예비평
펴낸이 강수걸
펴낸곳 산지니
등록 2005년 2월 7일 제14-49호
주소 부산광역시 연제구 법원남로15번길 26 위너스빌딩 203호
전화 051-504-7070 | 팩스 051-507-7543
홈페이지 www.sanzinibook.com
전자우편 sanzini@sanzinibook.com
블로그 http://sanzinibook.tistory.com

ISBN 978-89-6545-139-6 03810

*책값은 뒤표지에 있습니다.
*이 도서의 국립중앙도서관 출판예정도서목록(CIP)은 서지정보유통지원시스템
 홈페이지(http://seoji.nl.go.kr)와 국가자료공동목록시스템(http://www.nl.go.
 kr/kolisnet)에서 이용하실 수 있습니다.(CIP 제어번호: CIP2011001107)

황승숙
김이설
김재영
정한아
김숨
김사과
김언
하현미
최금진
김이듬
박진성
이영광

불가능한
대화들

젊은 작가 12인과 문학을 논하다

ㅣ오늘의문예비평 엮음ㅣ

산지니

차례

책을 펴내며 글 짓는 마음 · 6

글 짓는 마음

소설을 읽는 사람보다 영화나 드라마에 빠져 있는 사람들이 많고,
시를 읽는 사람보다 시를 쓰는 사람이 더 많아졌다. 예전의 그 위대
한 문학은 끝장났고 이제 문학은 기껏 오락거리가 되어버렸다고 푸
념하는 소리가 여기저기서 들린다. 사실이 그렇다. 하지만 몰락과 종
언의 온갖 풍문 속에서도 흔들림 없이 홀로 자기의 길을 가는 사람들
이 있다. 이들은 문학을 둘러싼 그 추문들의 한가운데서 정결한 마음
으로 글 짓는 일에 몰두한다. 마치 그것만이 그 어떤 지독한 외로움
을 달랠 수 있는 위안이라도 되는 것처럼. 그것이 아니라면 또 다른
작가들은 알 길이 없는 이 세상의 곤혹스런 비밀들을 유쾌하거나 유
니크한 상상력으로 뒤집어 새로운 감각의 언어로 현실을 표현한다.
그렇다, 그것은 현실에 대한 소박한 인식을 전제로 한 직선적인 재현
이 아니라 글 짓는 마음의 복잡한 굴절을 거친 곡선적인 표현이다.
언제나 그래왔듯 작가들은 그들의 선배들을 배우고 배반하는 창조적
인 오독 속에서 표현의 열망에 신들려 있다. 저 신들린 인간들에게
근대문학이라는 제도의 끝장이라는 말은 도대체 어떤 의미를 가질
수 있을까.

저 신들린 인간들 앞에서 망령과도 같은 문학의 종언론을 떠들어댄 것은 이 땅의 비평가들이었다. 그것은 아마도 창작과 비평의 인정투쟁이 아니었을까. 비평가들은 문학의 끝장이라는 불안을 조장함으로써 잃어버린 비평의 권위를 되찾아보려 했을지도 모른다. 아니면 세계의 몰락과 함께 문학의 낡은 습속을 묻어버리고 새로운 문학을 발견하려고 했을지도 모르고. 어쨌든 비평가들의 종언론은 신들린 작가들에게 그다지 대수롭지 않은 주술이었던 것 같다. 삶이란 언제 위기가 아니었던 적이 있었는가. 그리하여 불안과 우울의 날들에 익숙한 작가들에게 종언의 주술은 그저 또 하나의 진지한 위기론에 다름 아니었던 것이다. 그들은 썼고 또 썼으며, 그리고 언제까지 쓸 것이다. 그렇다면 문학의 저 지속은 문학의 종언에 대한 유력한 반박이라고 할 수 있을까? 어쩌면 종언이란 지속을 위한 알리바이일지도 모른다. 만약 그것이 사실이라면 종언에 대한 지속의 의미, 그리고 단순한 동어반복의 지속이 아니라 부단한 단절과 파국 속에서의 지속에 대해 생각하지 않을 수 없다. 그것이 아마 비평이 해야 할 진정한 과업일 것이다.

계간 『오늘의문예비평』은 바로 이 같은 문제의식에서 2008년부터 '한국문학의 새로운 시선'이라는 연재를 기획하여 이어오고 있다. '한국문학의 새로운 시선'에서 가장 문제적인 대목은 '새로운'이라는 한정어다. 과연 새롭다는 것은 무엇이며 그것을 어떻게 정의내릴 수 있을까. 주관적이고 상대주의적인 새로움의 기준을 앞에 두고 우리 편집위원들은 늘 고민해야만 했다. 사실 모든 새로움은 진부하다. 그만큼 진부함에 대한 저항은 새롭다는 것의 상투적인 구호다. 그러므로 새로움이란 사실 절대적인 새로움 자체가 아니라 새로운 '시선'이 될 수밖에 없었던 것이다. 하지만 새로움을 발견하고픈 우리들의 비평적 열망 앞에서 그 시선은 언제든 왜곡될 수 있다. 그러니 이 책에 실린 시인과 소설가들을 바라보는 우리 시선의 새로움이란, 그들의 문학이 갖고 있는 새로움과의 창조적인 교호의 갈등 속에서 비롯된 것임을 잊지 말아야 할 것이다. 지난 2년여의 시간 동안 한국문학에 보냈던 우리들의 애타는 시선은, 사실 새로운 것의 요청이라기보다는 종언과 지속의 변증법 속에서 한국문학의 미래를 가늠하기 위한 것이었다. 여기 실린 작가들의 육성을 통해 한국문학의 미래에 대한 전망을 내다볼 수 있을까? 그 판단은 이제 독자들의 몫으로 남겨둔다.

이 나라에서 거의 유일한 문학비평 전문지로 이어져 오고 있는 『오늘의문예비평』은 이제 2011년 봄호, 그러니까 통권 80호로 20주년의 벅찬 시간을 맞이한다. 이 책은 바로 그 벅찬 시간에 대한 헌정의 의미를 갖는다. 20년의 지속이란 결국 이 땅에서 글 짓는 자들의 숭고한 열정에 빚지고 있다. 그러므로 그 벅찬 시간에 대한 헌정은 곧 이 숭고한 열정들에 대한 헌정이기도 하다. 그리고 이런 헌정에 담긴 우리들의 마음은 한국문학의 보배로운 지속에 대한 염원이다.

2011년 3월
『오늘의문예비평』 편집위원들을 대표하여
전성욱 · 김필남 쓰다.

염승숙

작가산문
결국엔, 아픈 것

대담
따뜻한 농담들의 세계와 만나다

염승숙 · 김경연

결국엔, 아픈 것

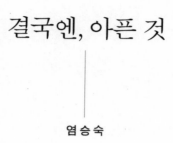

염승숙

    솔직히 말하자면, 어려워요. 에세이는 말이죠. 이렇듯 '작가산문'이라는 타이틀을 단 것과 같은 종류의, 글 말입니다. 이런 글을 쓴다는 건, 정말이지 너무나 어려워서, 뇌혈관이 오그라드는 기분마저 들어요. 등단 이후 이런저런 에세이를 몇 편 써왔지만 사실 어느 한 번이라도 쉽게 쓴 적이 없었으니까요. 아마도 이 글 역시, 아주 더디고 무르게, 진행될 거예요. 마감에 맞추지 못할 테고, 모니터 위에서 움직이는 가느다란 커서를 바라보다 한글 창을 닫아버리고 말 테죠. 왜 이렇게 어려운 걸까, 곰곰 고민도 해봅니다.

    소설과 달리 에세이는, 글쎄요. 이런 종류의 글이라는 건, 그저 솔직하고 편안하게 나 자신의 이야기를 하면 되는 것이다, 라는 생각은 분명 머릿속에 있는데 말이죠. 그게 또 그렇게 쉽게 되지 않는 부분이 있습니다. 아무리 크게 숨을 쉬어봐도, 스스로 내 이야기를 풀어놓는 것에 진땀이 흐르는 건, 어쩔 수가 없어요. 나에 관해, 나란 인간에 대해, 내가 혹여 거짓을 말하게 될까봐 조금은, 겁이 나요. 부끄럽지만

이 한 가지 사실만이, 진실이죠. 나는 내가 정확히 누구고, 어떤 사람인지, 아직도, 지금 이 순간에도, 잘 알지 못하니까요. 잘 알지 못하는데, 나에 대해 내가 어떤 말을 섣불리, 쉽게 할 수 있겠어요.

소설을 쓰는 일을, 나는 그래서 즐거워하는지도 모르죠. 소설은 거짓의 세계이므로, 어느 것 하나 가능하지 않은 것이 없으니 말입니다. 공간도, 시간도, 인물도, 사건도, 무궁무진하게 이야기해나갈 수가 있어요. 나는 나 자신에 관해서는 잘 알지 못하면서, 타인에 관해 상상하고 고민하는 일에 몰두하죠. '그'가 누구고, '그녀'가 누구인지 알고 싶고, '그'와 '그녀'가 어떤 관계인지 알고 싶고, '그들'이 무슨 상황에 처해 있는지 알고 싶어요. 나는 '그'의 얼굴 표정과 목소리를 만들고, '그녀'를 움직이게 하고, '그들'을 말하거나 일하게 하죠. 앞서 말했듯 그것은 퍽 즐거운 일입니다. 해말끔하게도, 비루하게도, 인물들은 소설 속에서 그들의 세계를 건설하고, 또 부수며 견고한 시간을 완성해가니까요.

하지만 그렇기에 소설을 쓴다는 것은, 즐거운 동시에 고단한 일입니다. 한 편 한 편, 소설을 써나가면서 손바닥 위에 동전처럼 짤랑이는 것이라고는 고작해야, 부끄러움뿐이니까요. 요컨대 첫 소설집을 묶고 난 이후에야, 분하지만 깨달았던 것이죠. 나는 오로지 나 자신에 대해 알기 위해, 무수한 '그'와 '그녀'들을 만들어낸 것일 뿐이구나, 하는 것을요. '그들'을 통해 나는 다만 나에 관해 알기를 기대했다는 것을요. 우습지 뭐예요, 거짓을 만들어내면서 진실을 알고자 했으니 말입니다. 그러니 부끄러워지는 게 당연하죠. 단 하나의 멜로디만을 연필처럼 손에 쥐고 있는 작곡가가 된 듯, 가진 것이 너무 없어서 쓸쓸해지고 말아요.

첫 소설집을 손에 받아든 이후에는 그래서 조금, 의기소침해졌는지도 모르겠습니다. 정확히 말하기란, 여전히 어렵지만 어쩐지 조심스러워졌다고, 해야 할까요. 소설을, 쓰는 일 말예요. 어쩐지 '그' 와 '그녀' 에 관해 상상하거나 '그들' 을 떠올리는 데 있어서 이후엔 자꾸만 머뭇거리게 되거든요. 이제는 마냥 혼자 즐거워해서만은 안 된다는 생각이, 들어서일지도 모르겠어요. 더 잘 쓰고 싶다는 욕심도, 물론 그 망설임에 힘을 보탰겠죠. 하지만 나는, 주변 사람들이 익히 알고 있는 대로 잘 넘어지고 다치는 덜렁이에, 뭐든 잘 잊거나 잃어버리고, 헛소리도 잘해서, 그런 생각들이 머릿속에서 뒤엉켜 범벅이 되는 일이 아주 잦아요. 싫지만, 매일 부끄러워지는 건 바로 그 이유일 거예요.

눈이 비처럼 내리던 긴 겨울을 지나 이제 곧 따뜻한 봄이 오면 나이가 한 살 더 많아집니다. 그래선지 요즘은 자꾸만 '어른' 이란 뭘까, 생각하게 돼요. 그런 생각의 저변에는 물론 내가 어른일까 아닐까에 관한 고민이 깔려 있기 때문일 테지만, 물리적인 나이로 내가 어른이라고 가정한다면 말예요. 반복되는 생각은 필히 의심과 자괴를 동반하기 때문에 별로 좋지 않지만 분명한 건, 태어나 아홉, 열아홉, 스물아홉에 이르기까지 내 안에서 짐처럼 불어난 자산은, 글쎄요, 아무리 생각해봐도, '감추고 싶은 것' 이라는 사실입니다. 자신에게도, 타인에게도 감추고 싶은 것. 그것은 아주 자잘하고 사소한 동시에 제법 크고 거대해요.

감추고 싶은 것들의 기저에는 필시 어떤 불안이 자리 잡고 있다는 걸 알아요. 그것들의 목록은 어른이 될수록(된다고 믿을수록) 더 다종다양해져 왔어요. 그리고 그것들은 살며 이따금, 때로는 자주, 통증처럼 살과 정신을 파고들어요. 습관을 부끄럽게 만들고요. 어쩌면 그것들이 사라지지 않는 한, 감추고 싶다는 건 결국 스스로 버릴 수도, 또 온전히 품을 수도 없는 것이므로 결국엔, 아픈 것일 테죠. 누구나 제 살을 베어낼 수는 없는 거니까요. 그러나 감추고 싶은 것이 많아지는 게 어른이라면, 어른이란 건 그저 아픈 자들일 뿐이 아닌가요. 그러니

또, 아프지 않으려면 어떻게 해야 할까 생각해야 할 거예요. 물론 생각
엔 정답도, 끝맺음도 없으므로 나는 아마 돌아오는 내일에도 여전히,
어제의 나와 오늘의 나 사이엔 어떤 개입과 충돌이 있는지 의아해하겠
지만, 또 아무런 결론도 내리진 못하겠지만, 뭐, 생각이란 건 고작해야
그런 거니까요. 아프지 않을 방법 따위, 있을 리도 없고 말예요.

　소설도 마찬가지인 것 같아요. 읽는 일도, 쓰는 일도, 시간이 지날
수록 아파지고 있습니다. 기쁘게 읽고, 즐겁게 써왔던 단순한 나날들
이 조금씩 변해가는 걸 느껴요. 소설을 써나가는 일이, 시간의 옷을 입
고 점점 더 두터워지는 만큼 마냥 기쁘거나 즐겁지만은 않아져요. 좋
아하는 일을 그저 잘 하고 싶었을 뿐인데, 이야기하는 일이 다른 그 무
엇보다 흥미로웠을 뿐인데, 나는 무엇을 어떻게 이야기해야 하는가에
관한 고민이 내가 무엇을 어떻게 이야기할 수 있을까에 관한 고민으로
바뀌면서 몸과 마음이 불시에 휘청거리거든요. 나는 자꾸만 내가 만들
어내는 '그'와 '그녀'들을 믿을 수가 없어지고, '그들'이 오늘을 살아
내는 방식을 의심해요. 내가 누구인지 알고 싶었을 뿐인데, 나는 지금
도 여전히 나에 대해 알지 못하는데, 정작 타인을 말하고 움직이게 하
는 나 자신을 신뢰할 수 없으니, 아프다는 말로밖에는, 마음을 표현할
수 없어요.

　낙관할 수 없다는 것이, 이토록 가슴 아플 줄은, 미처 몰랐어요. 아
니, 아네요. 몰랐다는 말을 하는 것도, 어쩌면 스스로에게 준비해둔 한
알의 아스피린인지도 모르는 일이죠. 누누이 말하지만 나는 나에 대해
잘 알지 못하니까요. 그래도 소설을 쓰는 일이 그저 즐거웠던 순간에
는 그것이 아무렇지도 않았어요. 소설을 쓰면, 조금이라도 더 내가 누
구인지 알게 될 것 같았으니까요. 하지만 더 모르게 돼버리는 것이었
던 걸까요. 나는 단순히, 낙천적인 성격일 뿐이었던 건 아닐까요. '괜
찮아, 다 잘 될 거야'라고 말해줄 순 있어도, 다 괜찮아질 순간이 분명

히 온다는 걸 확신하지도, 그렇게 되게 만들지도, 못하잖아요. 그것만은 정말이지, 부정할 수 없잖아요. 그저 글자로만 세계를 구축해나가는 소설 쓰기의 작업을, 나 홀로 무력하게 느끼는 때가 올까봐, 사실은 겁이 나요. 눈으로 보고, 머리로 생각하고, 손을 움직여 글자를 적고, 문장을 이어나가고, 인물을 만들고, 이야기를 완성하는 일이, 더 이상 즐거워지지 않을까봐, 나란 인간은 혈관 곳곳에 그저 부끄러움으로만 가득 차서, 그것이 견딜 수 없어지는 시간을 마주하게 될까봐, 더럭 두려워진다고나 할까요.

하지만 알고 있어요. 알 수 있죠. 어제도 그러했듯 오늘도 내일도 나는 소설에 관해 고민하고 있는 나 자신을 발견할 거예요. 나는 늘 덤벙대고, 건망증이 심하고, 헛소리를 잘하니까, 오늘을 지나 또 내일이 되면 소설보다 더 소설 같은 시대에 살고 있다고 중얼거리며 먹고, 자고, 어깨를 움츠리며 이동하겠죠. 그러며 곳곳에서 소설을 생각할 거예요. 소설을 읽고 쓰는 일 외에는, 어느 것에도 흥미를 느끼지 못할 거고요. 알아요. 알 수 있어요. 나는 오늘보다 내일 더 부끄러워질 테고, 그러니 내일은 오늘보다 더, 아프겠죠. 그리고 어쩌면 또 나는, 아픈 것을 부끄러워할지도 모르겠습니다. 조금 더, 검식하듯 나 자신과, 이 거대한 시대와, 사회와, 사람들의 내부를 들여다보고 싶어요. 날카로운 눈과 단단한 손, 빠른 발과 그리고 누구보다도 붉은 심장을 갖고 싶어요. 작아질지라도, 매일 부끄럽고, 아플지라도 말이죠.

대담

따뜻한 농담들의 세계와 만나다

염승숙 · 김경연

김경연 염승숙 선생님의 첫 소설집 『채플린, 채플린』(문학동네, 2008)을 읽었습니다. 잔뜩 전투태세를 하고 읽기 시작했는데 끝날 즈음에는 처음의 호기는 상당 부분 실종되고 없더군요. 따뜻한 농담들의 세계에 속수무책 젖어서 세상을 대하듯 전투적으로 소설을 읽어오던 제 자신을 오랜만에 잊을 수 있었습니다. 그러나 제 역할을 다 해야 하니, 염승숙 선생께 번거로운 질문을 몇 가지 드리겠습니다.

먼저 선생님의 작품을 읽으면서 흥미로웠던 점이 낯선 어휘들이었습니다. '울가망하게, 해낙낙해지고, 홈홈하게, 잔미운, 모짝, 재바르게, 오도당오도당, 는질는질, 출무성하게, 엉머구리, 호랑호랑, 싸릿싸릿' 등등. 생경한 어휘들을 발견하는 재미가 적지 않더군요. 부끄럽지만 그중 상당수가 순우리말이라는 것을 처음 알게 됐습니다. 잊히고 스러진, 지나간 시간의 흔적 같은 단어들을 염승숙 선생의 소설은 하나둘씩 오롯이 기억해내고 있었습니다. 재미있는 것은 그 사이사이에 순우리말과 유사한, 허나 국어사전 어디에도 등재되지 않은 출처 없는 단어들을 슬쩍슬쩍 배치하고 있다는 것입니다. 가령 '엉머구리, 호랑 호랑, 싸릿싸릿' 과 같은 낯설면서도 또 어쩐지 낯익은 단어들 말입니다. 『채플린, 채플린』의 해설을 쓴 손정수 선생은 그 기묘한 단어들을 "개인방언" 이라고 명명하셨더군요.

퇴화된 혹은 퇴화가 임박한 단어들을 되살리고 개인방언들을 부려 놓는 작가의 의도가 무엇인지 궁금했습니다. 혹시 '기억' 과 '생성' 을 통한 이러한 말들의 배치가 염승숙 소설의 세계로 들어가는 최초의 혹은 결정적인 문은 아닐까 생각해보기도 합니다. 마치 소설 「뱀꼬리왕쥐」에서 환상의 세계 속으로 들어가는 문인 '뱀꼬리왕쥐' 같은 것 말입니다.

염승숙 부끄럽게도 소설을 읽고 또 쓰면서, 저는 매일 국어사전을 들고 다니는 학생이었어요. 수업을 들을 때도, 도서관을 갈 때도, 집으로 돌아올 때도, 언제나 국어사전을 손에 쥐고 있었죠. 그것은 필시, 제 부족함 때문이었습니다. 제가 읽는 책 안에는 모르는 단어들이 너무나 많았으니까요. 외국어를 배우듯이 저는 낯선 우리말 단어의 뜻을 찾았고, 또 그것을 외우기를 즐겼습니다. 저는 좀 단순한 성격이라서, 아는 단어가 많다면 내 소설의 문장들이 조금 더 풍요로워지지 않을까, 다만 그런 생각을 갖고 있었어요. 사냥꾼이 화살을 만들어내듯 소설을 써나가며, 그것은 좀 더 즐거운 욕심으로 부풀었죠. 그러니 제가 사용한 우리말 단어들은 지극히 당연하게도, 제가 보고 읽었던 모든 한국문학 작품 속에 들어 있는 것입니다. 물론, 고민이 되었던 것은, 제가 사전에조차 나와 있지 않은 단어들을, 저도 모르게 사용해왔다는 사실입니다. 의도한 것은 아니지만 소설을 쓰고 나면 꼭 그런 단어들이 씨앗처럼 돋아나 있곤 했어요. 하지만 사전을 뒤져도 문맥에 적합한, 그 단어를 꼭 맞게 대신할 말을 찾아내기가 어려웠죠. 사전에 있는 단어로 바꿔봐도, 어쩐지 '그럴듯' 해 보이지가 않았달까요. 그것은 통 마음에 들지 않는 일이었습니다. 구술에서는 얼마든지 변형되고 생성되는 단어들이 단지 사전에 수록되지 않는다는 이유로 활자화되지 못한다는 사실에 안타까운 마음도 들었고요. 그리고 아마도 저는 소설적 분위기라는 것에 신경 쓰면서, 가령 「수의 세계」와 같은 소설에서는 언어마저 좀 더 우화적이고 환상적인 이야기 공간을 만드는 데 기여했으면 하는 마음으로, 부러 더 '그럴듯한' 낯선 언어들을 끌고 들어왔는지도 모르겠습니다.

김경연 퇴화되어가는 우리말들, 마치 '산죽음' 과 같이 겨우 존재했던 언어들이 풀려나오고, 지금—여기의 낱말 목록에 등록되지 않은 언어들이 출몰하는 선생님의 소설 속으로 들어가면 매번 '환상' 과 조우하게 됩니다. 물론 환상성은 염승숙 소설만의 특징도 아니고 더구나 최근의 소설들에선 그리 낯선 것도 아니지요. 그럼에도 『채플린, 채플린』의 소설들에서 환상성은 색다른 지점이 있습니다. 현실과 환상의 경계가 사라지고 양자가 습합되고 있다고 할까요. 때문에 염승숙 소설의 환상은 단지 현실의 비유도 알레고리도 아닌 듯합니다. 현실과 환상이 전혀 이물감 없이 공존하면서 현실이 환상이 되고 환상이 현실이 되는 셈이지요. 뱀꼬리왕쥐의 존재나(「뱀꼬리왕쥐」), 모든 수(數)들과 자유롭게 조우하는 공영의 세계나(「수의 세계」), 사람들이 채플린으로 변해가는 상황이나(「채플린, 채플린」 연작), 달력이나 포스터의 공간 속을 드나드는 핀업걸들의 세계나(「춤추는 핀업걸」), 우산을 들고 두리둥실 하늘로 떠올라 순식간 사라지는 사람들의 이야기(「피에로 행진곡」)가 현실만큼이나 자연스럽게 느껴지니, 이미 환상은 환상이 아니라 또 다른 실재처럼 감각됩니다. 하여 염승숙 선생님의 소설은 '소설적' 이라기보다는 '동화적, 우화적, 만화적' 이라는 평가도 있습니다.

이러한 평가들에 대해서 선생님은 어떻게 생각하시는지요? 또한 염승숙 선생께서 소설을 통해 밀고나가는 환상성의 전략은 무엇을 겨냥한 것인지도 여쭤보고 싶습니다. 현실에 '대한' 알레고리나, 현실을 증발시키는 왜소한 도피로 염승숙 소설의 환상성을 독해하는 것은 적절하지 않다고 생각합니다.

염승숙 어째서 환상인가, 하는 것은 제게도 커다란 물음입니다. 저 자신으로서도, 이야기의 공정 과정에서 왜 이렇게 되는 것일까에 대한 답을 구하기가 쉽지 않으니까요. 다만 저는 언제나 '존재' 에 관한 의문을 가져왔고, 지금도 그것은 진행형이에요. 내가 누구인지, 나는 정말 실재하는 것인지, 그렇다면 그것을 어떻게 증명해 보일지, 내가 여기에 '있다' 는 진실이란 결국 나만 알고 있는 거짓은 아닐지 하는 것들 말입니다. 저는 매 순간 끊임없이, 내가 나를 알지 못한다는 강박에 시달려온 것만 같은 기분입니다. 어쩌면, 소설을 쓰며 그런 의문들이, 저 자신에서 세계로 이동해갔던 것일지도 모르겠습니다. 내가 말하고 웃고 떠드는 상대마저 언제고 사라져버릴지 모른다는 것, 어머니는 어머니가 아닐지 모르고 아버지는 아버지가 아닐지도 모르며, 또한 이 세계 역시 진정한 세계가 아닐지도 모른다고 말이죠. 제 눈을 믿을 수 없는 제가, 결국엔 제 손마저 믿을 수 없게 될까봐 아프고 또 불안한 지금, 결국 세계의 실재를 증명해 보일 수 있는 방법은 아무것도 없다는 사실만이, 진실인 것입니다. 바닥에 납작 누워 있던 누군가가 종이인형처럼 허리를 펴고 일어나 자신의 존재를 증명하려 애쓴다 해도, 믿는 것과 믿지 않는 것이 모두 나의 눈에 달려 있다면, 환상과 현실을 구분 지으려는 노력은 또 얼마나 허망한 것일까요. 저는 소설 속 공간의 현실과 환상이, 가능하다면 읽는 이로 하여금 그것을 별개로 생각되지 않게끔 쓰고 싶었는데, 우화적, 만화적이라는 평가에 대해서는 저도 잘은 모르겠습니다. 다만 제 소설에 쓰인 환상성이나 우화적인 기법 같은 것들이 우선적으로는 소설적 '재미' 를 위한 것이었기에, 그런 평가가 나온다고 해도 저로선 어쩔 수 없는 부분이 있지요.

김경연 선생님의 작품이 소설적이지 않다는 평가가 있다는 말씀을 드렸습니다만, 확실히 기존의 소설 정의에 갇히지 않는 서사적 실험이 진행되고 있는 것은 분명해 보입니다. 그 서사적 실험이란 말하자면 전혀 '소설적이지 않은' 소설이 되는 것인지도 모르지요. 때문에 소설적이지 않다는 평가 속에 담긴 우려와 비판은 하등 의미 없는 지적은 아닐까 생각하기도 했습니다. 처음부터 작가는 '소설적'이라는 기준에 부합하는 소설을 쓸 의도가 전혀 없었을지도 모르니까요.

'소설적'이라는 말은 실은 '근대'라는 전제가 빠진 것이지요. 말하자면 소설적이지 않다는 말은 곧 '근대소설적'이지 않다는 말일 것입니다. 근대소설 이전에도 소설은 있었습니다. 그러나 근대소설이 출현하면서 과거의 소설은 진짜 소설이 아닌 것, 단지 하찮은 '이야기'에 불과한 것으로 폄훼되고, 소설은 지적·사회적 책임을 짊어진 '큰 이야기', 또는 직접 감각할 수 있는 세계만을 그리는 '리얼리티'의 형식으로 정의되었지요. 어찌 생각하면 근대소설 자체가 '소설인 것'과 '소설이 아닌 것'을 가르고 동화와 배제의 논리를 작동시키면서 전자를 진(眞)으로, 후자를 위(僞)로 축출하거나 식민화해온 것은 아닌지 의심스럽기도 합니다. 때문에 최근의 젊은 작가들이 이러한 근대소설의 영토로부터 탈주해 새로운 서사를 모색하는 것은 어쩌면 당연한 현상이라는 생각도 듭니다. 물론 모색의 진정성은 가려야 할 것입니다.

염승숙 선생의 소설을 읽으면서 근대소설의 하중으로부터 자유로운 지점을 만날 수 있었습니다. 다시 말하면 선생의 소설은 근대소설이 '가짜'로 배제했거나 하찮은/결핍된 것으로 내몰았던 '이야기'를 품는 것에도 전혀 두려움이 없었지요. 그러므로 염승숙 소설의 실험은 완전히 낯선 것의 창안이라기보다, 오래된 것, 잊혀진 것, 퇴화를 강요당한 작고 미약한 서사를 복구하고 여기에 새로운 의미를 불어넣는 방식이라 생각했습니다. 낯설면서도 낯익고, 평범하면서도 비범하지요. 자신의 소설들을 시종일관 '이야기'로 지시하는 『채플린, 채플린』의 작가후기를 읽으면서 이런 생각은 더욱 확실해지기도 했습니다. '이야기'라는 호명은 이제 막 첫 소설집을 세상에 내놓은 젊은 작가의 몸낮춤 이상의 의미로 읽히더군요.

염승숙 선생께서 생각하시는 소설이란 과연 무엇인지, 소설 너머의 소설의 가능성을 타진하고 계신 것은 아닌지, 아울러 최근 젊은 작가들의 서사적 실험에 대해서는 어떻게 생각하시는지 듣고 싶습니다.

염승숙 식민지와 전후, 산업화시대를 거쳐오며 근대소설이 획득한 리얼리즘의 세계를 제가 소설적 형상화를 통해 구현해낼 수 있는가 하는 것은, 지금으로선 제게 너무나 어려운 질문입니다. 리얼리티의 진정성을 획득하기 위해서는 조금 더, 세계를 보는 눈을 단단히 만들어야 할 것인데 지금의 저는 그저 무르고, 감상적이기만 하다고 생각하고 있어요. 다만 저는 리얼리티의 획득 이전에 제가 의미를 두었던 '소설적'이라는 개념에 대해 보다 큰 애정을 품고 있는지도 모르겠습니다. 단순하게 말한다면 그저, 소설이 품은 '작은 이야기'란 방식의 자유로움에 더 크게 매료됐다고나 할까요. 이야기는 어떤 모양, 어떤 생김으로도 변형되거나 생성될 수 있고, 또한 어떤 방식으로도 말하는 이에서 듣는 이로, 들은 이는 다시 말하는 이로 전달된다는 특성을 지니고 있으며, 무엇보다도 결코, 사라지지 않으니까요. 이야기는 그 어떤 소소한 일상의 복원도 가능케 만드는 지점을, 분명히 갖고 있다고 생각합니다. 하지만 그렇다 해도 소설이 무엇인가 하는 문제란, 만만한 것이 아니죠. 어쩌면 그것은 소설을 쓰기로 결심한 순간부터 제 손에 주어진 공과 같습니다. 어떤 속도로, 누구에게 던질 것인가 하는 것도 제게 달려 있어요. 지금 제가 쓰는 것이 소설인지 아닌지, 아직도 고민하고 배우는 과정에 있다고 생각하고 있습니다. 진짜 리얼리티, 진정성을 획득하기 위해 더 배워야 할 것임을 압니다.

김경연 큰 질문들만 드렸는데, 환상과 현실이 자연스럽게 공존하면서 의미를 생성해가는 선생님의 소설을 읽고 있으면 가령 『이상한 나라의 앨리스』나, 혹은 남미 작가들, 예컨대 보르헤스나 가브리엘 마르케스의 환상적 리얼리즘 소설과 유사한 방식을 취하고 있다는 인상을 받게 됩니다. 손정수 선생은 「거인이 온다」를 두고 이범선의 「오발탄」이나 현진건의 「운수 좋은 날」과의 상호텍스트성을 언급하셨더군요. 선생님의 소설 창작에 특별히 영향을 준 작가나 작품이 있으신지요?

염승숙   물론 마르케스를 비롯한 남미의 포스트모더니즘 소설에 큰 흥미를 느꼈던 것이 사실이에요. 천진하달 정도의, 소재와 형식을 뛰어넘는 자유분방함이 그 소설들에 녹아 있지요. 손정수 선생님의 해설을 읽으며 저도 '아, 그렇구나' 하고 고개를 끄덕였습니다만, 저는 상호텍스트성이라는 것에 본래 상당한 재미를 느끼고 있습니다. 텍스트라는 것이, 사실 얼마나 많은 선텍스트들의 집합인지 알 수 없으니까요. 그러므로 저 역시 이제껏 읽어온, 무수한 한국문학 작품들에서 영향을 받았습니다. 이범선과 현진건은 물론이거니와, 이상과 박태원, 김남천과 이효석, 손창섭, 최인호, 전상국, 오정희, 강석경, 윤대녕, 김소진… 나열하자면 끝도 없이 길어질 이 단단한 동아줄이, 제가 잡고 있는 유일한 사다리와도 같은 것입니다.

김경연   인물들에 대한 얘기를 해볼까 합니다. 염승숙 소설의 인물들은 한결같이 존재감이 희박한 이들입니다. 지극히 평범해서 있는 듯 없는 듯 눈에 띄지 않는 존재들, 고유명사가 아닌 다만 갑을병정무로 호명되는 보통명사들, 일상의 무한 반복에 짓눌린 자들, 가짜의 인생을 살다 정작 '나' 라는 실존이 증발된 이들, 각기 다른 시간의 속도를 한 몸으로 살고 있는 소녀, 주민등록말소 신청자들. 그들은 마치 「수의 세계」에서 공영이 만났던 '허수' 나 '소수' 와 같은 존재들이기도 하며, 혹은 아무것도 아닌 0과 같은 존재들이기도 하죠. 작가는 그 비루한 자들의 낮은 목소리에 귀 기울이고 그들의 여릿한 서사를 복구합니다. 그리고 그들 모두를 "0만큼 존재"하는 자들로 보듬지요. 때문에 염승숙 소설은 「수의 세계」의 구절을 인용해 말하자면, "아무것도 아닌 것도 결국은 '아무것도 아닌 게 있다' 가 성립"한다는 논리를 긍정하는 것으로 마무리됩니다. 작가의 의도대로 그것이 독자들에게 "작고 소소한 위안"을 주기에는 충분하나, 한편으로 생각하면 그와 같은 윤리적 결론을 승인하려는 작가의 지극히 선한 의도가 소설을 매번 관념적이고 작위적인 상황에 빠트리는 것은 아닌가 염려가 되기도 합니다. 염승숙 선생께서 형상화하는 인물에 대한 얘기와 함께 이러한 우려에 대해서는 어떻게 생각하시는지도 여쭤보고 싶습니다.

염승숙   정말이지 이것은 저 스스로도 자꾸만 묻고 싶어지는 질문이에요. 나는 윤리적인가, 윤리적이라는 것은 무엇인가, 나는 단지 윤리적으로 선할 뿐인 인간은 아닌가, 소설의 에티카란 무엇을 뜻하는 것인가, 하는 것들 말입니다. 변명하자면 저는 제 자신에게도 '작고 소소한 위안'을 주고픈 마음만으로, 이런 소설적 결말을 만들어낸 것이나 아닌지 모르겠습니다. 나의 부재만이 나의 진실이라는 명제에서 벗어나려는 강박이, 아무것도 아닌 채로 살아가고 있는 나와 같은 인물들을 호출해 같은 시공간 안에
흩뿌려놓고는 살아 움직이게 만들었던 것은 아닐까 하고요.

김경연 작품에 등장하는 인물들 가운데 특히 주목되는 이가 '아버지'입니다. 염승숙 소설에서 아버지는 집을 나가 부재하거나, 치매에 걸려 정신을 놓았거나, 어설프게 채플린 흉내를 내거나, 아니면 더 이상 세상에 존재하지 않는 자들이기도 합니다. 그들은 강한 남성을 상징하기보다 이미 사라지거나 퇴화된 존재들, 그래서 흔적만이 남은 가여울 정도로 왜소한 존재들에 불과하죠. 이처럼 아버지라는 견고한 '법/대타자'가 붕괴된 자리에서 염승숙 소설의 분방한 환상이 잉태한다고 해석하기도 합니다.

저 역시 설득력 있는 지적이라고 생각합니다만, 한편으로 아버지의 퇴화를 반복 각인하는 자체가 아이러니하게 아버지를 강화하는(욕망하는) 결과를 낳는 것은 아닌지 우려가 되기도 합니다. 형해화된 아버지를 매번 흔적으로 기입하면서 의도와는 다르게 상실한 대타자로서의 아버지를 향수하는 것은 아닌지 의구심이 들었던 것도 사실입니다. 선생님의 생각은 어떠신지요?

염승숙 소설을 쓰다 보면, 저도 모르게 자꾸만 아버지가 등장하는데요. 여기서 아버지는, 아버지라 명명될 뿐이지 결국 나의 존재론적 물음을 던지기 위한 대상이므로, '나'도 될 수 있고, '세계'도 될 수 있습니다. 나의 상실과 해체를 두려워하는 스스로, 아버지의 소멸을 두려워하는 마음을 키우게 되는 것인데요. 그러니 아버지의 왜소함이란 곧 '나'와 관계하는 모든 현실의 비루함과 세계의 왜소함이라고 할 수 있습니다.

김경연 『채플린, 채플린』속 인물들은 대부분 현실과 환상의 '경계'에 머물러 있는 자들이라고 할 수 있습니다. 현실이 놓치거나 혹은 내쳐버린 이들이니 바로 그들 자신이 비현실적인, '환상'과 같은 존재들이기도 하죠. 환상인 그들은 환상과의 접속 역시 그 누구보다 용이하며, 환상을 앓고 환상을 실재처럼 살고 있습니다. 그리고 이들 대부분은 결국 어떤 선택의 상황에 놓이게 됩니다. 말하자면 그럼에도 불구하고 현실에 발붙일 것인지, 아니면 환상 속으로 영원히 자신을 기투할 것인지 기로에 서게 되는 것입니다. 환상의 세계는 '뱀꼬리왕쥐'의 세계로(「뱀꼬리왕쥐」), '달력 속'으로(「춤추는 핀업걸」), '달리는 달'로(「채플린, 채플린」 연작), '우산을 들고 하늘로 날아가는 것(「피에로 행진곡」)으로 변주되고 있습니다만, 한결같이 현실과는 비교할 수 없을 정도로 매혹적인 세계이기도 합니다. 가령 "불신도, 미움도, 증오도, 가난도, 환멸도 없는 시간이자 공간"이며(「뱀꼬리왕쥐」), "시간이 흐르지도 고여 있지도 않"은 곳(「춤추는 핀업걸」), "사람들이 잊고 또한 잃어버린 무수한 것들조차 평화로운 나날을 보내고" 있는 공간(「채플린, 채플린」), "너무 뜨거운 햇볕도, 거세고 거친 바람도, 부끄러움도, 기쁨도, 슬픔도" 문제될 것이 없는 세계지요. 그러나 이 매혹적인 세계는 현실과 단절된 "소통불능의 공간"(「춤추는 핀업걸」)이기도 합니다. 때문에 염승숙 소설의 인물들은 망설이죠. 그러다 「춤추는 핀업걸」의 '소녀'나 「채플린, 채플린」의 '모철수'처럼 환상의 세계 속으로 떠나기를 결행하는 이들이 있는가 하면, 더 많은 인물들은 결국 현실에 '좀 더' 남아 있기를 선택합니다. 환상성이 지배하는 선생님의 소설은 아이러니하게도 환상으로 증발하기보다 '현실을 향한' 서사가 되는 셈입니다. 인물들은 그들을 비현실(환상)로 만든 세상과 '그럼에도 불구하고' 여전히 소통하기를 원합니다. 이는 염승숙 선생님이 견지하는 세계(현실)에 대한 태도일 텐데, 이 부분에 대한 얘기를 좀 더 듣고 싶습니다.

염승숙 나를 의심하기를 멈출 수 없듯, 시공간에 대해서도 마찬가지인 것 같아요. 현실은 현실 같지 않으며, 상상은 그저 상상으로만 그칠 수 없게 돼버리는 지점이 분명 공존하고 있거든요. 폭력과 부조리가 횡행하고, 기아와 풍요가 얽히는 현실에선 오히려 현실성이 느껴지지 않아요. 폭언처럼, 형벌처럼, 세계는 무언가 동시다발적으로 계획되고, 건설되고, 또한 동시다발적으로 제거되고, 무화되고 있습니다. 그 사실만이, 끔찍한 거예요. 세계는 도무지 소통할 수 없고, 개성을 드러내기에 역부족이며, 공익을 위해 개인을 배제하기를 망설이지 않으니까요. 하지만 숨 쉬고 있는 한, 언제까지고 피부가 따갑고, 손톱 밑이 저릿저릿할 것만은 분명해요. 이곳에서 저는 그저, 글자를 움직여 소설을 쓰고 있을 뿐이니까요. 그 사실이 때론 고통스럽습니다. 무엇을 쓸 것인가, 무엇을 어떻게 쓸 것인가, 무엇을 어떻게 쓸 수 있는 것일까…, 저로서도 의문스럽고, 그런 고민들 앞에서는 자꾸만 무력해지고 말거든요. 어쩌면 제가 다만 소설을 쓰고 있을 뿐이라는 그 비루한 사실이, 저로 하여금 자꾸만 현실 같지 않은 현실을 직시하게끔 만드는지도 모르는 일이죠. 현실은 고통스럽지만, 고통스런 현실 속에 살고 있는 사람들에게, 괜찮다, 아직 나쁜 일은 일어나지 않았어, 그러니 울지 마요, 하고 말하고 싶었던 걸 거예요. 부끄럽게도 그렇게 말하는 것이 더욱 고통스럽다는 사실을 깨달았지만 말입니다.

김경연 선생님의 소설에서는 잊혀진 과거를 복구하려는 의지가 강하게 읽힙니다. 과거는 흘러가거나 사라지지 않고 우리 자신과 항상 공존하고 있다는 사실을 새삼 일깨우지요. 마치 「채플린, 채플린」에서 사람들이 잊거나 잃어버린 것들이 모두 존재하고 있다는 달이 지구의 둘레를 영원히 도는 것과 같이 말입니다. 또는 「거인이 온다」에서 공무원인 '나'의 이 속에 자리 잡고 있는 '이구아노돈의 이빨'처럼 말이죠. 「춤추는 핀업걸」에서 몸의 반쪽만 조로증을 앓는 소녀 역시 '나'

를 구성하는 시간은 '현재' 인 동시에 '과거' 임을 일깨우는 상징처럼 읽혔습니다. 몸의 반쪽은 현재를, 나머지 반쪽은 과거(늙음/오래됨/낡음)를 닮은 미래를 사는 소녀를 통해서 이질적인 시간들이 습합된 존재가 결국 '나' 라는 사실을 환기하는 것은 아닐까 생각했습니다. 때문에 이러한 사실을 인식하는 순간은, 달리 말하면 내 안에 존재하는 과거를 발견하는/기억하는 순간은 잃어버린 나와 대면하는 순간이기도 할 것입니다. 「지도에 없는」에서 부동산 중개인 김씨가 한때 그곳에 살았던 사람들조차 망각한 '불광동 1-173번지' 를 기억하는 바로 그와 같은 행위를 통해서, 왜소하고 비루한 삶을 살고 있는 인물들은 한때 그들이 '거인' 이었음을, 혹은 자신 안에 여전히 거인이 살아 있음을 확인하게 되니까요. 선생님의 소설에서는 그 예외적 순간/기억에 대한 강한 긍정이 있습니다. 그러니 과거를 기억하는 것은 퇴행이 아니라 이른바 '역진화' 가 되는 셈이지요. 과거를 불러내는 기억, 또는 시간이 선생님에게 어떤 의미인지 묻고 싶습니다.

염승숙 사실은 저 자신이, 잘 잊고 잘 잃어버리는 기질을 갖고 있어요. 나와 친하게 지냈던 학창 시절의 친구들의 이름이 떠오르질 않고, 누구와 다툰 일이 기억나질 않고, 어디서 부딪혀 깨졌는지 몸에 생긴 멍 자국들을 보면서 매일 고개를 갸웃거리죠. 나를 제외한 다른 모든 것도 마찬가지예요. 며칠 전에 식당에서 뵙고 밥을 사주셨던 선생님의 부고를, 불과 며칠 사이에 문자로 통보받아요. 늘 가던 공원이 대형 주차장으로 변해 있고, 사람들은 달조차 벨 것 같은 기계적인 몸짓으로 무엇이든 부수고 또 건설하죠. 그러나 또한 동시에, 저는 잊거나 잃어버리고 싶지 않아 하고, 과거가 과거로써 봉합되지 않고 현재의 숲을 이루는 토양이 되길 바라고 있어요. 제가 잊거나 잃어버린 그 모든 것들이 어떤 형태로든, 제 안에 각인되어 있을 것이라고 믿는 것이죠. 아마도 그건 제 진심일 거예요. 어미의 작은 자궁을 벗어난 세상 모든 이들은 거인이라는 것 말이에요. 다만 그 거인의 비옥한 내면을 채우기엔 현실이 지나치게 메마른 것일 뿐이겠죠.

김경연 소설집 『채플린, 채플린』의 작가후기에 선생님께서는 "펜을 놓는 순간 이야기의 주인은 이미 내가 아니다. 그것은 이야기를 펼친 자의 것이며, 고로 누구라도 이야기의 결을 따라 매만지거나 함께 걸어나갈 기회를 갖는다. 그 어떤 이야기의 결말도, 완성도 존재하지 않는다. 세상 그 누구에게도, 이야기를 홀로 소유할 권리는 없는 것이다"라고 쓰고 있었습니다. 이는 '작품'을 창작하는/독점하는 단독자로서의 '작가' 혹은 '소설가'의 발언과는 분명 다른 지점이었다고 생각합니다. 특권적 위치로서의 소설가의 지위를 반납하고 단지 이야기를 펼친 자들 중의 '하나'로 스스로 낮아질 것을 선언한 염승숙 선생님의 소설은 이미 우리가 알아왔던 오래된 소설은 아니었습니다. 작가의 말을 빌리자면, 그것은 "내가 당신으로 숨 쉬는 이야기, 당신이 우리로서 살아나가는 이야기"이지요. 생성 중이므로 아직 명명할 수 없는 '그것'은 분명 소설 이후의/너머의 새로운 서사가 될 것이라 생각합니다. 「수의 세계」에서 '공영'에 관한, 「채플린, 채플린」 연작에서 '여봇씨요' 사나이의 정체에 관한 이야기가 무수히 발아하듯, 염승숙 선생께서는 그 새로운 서사가 나와 당신이 함께 만들어가는, 단 한 명의 저자가 존재하지 않는, 결말도 완성도 없는, 영원히 끝나지 않을 생소한, 그러나 어쩌면 오래전에 우리가 상실한 이야기가 될지 모른다고 전하고 있었습니다. 아마도 선생님의 첫 소설집 『채플린, 채플린』은 바로 그 낯선 것의 출현을 알리는 징후이겠지요. 대담 초반부에 드렸던 질문과 중복된 것일 수 있겠으나, 염승숙 선생께서 구상하시는 새로운 서사는 어떤 것인지 듣고 싶습니다.

염승숙   저는 어렸을 때부터 책을 읽을 땐 언제나 그 뒷이야기를 상상하는 데 몰두하던 아이였어요. 신데렐라는 그 후 정말 행복하게 살았는지, '동백꽃'의 나와 점순이는 커서 어떻게 되었는지 하는 것들에 대해서 말입니다. 책의 마지막 페이지를 덮고 나서도, 그래서 소설은 끝나지 않고 계속 이어졌어요. 제 머릿속에서 '벙어리 삼룡이'는 죽지 않았으며, 'B 사감'은 짝사랑하던 상대에게 눈물을 질금거리면서 러브레터를 썼죠. 소설을 쓰게 되면서도 마찬가지였습니다. 저는 늘 기존 소설의 뒷이야기를 덧붙여 만들거나 새로운 인물을 등장시켜 속편을 지어냈어요. 가령 도망치듯 '무진'을 떠난 나는 정말 다시 그저 제약회사로 돌아갈 뿐인지, 그런 것들이 너무나 궁금했거든요. 저는 최인호의, 김소진의, 오정희의, 윤대녕 소설의 뒷이야기를 다시 이어서 썼죠. 그러면 그것은 나만의 소설이 되었습니다. 읽을 수 있다면 누구나 쓸 수 있는 것이며, 그러니 소설이란 것도 '옛날 옛적에'로 시작되는 먼 이야기처럼 누구의 손에서 손으로든 변용될 수 있는 것입니다. 서사의 뼈대는 결코 마모되거나 부식되지 않으니까요. 누구나 한 편의 소설을 읽으면 한 편의 소설을 쓸 수 있다고, 저는 생각해왔어요. 그것이 이야기의 힘이며, 고로 읽는 이가 존재하는 한, 이미 쓰인 소설의 결말이나 완성은 있을 수 없다고 말입니다. 제 소설을 읽는 누군가도, 제 소설의 뒷이야기를 상상해준다면 더할 나위 없는 즐거움이 될 것 같아요. 달로 간 모철수 씨는 다시 돌아왔는지, 다이아몬드 눈물을 매달고 걷던 피에로는 그 후 어떻게 되었는지, 그런 것들을 궁금해하고 상상해보는 이가 있다면, 그래서 제 이야기가 누군가의 머릿속에서 생동감을 얻어 멈춰 있지 않고 전진, 또 전진한다면, 얼마나 좋을까 생각합니다.

김경연   선생님의 소설을 읽으면서 "이야기에 귀 기울이는 동안에는 그 누구도 아프거나 괴롭거나 슬프지 않"기를 바라는 한 윤리적 작가의 따뜻한 "농담"에 흠뻑 매료될 수 있었습니다. 그 농담은 항상 아직은 "괜찮다" "나쁘지 않다"고 말하고 있었지요. 마치 주문(呪文)과 같이, 간절했고, 아팠고, 또한 전염성이 강한 것, 그것이 염승숙 선생의 '농담'이었습니다. 염승숙 선생께서 언제나 "농담을 하는 사람"으로 "진짜 채플린"으로 남아, 농담이 때론 현실을 변화시키는 부드럽고 따뜻한 '정치'가 될 수 있음을 보여주시길 진심으로 바랍니다. 끝으로 독자들에게 전하고 싶은 말씀들, 저의 오독과 불민함으로 미처 담아내지 못한 선생님의 생각들을 자유롭게 얘기해주십시오.

염승숙 글자가 적힌 종이를 넘기면 특별한 세계와 맞닥뜨릴 수 있다는 그 단순한 소설의 세계가, 읽는 이에게 즐거운 일상으로 다가가기를 전 언제나 바라고 있습니다. 그러니 소설을 읽는 동안에는 누구도 아프거나 괴롭거나 슬프지 않았으면 좋겠다고 생각하고 있어요. 이것이, 아직은 부족하고 부끄러운 것투성인 작가의 서툰, 감상적 고백이라고 해도 어쩔 수 없지만 말이에요. 그래도 언제까지고, 농담처럼, 진짜 소설을 쓸 수 있는 날이 왔으면 좋겠다고, 그런 바람을 가져보고 있어요. 대담을 하는 동안, 염치없게도 그런 바람이, 더욱 부푸는 것을 느꼈습니다. 꼼꼼히 소설을 읽어주신 선생님께 고맙습니다. 감사하고, 즐거운 시간이었어요. 많이 고민하고, 배우며, 소설을 쓰겠습니다.

김숨

작가산문
하루—상상은 어디에서 오는가

대담
소설 너머의 소설을 향한 몽상

김숨 · 김경연

하루―상상은 어디에서 오는가

김 숨

오후 두 시. 그것은 내 출근시간이다. 프란츠 카프카. 그는 오후 두 시에 퇴근을 했다지. 그는 오후 두 시에 퇴근해 한숨 낮잠을 자고 일어나 독서를 하고 새벽까지 글을 썼다지. 나는 자유로를 달려 오후 두 시에 닿는다. 오후 두 시는 무가당 크래커를 닮았다. 오후 두 시를 입 속에 넣고 낙타처럼 우물거리다 보면 목이 멘다. 침과 뒤섞여 혀와 입천장에 달라붙는 그것을 뱉을 수도, 그렇다고 꿀꺽 삼킬 수도 없다.

서울과 파주를 잇는 자유로는, 시속 구십 킬로미터가 제한속도이다. 안개와 사고가 빈번한 자유로에서 나는 운전을 배웠다. 시속 사십 킬로로 달리는 것조차 두렵던 나는 이제, 구십 킬로를 훌쩍 넘어 미친 듯이 내달리기도 한다. 자유로에는 유난히 트럭이 많이 달린다. 어느 도로에선가 내 아버지의 트럭도 저 트럭들처럼 달리고 있을 거라는 생각을 문득 한다. 언젠가 아버지의 낡고 오래된 트럭이 코끼리나 낙타, 당나귀를 싣고 남쪽으로 내달렸으면 좋겠다. 세상의 모든 트럭은 한낱 기계가 아니라 네 발 짐승 같다. 그들은 네 발로 죽으라고 뛰어다

닌다. 그들의 바퀴는 숯보다 검고, 돼지의 껍질보다 질기다. 명이 다하면 그들은 압사 처리된다. 뒤뚱거릴 만큼 적재함 가득 물건을 싣고 달리던 트럭을 보고 왈칵 눈물을 쏟을 뻔했던 적이 있다. 좀처럼 속도를 내지 못하는 그 트럭의 뒤를 천천히 쫓다가 차선을 바꾸어 멀찍이 달아났었다.

나를 감동시키고 슬프게 하는 건, 두 발로 걸어 다니는 인간이 아니라 네 발로 걸어 다니는 짐승이다. 인간의 고통보다는 네 발로 걸어 다니는 짐승의 고통이 내게는 더 잘 읽힌다. 그들의 감정은, 전기처럼 순식간에 나를 감전시킨다. 버려진 개들을 돌보며 소설을 쓰는 미래가 훗날 내게 주어질 수 있을까. 네 발 짐승과 소설에만 온전히 헌신할 수 있는 시간이.

내가 하는 일이란 종이를 소비하는 것이다. 내가 소비하는 종이의 장수는 그날에 따라 천차만별이다. 어떤 날은 단 한 장의 종이만을 소비할 때도 있고, 그 어떤 날은 수백 장의 종이를 눈 한 번 깜짝 않고 소비할 때도 있다. 종이 위를 개미처럼 기어 다니는 글자들… 엄지손가락으로 꾹 눌러보아도 개미들은 꿈쩍을 하지 않는다. 바글거리는 무수한 개미들 속에서 변종 개미를 골라내듯 오자(誤字)를 골라낸다.

나는 내가 속해 있는 부서 내에서 가장 오래된 직원이 되어버렸다. 가장 오래된 사람이 되고 싶지는 않았지만 그렇게 되었다. 오랫동안 죽지 않는 거북처럼, 책상을 지키고 앉아 있는 내 겨드랑이에서는 곰팡이와 이끼 냄새가 난다. 오랫동안 죽지 않는 거북은 바위를 닮았다. 책상에서 일어나 뚜벅뚜벅 화장실을 다녀온다. 손을 씻고 돌아와 전화를 받는다. 내가 교정을 보고 있는 카슨 매컬러스의 단편 「누가 바람을 보았는가」는 실패한 소설가가 주인공이다. 알코올 중독자이기도 한 그는 낡고 추운 아파트에서 열리는 파티에서 한 젊은이를 만난다. 그는 고작 십 년 전 잡지에 단편 한 편을 발표한 것밖에는 뚜렷한 성과가 없는 소설가다. 그럼에도 불구하고 자신의 재능을 믿는다는 그 젊은 소설가에게 주인공이 말한다.

"조그만, 단편 하나짜리 재능이라. 신께서 아주 부실하게 주셨군. 희망을 갖고 계속해서 작업하고 또 하고 마침내 젊음이 모두 소모될 때까지 신념을 가지고 일한다 이거죠? 그런 건 수도 없이 목격했지요. 작은 재능은 신의 가장 큰 저주라 이겁니다."

나도 모르게 폭소가 터진다.

교정을 보는 틈틈이 토끼를 생각하기도 한다. 실험대 위의 흰 토끼 세 마리. 토끼의 눈에는 날마다 일정 용액의 샴푸가 떨어뜨려진다. 샴푸가 안구에 무해하다는 사실이 실험을 통해 입증되면 토끼들은 폐기 처분될 것이다. 그리고 샴푸는 상품화되어 마트들로 팔려나갈 것이다. 토끼는 눈의 깜박임이 적고 관찰이 쉽다는 이유로 안구와 관련된 실험에 흔히 이용된다. 용액 투입이 용이하도록 토끼들의 모가지는 고정되어 있다. 흰 토끼 세 마리는 한 방향을 향해 고개를 홱 돌리고 있었다. 오른쪽, 오른쪽으로. 실험이 끝나면 흰 토끼 세 마리는 안락사 처리될 것이다. 가능한 덜 고통스럽게…. 그들은 어째서 고개를 오른쪽으로 향하고 있는 것일까. 오른쪽, 오른쪽으로.

매월 말 통장으로 급여가 들어온다. 나는 지나치게 많이 받는 것 같기도 하고, 지나치게 적게 받는 것 같기도 하다. 나는 분명히 대형마트에서 카운터에서 네 시간을 일하는 사람보다는 훨씬 많이 받는다. 그들보다 내가 더 나은 일을 하고 있다는 생각이 들지는 않는다. 한때 돈가스 식당에서 아르바이트를 한 적이 있다. 그때는 누구도 미워하지 않았던 것 같다. 고등학교 내내 단짝이었던 친구는 두 아이의 엄마가 되었다. 그 친구는 하루를 오늘도 아이들이 아프지 않고 무사히 지나 갔구나 하며 안도하며 마감한다고 한다. 세무사가 된 친구는 유방 종양을 수술한 뒤 지금보다 더 럭셔리하게 살 거라고 다짐한다. 그 친구는 병실 침대에 누워서도 주식과 펀드와 새로 산 아파트와 남편의 용돈에 대해 떠들어댄다. 동갑인 육촌 친척은 보험회사의 설계사가 되었다. 한 달에 천만 원씩을 벌기도 했다는 그는 세 아이의 아버지이기도 하다. 소설을 쓰며 살기로 한 내 하루는 그들의 하루와 도대체 어떻게 다른 것일까.

오후 여섯 시. 웨하스처럼 순식간에 부서지는 시간. 화장실에 들러 손을 정결히 씻고 직장을 나온다. 자유로를 달려 집으로 향한다. 집에서 멀지 않은 곳에는 대형마트가 두 곳이나 있다. 주말마다 대형마트에 다니던 시기가 있었다. 대형마트에서는 절대로 물건을 구입하지 않겠다고 다짐한 지 오 개월이 다 되어간다. 나는 대형마트에 대한 적의를 가지고 있다. 그곳에 가면 아비규환이라는 말이 저절로 나온다. 엄마들은 아이들을 카트에 싣고 다니며 물건들을 집어 카트에 담는다. 물건이 많이, 더 많이 카트에 담길수록 아이들은 더 행복해한다. 걸음마를 떼기도 전에 소비를 배운다는 것은 얼마나 끔찍한가. 내 어머니는 적어도 내게 소비를 가르치지는 않았다. 그래서인지 나는 마음에 드는 옷을 살 때조차도 죄악을 저지른 것 같은 기분이 든다. 아무래도 내가 잘못 살고 있다는….

내가 사 년째 살고 있는 동네에는 오십대 초반의 부부가 하는 중국집이 있다. 그곳은 자장면 값이 여느 중국집보다 오백 원 정도가 싼 반면에 배달은 하지 않는다. 직장동료와 그곳에서 간자장면을 먹으며 별의별 얘기를 다 나눈다. 이명박 대통령, 발레리나 강수지, 오드리 햅

번, 소로우, 타샤 튜더, 제인 구달, 호밀밭의 파수꾼, 홍길동, 내가 죽어 누워 있는 동안, 품위와 천박…. 육십 대로 보이는 택시드라이버가 중국집으로 들어온다. 택시를 중국집 앞에 세워두고 그는 서둘러 자장면을 한 그릇 시켜먹는다. 중국집 부부는 짬을 내 자식 걱정을 한다. 그들의 자식이 어떻게 되건 말건 중국집을 나와 동네의 중고 옷을 파는 가게를 찾아간다. 그곳에서 건질 만한 옷이 있을지도 모른다. 삼천 원을 주고 분홍색 카디건을 한 벌 산다. 나는 너무 많이 먹고 많이 사고, 많이 본다. 신발장에는 신발들이, 옷장에는 옷들이 넘쳐난다.

천지창조를 완성하던 미켈란젤로를 생각한다. 육백 평방미터 넓이의 시스티나 성당 천장에 눈멀고 고개가 기형적으로 기울어지도록 〈천지창조〉를 그리던 그에게 한 친구가 물었단다. "이보게, 그렇게 잘 보이지도 않는 구석에 뭘 그렇게 정성을 들여 그림을 그리는 것인가." 그러자 미켈란젤로가 대답했다지.
"내가 안다네."
내가….

집으로 나 있는 골목은 하수도 공사로 흉측하게 파헤쳐져 있다. 집집마다 토끼를 숨겨두고 있는 것만 같다. 한 집에 흰 토끼를 세 마리씩. 네 발 짐승들을 지금보다 더 사랑하기로 한다. 밤에는 공포가 극대화된다. 나는 공포가 유난히 많은 사람이다. 공포들은 고스란히 내 소설들에 투영된다. 공포가 없었다면, 나는 소설을 쓰지 못할지도 모른다. 그러니 나는 공포에 더 예민해져야 할지도 모른다. 육 년 전쯤, 병원에 갔다가 자궁 속 태아의 심장박동소리를 들은 적이 있다. 그 소리는 여태도 내게 생생한 공포로 남아 있다. 내 집의 옆집에는 암 투병 남자가 살고, 중풍 들린 노파가 산다. 어느 봄날, 노파가 마당으로 나와 기어 다니는 모습을 본 적이 있다. 노파는 언젠가 죽을 것이고, 암투병 남자도 언젠가 죽을 것이다. 공포를 견디고, 견디는 동안 밤이 그렇게 지나간다.

오전 아홉 시. 소설을 써야지. 작업실이나 다름없는 거실 한쪽에는 검은 성경책과 사무엘 베케트의 사진이 나란히 놓여 있다. 그 둘이 어떻게 해서 나란히 놓여 있게 된 것일까. 오후 두 시가 영원히 오지 않았으면 좋겠다. 오후 두 시가 사라지면 오후 두 시 이전의 내 시간들은 긴장을 잃고 둔탁한 소리를 낼지도 모른다.

요즘 나를 백 퍼센트 만족스럽게 충족시켜주는 것은 음악이다. 바흐와 모차르트와 헨델의 아리아. 베토벤의 피아노협주곡들이 좋아지기 시작한 것은 다니엘 바렌보임의 연주를 듣고 나서다. 나는 그때 자유로를 달려 오후 두 시에 닿고 있었다. 다시 태어난다면 오페라가수가 되고 싶다. 벨칸토 창법으로 노래하는 여가수. 네 발 짐승들에게 헨델의 아리아 〈나무 그늘 아래서〉를 들려줄 것이다.

소설이 나를 배반하는 것은, 그것은 어떻게든 견뎌보기로 한다. 부디 내가 소설을 배반하지 않기만을…. 오후 두 시, 직장을 나서며 카프카는 무슨 생각을 했을까. 그는 참 고독했을 것이다. 오늘 하루도 나는 오후 두 시에 닿기 위해 시속 구십 킬로로 달린다.

소설 너머의 소설을 향한 몽상

김숨 · 김경연

일찍이 김숨의 『투견』과 『백치들』을 읽었다. 이후 나는 김숨 소설의 독자가 되었다. "좁고 어둔 골목들이 미로처럼 얽혀 있는"(「유리 눈물을 흘리는 소녀」, 『투견』) 15번지적 현실을 응시하는 그의 소설은 무척이나 낯설고 불길하며, 그래서 언제나 불편했다. 그러나 김숨 소설은 그 낯섦을, 사막 같은 불길함을 경건하게 감당하고 있었다. 그 경건함은 전염성이 강해 독자인 나 역시 의식처럼, 기꺼이 불편함을 견디도록 했다. 최근의 『침대』는 여전히 낯설고 불길했을 뿐만 아니라 매혹적이었다. 현실을 응시하는 환상은 더욱 강렬해졌고, 소설을 경유해 소설이 아닌 소설을, 시를 닮은 소설을, 소설 너머의 소설을 꿈꾸는 불온한 모험은 계속되고 있었다. 이메일 대담을 빌려 나는 낡고 오래된 철제책상에 앉아, 현실의 공포를 감당하며, 하루를 다해 소설을 쓰는 한 겁 없는 난쟁이를 잠시 만났다. 그리고 허겁지겁 몇 가지 질문을 던졌다. 그는 매우 차분하고 성실하게 내 질문들을 받았다. 다음은 그와 내가 나눈 짧은 대화의 기록이다.

김경연   대담에 응해주서서 감사합니다. 몇 가지 질문으로 김숨 소설에 온전히 다가가기란 불가능한 일이겠지만, 이 대담이 그 접근의 문턱엔 이를 수 있으리라 기대합니다. 저 역시 기괴하고 매혹적인 김숨 소설에 유인된 한 명의 독자로 궁금한 것들을 소박하게 질문 드리고자 합니다. 『백치들』의 「작가의 말」에서 '시'를 쓰고자 했던 욕망에 가 닿는 소설'을 쓰고 싶다는 언급을 읽은 적이 있습니다. 은유적 환상이나 상징으로 충만한 선생님의 소설은 이미 시를 닮은 소설, 시에 육박해가는 소설이기도 합니다. 우문인 줄 압니다만, 선생께서 시가 아닌 소설의 형식을 빌려 '시가 되는 소설'을 꿈꾸는 이유는 무엇입니까? 보내 주신 「작가산문」에 프란츠 카프카나 사무엘 베케트 같은 이름이 보이는데, 김숨 선생께 영향을 준 작가나 작품이라면 어떤 것들이 있을까요?

김숨   낯섦. 저는 그것을 소설을 쓸 때 목숨처럼 여깁니다. 저는 낯설지 않은 이미 지나 문장에 대한 일종의 혐오감마저 가지고 있습니다. 그 낯섦이라는 것을 저는 주로 소설이 아닌 시를 읽으며 경험합니다. 시는 예측 불가능한 언어와 상황을 독자들에게 보여줍니다. 감전되듯, 순식간에 의식을 태워버리는 강력한 힘을 지니고 있습니다. 그러나 대개의 소설은

(재미없게도) 충분히 예측 가능한 언어로, 예측 가능한 상황을 독자들에게 보여줍니다. 제가 시적인 흐름과 문장을 선호한다면, 바로 그 낯섦을 잃지 않기 위한 일종의 강박일지도 모르겠습니다. 저는 문장에 대해 태만한 태도를 몹시도 싫어하는데, 시의 경우는 결코 문장에 태만할 수 없습니다. 시는 그 흔한 마침표나 쉼표, 조사 하나까지도 의식이 날선 상태에서 선택해서 완성해야 하기 때문입니다. 소설의 경우 단순히 시보다 분량 면에 있어서 길다는 이유만으로 문장에 태만해지기 쉽고, 또 쉽게 그것을 용납하는 분위기인 것 같습니다.

제가 어느 산문에선가 고백했듯, 제게 소설을 쓰고 싶은 열망을 불러일으킨 소설은 조세희의 연작소설 『난장이가 쏘아올린 작은 공』이었습니다. 그 소설은 제게 한 편의 시였습니다. 시적인 문장들과 상상력으로 점철된 긴 시였습니다. 그때까지만 해도 저는 시를 습작했는데, 한 편의 시나 다름없는 단편소설을 한 편 써보고 싶다는 충동에 사로잡혔습니다. 저는 당장 모닝글로리 노트에, 시적인 긴장을 잃지 않으려 노력하며 또 그 분위기에 한껏 취하여, 한 문장 한 문장 서툴게 적어나갔습니다. 그때 완성한 단편이 제 등단작인 「느림에 대하여」였습니다. 제게 '시가 아닌 소설의 형식을 빌려 시가 되는 소설을 꿈꾼다'는 것은 시를 습작하던 시절과 단편소설을 꼭 한 편 완성해보고 싶던 제 초심을 잃지 않겠다는 의지이기도 합니다. 또한 시를 쓴다는 기분으로 소설을 쓸 때, 좀 더 즐겁게 소설을 쓰게 되는 것도 그 이유 중 하나입니다. 저는 대부분 이미지에서 소설을 시작합니다. 이미지는 제게 아주 중요합니다. 가령 꼭 닫힌 방문의 이미지가 제게 강렬하게 다가올 경우, 그 이미지가 제 소설의 첫 문장이 됩니다(물론 퇴고를 거쳐 이미지들의 순서가 뒤바뀌기는 합니다). 그것은 제가 시를 습작하던 시절 익힌, 제 쓰기의 방식이기도 합니다.

사무엘 베케트의 『고도를 기다리며』는 제가 특별히 좋아하는 작품입니다. 가오싱젠의 『버스정류장』도요. 그 작품들은 인물에 대해서도, 상황에 대해서도 구차하게 설명하지 않습니다. 그저, 독자의 예측을 전복시키며 인물들의 행위와 상황을 보여줄 뿐입니다. 프란츠 카프카의 경우는 일종의 종교처럼 제게 다가옵니다. 카프카가 늦은 밤 소설을 쓰기 위해 자신의 작업실로 유령처럼 고독하게 걸어가는 장면을 상상하면 소름 끼치는 경건함마저 느껴집니다.

김경연   1997년 〈대전일보〉에 「느림에 대하여」로 등단한 이후, 단편집 『투견』과 장편 『백치들』에 이어 2007년에 세 번째 소설집 『침대』를 발표하셨습니다. 김숨 소설은 리얼리즘적 재현에 기반한 전통적 소설들과는 다른 이종(異種)의 계보이면서도, 위반을 위한 위반에 몰두하거나 새로움 자체를 목적으로 삼는 소설들과는 구별된다는 평가가 지배적입니다. 『오늘의문예비평』이 선생님의 소설에 주목하는 이유도 이 때문입니다. 양자로부터 모두 거리를 두면서 선생께서 지향하는 소설의 새로움이란 무엇입니까?

김숨   저는 일상생활에 있어서 지극히 보수적인 사람입니다. 음악과 그림에 대해서도 저는 보수적인 취향을 가지고 있습니다. 소설에 대한 저의 태도 역시 지극히 보수적인 편이라고 생각합니다. 저는 텍스트의 해체와 실험을 그다지 좋아하지 않는 편입니다. 저는 리얼리즘적 재현에 한 가지를 더 보탬으로써 새로움을 획득할 수 있다고 생각합니다. 그것은 결국에 환상일 터인데(저는 판타지라는 표현보다는 환상이라는 표현이 더 마음에 듭니다), 저는 그 환상이 시대 초월적이고 보편적이면서도, 저만이 이미지화해낼 수 있는 환상이어야만 한다는 생각을 합니다. 다른 작가들도 충분히 이미지화해낼 수 있는 환상이라면, 그것은 그대로 낡은 것이 되어버리겠지요. 저는 공간에 대해서도,

사람에 대해서도, 사물에 대해서도 유난히 공포가 많은 편인데 그 공포심이 불러일으키는 환상에 충실하려고 노력합니다.

김경연 세 권의 작품집을 내셨는데, 김숨적인 것, 혹은 김숨적인 문제의식이 일관되게 견지되면서도 작품집마다 약간의 변화가 감지되기도 합니다. 예컨대 환상성이 더 강화되거나, 또는 『투견』에서 육식성·야수성·폭력성을 상징하던 아버지가 『백치들』에서는 백치성 혹은 식물성을 담지한 자들로 그려지기도 합니다. 『투견』에서는 육식성이 독재하는 아버지의 공간에 감금된 채 유린당하는 아이들, 특히 여자 아이들이 자주 등장했다면 최근의 『침대』에서는 격리된 시공간에 유폐된 채 사물화되어가는 노년의 인물들이 많이 보입니다. 작품집마다 의도하신 변화들이 있는지요?

김숨 『투견』은 개인적으로 무척이나 안타까운 소설집입니다. 표제 자체가 무척이나 김숨답지 않다는 생각입니다. 만약 그 소설집을 다시 펴낸다면 저는 기꺼이 「검은 염소 세 마리」를 표제작으로 할 것입니다. 『투견』 표4에 실린 박범신 선생님의 추천 글을 보면 '광포한 식물성의 저항'이라는 표현이 나옵니다. 제 소설 속 인물들은 식물성에 가깝지만, 육식동물에게나 어울리는 광포함을 그 속에 숨기고 있습니다. 독자들이 『투견』에서 육식성과 야수성 폭력성을 대표적인 정서로 읽는다면 그것은 표제작 「투견」의 이미지가 강하기 때문일 것이라고 생각합니다. 오히려 그 소설집 속 「느림에 대하여」에 등장하는 인물들은 백치성과 식물성에 가깝다고 할 수 있을 것입니다. 저는 일상에서 백치 같은 사람들을 좋아합니다. 저를 감동시키는 사람들은 눈도 어둡고, 귀도 어둡고, 말도 어두운 사람들입니다. 그들은 제 안의 백치성과 식물성을 건드려줍니다. 저는 제가 백치성과 식물성 상태에 머물 때

지극한 평온을 느낍니다. 아마도 그래서 백치성을 가만 놔두려 하지 않는 세계에 민감하게 반응하는 것인지도 모릅니다. 그 세계가 유난히 지독한 폭력으로 읽히는 것인지도 모르겠습니다.

저는 한때 서사를 혐오했었습니다. 『백치들』을 쓸 때는 서사에 대한 제 혐오감은 극에 달해 있었습니다. 티브이 드라마나 영화에서도 충분히 보여주었거나 보여줄 수 있는 서사를 소설로 보여준다는 것은, 소설가로서 한 번쯤 생각해보아야 할 자존심의 문제인 것 같습니다.

『침대』에 실린 단편들을 쓸 때 저는 의도적으로 서사를 지양했고, 그런 소설 쓰기에서 희열을 느꼈던 것 같습니다. 저는 개인적으로 『침대』에 실린 단편들을 아끼고 좋아합니다. 그 소설들은 제가 서른 살 이후로 쓴 소설들일 뿐만 아니라, 쓴다는 행위의 즐거움을 제게 실컷 맛보게 해주었습니다. 저는 그 소설들에서 제가 형식적인 실험을 굳이 했다고는 생각하지 않습니다. 저는 소설 속에서 장면들을 극적이고 간결하게 나누고 싶었을 뿐입니다.

김경연　'김숨적인 것'이란 표현을 썼는데, 대부분의 평론가들이 김숨 소설의 개성을 '반복'의 묘미에서 찾고 있습니다. 문장에서부터 행위 혹은 모티브에 이르기까지 반복은 텍스트 전체에 관철되는 듯합니다. 예컨대 「409호의 유방」에서는 "관리인은 오후 두 시에 방문한다고 했어요"라는 여자의 말이 계속 반복되는가 하면, 캐릭터가 희박한 김숨 소설의 인물들은 대개 추상적 시공간에 격리돼 특정 행위나 이미지를 반복하고 있습니다. 때문에 서사성이 매우 약하기도 합니다. 강박에 가까운 이러한 반복이 겨냥하는 것은 무엇입니까?

김숨　반복은 일부러 그러는 것이 아니라, 그렇게 되는 것입니다. 실험 대상 토끼의 눈동자에 날마다 일정 분량의 용액을 반복해 투입하듯, 반복함으로써, 그 반복이 종국에 불러일으키는 돌이킬 수 없는 파국을 저는 그려 보이고 싶었던 것 같습니다. 이 세계에서 반복만큼 불안과 공포를 증폭시키며, 의식을 노예화하는 것이 또 있을까요?

김경연   내면을 드러내지 않고 서사가 희박한 김숨 소설에서 도드라진 것이 환상입니다. 『백치들』에 이어 최근의 『침대』에서 환상성은 더욱 강화되고 있는 듯합니다. 구체적 양상은 다르겠지만 이는 최근 젊은 소설가들의 작품에서 자주 발견되는 특징적 경향이기도 합니다. 그러나 이러한 환상이 실재(현실)와의 대면을 회피하는 장치로 이용되고 있다는 비판도 있습니다. 마치 리얼리즘적 서사 문법에 익숙한 작가들이 팩션이라는 장르를 빌려 지금, 이곳의 현실이 아닌 과거나 역사로 향해가듯 말입니다. 그렇다면 오래된 과거에 집착하는 것과 마찬가지로 환상에 대한 탐닉 역시 (근대)소설의 종언 내지 위기를 확인시키는 또 다른 징후는 아닐는지요?

김숨   저뿐만 아니라 젊은 소설가들이 환상성을 강화하는 데는, 나름의 적절한 이유가 있다고 봅니다. 개인적으로 환상성을 선호해서일 수도 있고, 환상성을 통해서만이 새로운 서사를 보여줄 수 있다고 판단해서일 수도 있습니다. 저는 그 환상성이라는 것이, '미흡한 서사와 상상력을 감추기 위해' 교묘히 이용될 때 위험하다는 생각이 듭니다 (어쩌면 저 또한 현재는 이러한 혐의에서 자유로울 수 없을지도 모르겠습니다. 앞서 서사의 희박성을 지적하셨으니…). 어쨌든 저는 굳이 환상성의 강화를 실재와의 대면을 회피하기 위한 장치로 보고 싶지는 않습니다.
　서사가 강한 작가들이 역사로 향해 갈 때는 오히려 능수능란한 환상성이 반드시 필요하다는 생각이 듭니다. 중국작가 쑤퉁의 『나, 제왕의 생애』는 제가 최근 읽은 소설들 중 손에 꼽는 작품인데, 과거를 배경으로 소설을 쓸 때 환상성이 얼마나 중요한가를 아주 모범적으로 보여주고 있습니다. 독자들에게 아주 익숙한(뻔한) 왕실의 세계와 제왕의 일생을 엽기적이면서도 환상적인 이미지를 통해 아주 낯선 것으로 만들어놓았습니다. 환상성이 팩션을 능수능란하게 가지고 놀지 못하고 팩션에 질 때, 재미없는 소설이 되는 것 같습니다.

김경연　김숨 소설의 중심에 있는 인물들은 대개가 존재감이 극도로 희박한 존재들, 유령화된 존재들, 사물이나 정물과 유사한 존재들입니다. 그들은 철저히 고립되고 망각된 존재들이기도 합니다. 김숨 소설은 이 살아 있는 죽음들의 소외와 불안, 고통을 경건하게 감당하고 있습니다. 그래서 불편합니다. 허나 그 불편함을 쉬 외면할 수 없도록 합니다. 어느 순간 김숨 소설이 행하는 경건하고 불편한 의식 속에 반복적으로 동참해 있는 저를 발견하곤 합니다. 많은 독자들이 그러하리라 생각합니다. 기괴하면서도 매혹적입니다. 선생께서 왜 이토록 불편한 존재들을 마치 일종의 '의식'처럼 반복적으로 소설화하는지 여쭤보고 싶습니다.

김숨　저는 어디서든, 소속감을 좀처럼 느끼지 못하고 살아왔습니다. 저는 남자 형제만 둘인데, 언제나 그 둘에게 치여서 그림자처럼 살아왔습니다. 저는 이 세상에서 가장 처음 대면한 타자인 어머니에게마저 흔적처럼 희미한 존재였던 것 같습니다. 그것이 제게는 남녀차별의 문제가 아니라, 존재성이라는 문제로 더 크게 다가왔던 것 같습니다. 저는 제가 전혀 드러나지 않을 때도, 그리고 제가 드러날 때도 똑같은 공포를 느낍니다. 저는 사람들이 저를 바라보지 않는 것도 두렵고, 동시에 저를 바라보는 것도 두렵습니다. 제게 말을 걸지 않는 것도 두렵지만, 제게 말을 거는 것도 두렵습니다. 저는 여러 사람들과 뒤섞여 있을 때 저 자신이 사물 같다는 생각을 종종 합니다. 눈에 띌 만한 움직임이나 소리로 저 자신을 드러내지는 않지만, 끈덕지게 그 자리를 떠나지 않고 붙박인 듯 존재하는 것입니다. 그래서 때때로 저를 향해 이런 식으로 이야기하는 이들도 있습니다. '그래, 네가 있었지. 있는 듯 없는 듯, 네가 있었지. 없는 것 같으면서도 없어서는 안 될 것 같은 존재로, 네가 있었지.'

소설 속 인물들은 그러므로 저의 반복/분신들인지도 모르겠습니다.

김경연 김숨 소설에는 대개 개별자로 고독하게 존재하는 인물들의 삶에 느닷없이 침범해 들어오는 타자들이 있습니다. 그들은 대개 무리들로 존재하며 소외와 불안을 야기하면서 인물들의 삶을 잠식해갑니다. 가령 「409호의 유방」에서 오후 두 시에 방문하기로 한 '관리인들'이나, 「침대」에서 여자에게 반복적으로 의무와 희생을 강요하는 '그들', 「손님들」에서 '멸실(滅失)'을 외치며 여자의 집을 파괴하러 온 '철거단원들'이나 결국 여자의 집을 점거하는 '손님들'의 존재가 바로 그들입니다. 선생님의 소설에서 타자들은 불안과 공포를 불러일으키는 존재들이고, 「작가산문」에 쓰신 내용을 빌려 표현하자면 영원히 오지 않기를 바라는 오후 두 시와 같은 존재들입니다. 그런데 역시 「작가산문」의 내용을 빌려 말하면, "오후 두 시가 사라지면 오후 두 시 이전의 시간들은 긴장을 잃고 둔탁한 소리를 낼지도 모"르듯이, 타자들은 아이러니하게도 인물들의 삶을 유지하고 소설을 가능하게 하는 계기들이라는 생각도 듭니다. 선생님의 소설에서 타자들은 도대체 어떤 존재들입니까?

김숨   저는 자신이 타자들의
욕망을 남들보다는 잘 읽는다
고 자부합니다. 제가 사회생활
을 하며 가장 견디기 힘든 것은,
저와 한 공간에 존재하는 타자
들의 욕망이 너무도 잘 읽힌다
는 것입니다. 욕망은 대개가 그
렇듯 추하기 마련입니다. 그런
데 이 욕망이란 것은 전염병과
같은 속성이 있어서 잘 전염될
뿐만 아니라 한 번 전염되면 무
감각해지기 쉽습니다. 타자들
의 욕망은 제 내면에 감추어진,

저도 모르던 욕망을 들추어내고 부추깁니다. 문제는 바로, 그것에 있
습니다. 타자들의 욕망을 읽는 순간, 제 안의 욕망도 동시에 읽힌다는
것입니다. 저는 끊임없이 타자들과 투쟁하며 살고 있는 것 같습니다.
타자의 욕망이 불러일으키는 제 욕망과 투쟁하며 살고 있는 것 같습
니다. 타자들의 욕망에 반응하지 않는 것, 그것이 제 삶의 목표이기도
합니다.

김경연   「박의 책상」을 읽으면서 문득 김숨 소설 전체의 상징 같다는
생각을 했습니다. 12년이나 된 낡은 철제 책상을 지키는 박의 경건함
이 소설을 대하는 선생님의 태도와 비슷하지 않을까 하는 생각이 들더
군요. 『침대』의 해설을 쓴 허윤진 선생의 글에서 인상적인 구절을 읽
었습니다. "생산과 소비가 모두 과잉된 비만한 후기 산업사회에서 최
소한의 상태, '가난한' 상태에 머무르는 것은 공고한 경제 체제에 맞

서는 일이다", "비만한 사회가 영양실조의 육체를 강요하는 것과 정반대로, 그녀는 간결한 언어로 풍성한 참여를 요청한다"라는 내용이었습니다. 탐욕으로 과잉된 살과 피를 덜어낸 앙상한 뼈 같은 소설, 존재의 본질에 다가가는 가난한 김숨의 소설을 오래도록 읽을 수 있기를 바랍니다. 마지막으로 미흡한 질문들 때문에 다하지 못했던 말씀들을 듣고 싶습니다.

김숨 철 구조물과도 같은 소설에 살과 피를 붙이는 작업을 저는 앞으로 하려고 합니다. 그 살과 피는 서사일 것인데, 저는 제가 찾고 있는 서사가 탐욕스럽거나 천박하지 않기를 바랍니다. 인스턴트식품처럼 간편하게 소비되는 서사가 아니기를 바랍니다. 서사는 소설을 완벽하게 하기도 하지만, 소설의 품위를 떨어뜨리는 필요악과도 같은 요소라는 생각이 듭니다. 만약 제가 저만의 서사를 찾는 것에 실패한다면 저는 제가 쓰는 소설을 견디지 못할 것입니다.

　　말이 서툴 뿐만 아니라 말을 하는 행위에 결벽을 가지고 있는 제게, 이메일 대담은 편하고 즐거운 놀이와 같았습니다. 저는 제 소설을 읽어주는 분들이 무척이나 고맙습니다. 『오늘의문예비평』 편집위원 선생님들께 깊이 고맙다는 말씀을 드리고 싶습니다.

김이설

작가산문

양념장 만드는 밤

대담

누구나 알고 있지만 아무도 말하지 않는 것들

김이설 · 전성욱

양념장 만드는 밤

김 이 설

결혼을 하고 제일 신기했던 건 시댁의 음식이었다. 부모님이 모두 충청도 분이니, 나로서는 경상도의, 대구의 음식이 사투리보다도 더 놀라웠다. 사람들은 자기가 평생 먹고 자란 음식이 세계의 보편적인 음식이라고 받아들이게 된다. 그러니 경상도 음식 앞에서 나는 내가 다른 세계의 사람이었다는 확실한 자각을 매번 하게 된다. 내가 알고 있던 음식과 시댁의 음식은 정말 많이 달랐는데, 재료는 물론이며, 형태나 맛도 그랬다. 그중에서도 처음 보는 재료일 때, 처음 알게 된 맛일 경우에는 그 생경함이 극에 달했다. 그중에서 가장 특이한 건 양념장이었다.

남편은 양념장을 모른다는 것에 더 놀랐지만, 나는 양념장이라는 것을 처음 알았다. 내가 알아왔던 양념장이란 전을 찍어먹는 간장 정도였다. 경상도의 양념장은 그런 간장의 이름이 아니었다. 그건 음식의 한 재료나 마찬가지였다. 맛을 풍부하고 깊게 만들어주는 역할을 했다. 수제비, 칼국수, 매운탕에 넣어 음식을 완성시켰다. 양념장은 풍부하고 깊은 맛을 내는 역할이었다. 국물 국수에도 그 양념장이 들어갔다.

친정엄마의 국수는 국물에 간을 한다. 먹기 직전에 파를 넣어 살짝 익히고 계란 고명을 올린다. 계란을 아예 국물에 풀어 넣기도 했다. 시어머니의 국수는 국물에 아무 간을 하지 않는다. 그리고 양념장을 같이 낸다. 먹는 사람이 양념장을 넣어 간을 맞춘다. 말 그대로 양념을 한 장이었다.

양념장이라는 게 따지면 뭐 별 게 없다. 말 그대로 양념을 한 장이었다. 파, 마늘, 청양고추와 고춧가루, 참기름과 깨 약간을 넣어 만든 간장이다. 신혼 초에는 그 맛을 내지 못했다. 원래의 맛을 몰랐으니 만들 수 없었다. 어머니께 몇 번을 물어도 답은 매한가지였다.

"뭐 별그 있나. 간장에 파, 마늘 좀 뚜디리 여코, 참기름 쪼매 여코…, 요레요레요레해가…." 도시에서 자란 여자가 바라던 답은 '간장 여덟 스푼에, 다진 파 두 스푼, 다진 마늘 한 스푼, 다진 청양고추 두 개, 참기름 한 스푼, 고춧가루 반 스푼, 깨소금 반 스푼을 잘 섞어 내거라'였다. 그렇게 해야만 알아들을 수 있었다. 그러니 나는 어머니의 말을 알아듣기는커녕, '요레요레'라는 말에 웃음부터 나오기 일쑤였다. 그리고는 '뚜디리'와 '쪼매', '요레요레'의 말투를 따라하지 못하는 여자가 결코 낼 수 없는 맛이라고 치부했다.

결혼을 한 지 6년이 돼간다. 아이를 임신하고 응모했던 소설이 당선이 되어 소설 쓰는 사람이 되었다. 그 뒤로 아이를 하나 더 낳았다. 언제부턴가 '10년간의 습작'이라는 것이 알려져 종종 '꿈의 실현'이나 '고난 뒤의 희망'에 관한 에세이 청탁도 받게 되었다. 내 이름의 책도 두 권이나 나왔다. 무엇보다도 나는 이제 그 양념장을 만들 수 있게 되었다. 어머님 말씀이 맞았다. 요레요레 하다 보니까 됐다(양념장뿐인가, 이제 나는 매운탕에 제피가루도 넣을 수 있다!).

다섯 살, 두 살 아이를 키우다 보니 소설을 쓸 수 있는 시간은 밤 외에는 없다. 아이들을 재우고 부지런히 책상 앞에 앉아도 10시 부근. 몇 문장 쓰지 못했는데도 어느새 자정이다. 여지없이 출출하다. 주저 없이 멸치와 다시마를 꺼내 찬물에 넣고 끓이기 시작한다. 국수 삶을 물을 올려놓고, 양념장을 만든다. 끓는 물에 국수를 넣을 때쯤이면 진한 멸치다시마 육수 냄새가 집 안에 고인다. 야식으로 먹는 국수에 꾸미(고명) 같은 걸 넣지 않으므로 그걸로 준비가 끝이다. 찬물에 국수를 헹군 다음에 그릇에 담고, 뜨거운 국물을 붓는다. 국물을 따르고 붓는 걸 두 번 정도 되풀이 한 다음에, 식탁 앞에 앉는다. 양념장은 한 스푼 정도. 저녁에 먹다 남긴 김치가 있으면 꺼내놓고, 없으면 없는 대로. 국수 한 그릇만 있으면 족하다.

매끈한 국수가 입 안에서 허물어질 때, 국물에 동동 뜬 파가 아삭하게 씹힐 때, 국물은 후루룩 소리를 내며 마셔야 제대로 먹은 것 같은 기분이 들고, 온몸에 멸치다시마 국물이 조금씩 스며드는 것처럼 덥혀질 때, 그릇에 남겨진 짭짜름한 양념장 찌꺼기를 젓가락으로 삭삭 긁어 먹을 때, 나는 어쩐지 위로를 받은 기분이 든다. 등허리가 축축해지고 내 몸에서는 기분 좋은 땀 냄새가 난다. 그럼 이십대의 나를 불러오고 싶어진다.

만년 습작생이었던 나를, 낙선에 길들여져 매사 주눅이 들어 있던 잿빛의 나를, 소설을 쓰는 사람으로 살 수만 있다면 영혼도 팔고 싶었던 나를, 조용히 불러내 내가 만든 국수 한 그릇을 건네고 싶다. 지금의 내가 다른 세계에서 배워온 음식으로 배를 채우고, 몸을 덥히고, 소설을 쓰고, 아이들을 키우고 있다는 이야기를 두서없이 하고 싶어지는 것이다. 너로 인해 지금 내가 살아 있다는 고백까지 하고 나면, 다시 노트북 앞에 앉을 수 있다. 그리고 어렴풋이 생각하는 것이다. 내 소설에는 양송이나 치즈로 요리하는 인물은 나오지 않을 것이라고. 바질이라든지 브로콜리 같은 단어도 등장하지 못할 것이라고.

소설에 먹는 장면이 많다는 지적에 배가 부르면 살기(殺氣)가 사라지기 때문이라고 대답한 적이 있다. 배가 부르면 분노도 가라앉고, 화도 조금 누그러든다. 그리고 다시 다음 끼니를 생각한다. 살게 하는 것이다. 눈물을 흘리고 나면 배가 고파지는 것처럼, 배가 부르게 되면 조금 더 제대로 살고 싶어지는 것이다. 어쩌면 내가 소설에서 말하고 싶던 것들의 이미지가 그런 것일지도 모르겠다. 간소한 찬 두어 개와 따뜻한 밥 한 공기, 자극적이지 않으나 가슴을 뜨겁게 해주는 더운 국물, 짜고 매워 맛없어도 여럿이 먹기 때문에 맛있게 느껴지는 이상한 음식의 힘. 살게 하는 힘 말이다.

*

며칠 전 위층 사람이라면서 한 사내가 찾아왔다. 새로 이사와 리모델링 공사를 시작한다며 양해를 구한다는 것이었다. 그제야 윗집 사람들이 이사를 갔다는 걸 알았다. 미리 양해를 구했다는 것만으로도 나는 새로 이사 온 윗층 사람들에게 호감이 갔다. 먼저 사람들 때문에 나는 층간소음으로 살인을 저지를 수 있겠다는 확신을 가지고 살아왔기 때문이었다.

윗집 부부는 맞벌이여서 낮에는 어른 없이 아이들만 있었다. 그 덕에 동네 아이들의 아지트였는데, 열댓의 아이들이 롤러블레이드를 타고 계단을 뛰어다니는 건 정말 참을 수가 없었다(왜 엘리베이터를 타지 않을까!). 집이 흔들릴 정도로 쿵쿵거리는 건 예삿일이었다. 하루 종일 두통에 시달리는 날이 잦았다. 그래도 낮에는 참았다. 낮이니까. 아이들이니까. 어른이 아니니까.

그날은 12시가 다 되도록 아이 둘이 집 안을 휘저으며 뛰어다니는 모양이었다. 이쪽에서 저쪽으로 와르르, 저쪽에서 이쪽으로 와르르. 집이 무너질 것 같았다. 대체 부모가 뭐 하는 건가. 나는 눈이 뒤집혀 윗집으로 올라갔다. 문이 열리고 주인 남자가 왜 그러냐는 얼굴로 나를 쳐다봤다. 남매가 빼꼼히 고개를 내밀었다. 가쁜 숨에 양 볼이 발그레했다. 그 다음은 예상대로다. 나는 예의바르게 항의한다. 12시가 다 된 시간인데 너무 한 거 아니냐. 남자가 비죽 웃으며 대답한다.

"하, 애 키우면 다 그런 거지. 아이 없죠? 없으니까 이해를 못 하는 거야. 아, 우리 윗집 애들도 똑같은데?"

그때 나는 살의를 느꼈다. 내가 바란 건 최소한의 것이었다. 그렇게 크게 들리는지 몰랐다, 미안하다, 주의시키겠다. 딱 세 마디만 해주면 그만이었다. 그런데 언제 봤다고 반말이야! 내가 왜 애가 없어? 부른 배 안 보여!

아랫집에는 노부부가 사는데, 나는 길에서 마주칠까봐 늘 노심초사하며 외출하곤 한다. 두 아이가 동동거리며 뛰어다녀서가 아니다. 나 때문이다. 밤마다 잠 안 자고 발소리 내며 돌아다니니까. 밤마다 뚝딱거리며 뭔가 해먹고, 내내 물 내리고, 무엇보다도 불안한 존재가 당신 머리 위에서 살고 있다는 걸 어른들이라면 모를 일이 없을 것이었다. 가끔 아랫집 아주머니와 마주치게 되면 나는 고개 조아리며 아이들을 내세운다. 저희 애들이 많이 뛰죠? 조심 시키는데도 잘 안 되네요. 죄송해요, 운운. 그럼 아주머니는 인자하게 웃으며 말한다.

"밤에만 안 움직이면 돼요."

고개를 더 숙일 수밖에. 그렇다고 내 책을 내밀며, 제가 이런 일을 하여 밤에 소란하여도 양해를…, 이라고 말하지도 못하겠다. 내가 세상에 내놓은 책이 부끄러운 게 아닌데도, 어쩐지 누군가에게 선뜻 내밀지 못한다.

소설은 허구의 이야기이고, 그러므로 작가의 실제 이야기가 아니라는 것을 누가 모르겠냐고 한다. 나와 전혀 상관이 없는 사람이라면 오독을 해도, 그래서 소설과 작가에게는 교집합이 있을 거라는 생각을 해도 무관하다. 그러나 이웃이거나 친구, 가족일 경우에는 조금 다르다. 그들에게는 한 치의 오해를 받고 싶지 않다. 그들에게 누가 되지 않아야 할 것이고 또한 내 가족에게 누가 되어도 안 된다.

그런 것이 염려될 소설을 쓰는 이유가 뭐냐는 질문도 받는다. 누군가는 내가 사석에서 남편이나 아이 이야기를 많이 하는 이유가 소설은 창작물이라는 거리감을 부여하기 위한 모습처럼 보인다고도 했다. 그러니까 나는 소설 속의 여자와 다릅니다, 라는 무의식적인 변론이었다는 것이다.

곰곰이 생각해보면, 나는 소설 속 여자와 다를 것도 없다. 정말 그런가? 아니다. 소설 속 여자들과는 전혀 다르다. 정말? 아니다. 거기엔 무수한 내가 눈을 희번덕거리며 앉아 있지 않던가. 칼을 숨긴 내가, 배신을 당했던 내가, 살의를 느꼈던 내가, 혹은 누군가를 죽였던 내가, 도망쳤던 내가, 대거리를 했던 내가, 아이를 낳은 내가, 가족을 버리고 싶었던 내가, 가족을 가지고 싶었던 내가, 세상에서 사라지고 싶었던 내가, 이간질했던 내가, 악다구니를 치고 자지러졌던 내가, 도둑질을 했던 내가, 거짓말을 하는 내가, 사랑밖에 모르는 내가, 사랑을 모르는 내가, 그래서 깔깔대며 세상 아무것도 모르는 여자의 표정을 짓고 싶었던 내가, 그런 내가 소설 속에 있는 것이다.

그러니 내 이웃에게 나의 소설을 보일 수가 없는 것이다. 가능하다면 평생 숨기고 싶다. 소설 속 여자가 나를 닮은 여자라는 것이 들통날까봐. 이렇게 끔찍하게 불쌍하고 어처구니없이 슬픈 여자라는 것을 들키고 싶지 않아서, 이렇게 독하고 악랄한 여자라는 것을, 세상이 이렇게 만든 여자라는 것을 인정하고 싶지 않아서 말이다.

이런 여자가 당신의 이웃이라면, 이런 여자가 당신과 인사를 주고받았던 아는 여자라면, 당신은 얼마나 무섭겠는가. 세상의 무수한 여자들이, 사실은 이런 여자들이라는 것을 인정해야 한다는 건 엄청난 공포가 될 것이다. 그래서 나는 미리 미안하다. 당신의 편이 아니라, 이 여자들의 편이어서. 당신을 무섭게 하고, 당신을 혐오감에 치를 떨게 하고, 당신을 불편하게 해서. 진심으로 죄송하다.

*

어느 독자 서평 중에 이런 구절이 있었다. "그녀의 주인공들은 유리 구두를 찾아 방황하는 신데렐라가 아니라 맨발로 진흙탕을 뒹굴며 쌍시옷을 날리는 생 한복판의 여자들이다. 이 작가는 언어를 다룰 줄 아는 본인의 재능을 그들을 위해 바치고 있다. 소중한 작업이라고 생각한다."

이 문장을 읽던 밤에도 나는 멸치다시마 국물에 국수를 말아 먹었다. 가슴이 저릿한데도 눈물 같은 건 흘리지 않았다. 대신 대접을 들고 씩씩하게 국물을 들이켰다. 깊은 밤이었으므로 설거지는 하지 않았다. 대신 나는 뜨거운 몸으로 한글 창을 열었다. 한 글자 한 글자 힘 있게 꾹꾹 눌러 적어갔다. 문장 속의 여자가 씩씩하게 앞으로 걸어갔다. 그 여자가 우뚝 멈췄다. 그러더니 나를 향해 뒤돌아서는 것이 아닌가. 가만히 들여다보니 여자가 나를 향해 빙그레 웃고 있었다.

그제야 나는 내가 조금 더 오랫동안 소설을 써도 된다는 허락을 받은 기분이 들었다. 어느새 나도 그 여자를 향해 활짝 웃으며 눈물을 흘렸다.

대담

누구나 알고 있지만
아무도 말하지 않는 것들

김이설 · 전성욱

전성욱 『나쁜 피』와 『아무도 말하지 않은 것들』을 읽었습니다. 가난한 마음에 위로가 되었습니다. "내가 만든 인물들이 당신을 대신해 앓았으면 좋겠다"는 「작가의 말」이 너무도 따뜻하게 느껴졌습니다.

선생님의 소설들을 읽고 로베르 브레송의 〈무쉐뜨〉(1967)라는 영화가 떠올랐습니다. 오래전 보았던 옛 영화 속 무쉐뜨라는 소녀의 슬픈 얼굴은 지금까지도 생생하게 떠오릅니다. 소설 속의 여자들은 세상에서 가장 외로운 소녀, 바로 그 무쉐뜨였습니다. 아버지의 폭력과 착취, 병든 어머니, 선생님의 질책, 아이들의 비웃음. 무쉐뜨는 숨어서 친구들을 향해 돌을 던지거나 아니면 신발에 진흙을 잔뜩 묻혀 학교나 교회의 바닥을 더럽히는 것으로 비정한 세상과 적대합니다. 언제나 무표정한 무쉐뜨의 얼굴엔 누구에게도 말하지 못하는 외로움과 슬픔이 새겨져 있습니다. 그러나 무쉐뜨는 자기를 강간하는 간질병 걸린 이웃

남자를 짓눌린 몸으로 껴안습니다. 남자의 폭력에 짓눌려 반항하다 그를 감싸 안던 소녀의 두 손을 잊을 수 없습니다. 어머니가 죽자 무쉐뜨는 아버지를 욕하며 집을 나갑니다. 자기를 동정하는 사람들을 향해, 그 연민의 불온함을 욕하며 무쉐뜨는 결국 한 노파가 어머니의 수의로 준 옷을 입고 언덕에서 굴러 자살합니다.

선생님의 소설을 앞에 두고 엉뚱한 이야기를 너무 길게 한 것 같습니다. 하지만 저는 선생님의 소설들을 읽는 내내 강렬한 기억으로 남아 있던 영화 속 무쉐뜨의 무표정한 얼굴이 지워지지 않았습니다. 길게 에둘러 이야기했습니다. 선생님의 소설들을 지배하고 있는 그 음울하고 쓸쓸한 분위기에 대해 이야기를 듣고 싶습니다.

김이설　가진 사람들, 어여쁜 사람들, 배부른 사람들, 환하고 화려한 사람들에게 관심이 덜 갑니다. 그들은 어떻게든 잘 살아갈 테니까요. 혹은 수월하게 살아갈 테니까요. 그러므로 그들이 사는 공간도 눈길이 가지 않습니다. 제 촉수가 향한 곳은 그들이 와자하게 떠드는 곳이 아니라, 무르고 약한 이들이 숙덕거리는 곳입니다. 그러니 가지지 못했기 때문에, 못생겼기 때문에, 허기졌기 때문에, 선천적으로 어둠과 가깝기 때문에 크게 소리 내지 못하는 이들의 목

소리가 더 크게 들리는 모양입니다. 그러니 '그 음울하고 쓸쓸한 분위기'는 제가 의도한 분위기가 아니었을 겁니다. 저는 그저 묵묵히 입을 다물고 귀를 열었던 것일 뿐, 이라고 말하고 싶지만, 사실은 다분히 의도적으로 그렇게 그렸던 것입니다. 그래서 우리가 바라보지 않았다고, 들리지 않았다고 말한 것이 사실은 거짓말이었다는 것을 징그럽게 말하고 싶었던 모양입니다.

소설 속의 인물들은 모두 문제적 인간이어야 합니다. 이야기의 극적인 전달을 위해 왜곡과 압축이 불가피한 것처럼요. 제가 관심을 둔 인물들은 여하튼 결여된 인물, 결핍된 인물들입니다. '무엇'이 결여되었는지, '왜' 결핍되었는지를 밝히는 것이 제 소설의 시작이 됩니다. 소설은 갈등에 대한 서사이므로 인물들은 싸워야 합니다. ('폭력'으로 대변될 수 있는) 싸움의 끝은 승자와 패자이지만, 이들이 왜 싸우게 되었는지를 되짚다보면 슬픈 현실을 마주하게 됩니다. 주로 인간의 기본적인 욕망에 관해서, 혹은 안타깝게도 (그러나 전부인) 생계에 관한 문제였던 것이죠. 인간이 인간적인 삶을 살지 못하게 방치한 이 거대한 현실이 문제의 근원이 됩니다. 따지면 누구의 잘못도 아니고, 무엇을 탓할 수도 없습니다. 결국 피 흘리고 눈물 떨구는 인물들이지만, 그들을 위무할 수 있는 해결 방법이 없다는 절망감을 확인하게 됩니다. 그런 현실을 인정해야 한다는 것이 일종의 무력함으로 발전하기도 하고요. 그 절망과 무력을 목도하는 순간이 현실을 깨닫는 순간이 되는 겁니다. 그러니 소설의 분위기가 그럴 수밖에 없지 않았을까 하고 주억거려봅니다.

전성욱　선생님의 소설 속 여자들에게 삶은 누려야 할 축복이 아니라 견뎌야 하는 천형입니다. 「엄마들」의 여자는 "앞일은 누구도 예상할 수 없다. 행이든 불행이든, 그건 개인의 능력으로 선택할 수 있는 일이 아니다"(44쪽)라고 말합니다. 그들이 이렇게 비관적인 운명론자가 된데는 나름의 사연이 있을 것입니다. 혹여 우리의 현실이 "내가 들인 시간과 노력에 비례한 결과가 나오는 곳이 아니"(「손」, 177쪽)라서 그런 것입니까? 세상에 공짜는 없고 반드시 어떤 대가를 치러야만 한다는 것, 그것은 선생님의 소설을 사는 여자들이 가진 삶에 대한 숙명적 태도입니다.

> 세상에 공짜는 없다. 그러니 공평하지 못한 건 그저 운명뿐이지 않은가.(「엄마들」, 63쪽)
> 세상에 공짜는 없다는 것을 나는 이미 알고 있었다.(「순애보」, 72쪽)
> 세상에는 내가 가지지 못할 것들이 너무 많다는 것이 억울했다.(「열세 살」, 29쪽)

왜 이들은 그런 힘겨운 대가를 치러야만 하는 것입니까? 주어진 삶을 제대로 살지 못한 나태함 때문일까요.

> 누구에게나 공평하게 주어지는 것이 시간이지만, 시간은 그 주인에 따라 각각의 몫으로 소멸되었을 것이다. 같은 10년을 보내는 동안 누군가는 학부형이 되고, 빚쟁이가 되기도 하며, 생을 끝내기도 한다. 어떤 이는 과거에 매몰되기도 하고, 또 누군가는 앞만 보며 뛰어갔을 것이다. 나는 어떤가. 나는 어떠했던가.(『나쁜 피』, 123쪽)

누구에게나 공평하게 주어진 시간을 제대로 살지 못했다는 것이 그 무지막지한 대가의 근거라고 믿고 싶진 않습니다. 어차피 '사회는 내가 들인 시간과 노력에 비례한 결과가 나오는 곳' 이 아니지 않습니까?
이들의 고통과 괴로움, 그것의 기원은 무엇입니까?

김이설 한계에 대해서 종종 생각합니다. 운명의 한계, 계급의 한계,
태생지의 한계, 성별의 한계 같은 것들 말이지요. 결코 넘을 수 없는
벽, 결코 진입할 수 없는 세계, 죽을힘을 다해 쳐들어갔어도 하나로 어
울리지 못하는 관계들 말입니다.

아니면 이런 답변은 어떨까요.

꿈은 이뤄진다, 는 것을 좀처럼 믿을 수가 없기 때문입니다. 노력하
면 꿈이 이뤄진다는 믿음을 버린 지 오랩니다. 이를 악물어도 넘을 수
없는 벽, 두 손에 칼을 들어도 통과할 수 없는 경계가 철문처럼 나를
노려보곤 했습니다. 실패와 좌절이 새삼스럽지도 않습니다. 무슨 수를
써도 이길 수 없는 사람들이 있었습니다. 그들은 이미 노력하지 않아
도 모든 걸 다 가진 사람들이었으니까요. 그들은 노력하는 나를 우롱
합니다. 그들은 나의 꿈같은 건 진작 이뤘거나 혹은 돈으로 살 수도 있
습니다. 종종 그런 건 가치가 없다고도 말합니다. 낯선 일도 아닙니다.
세상은 원래 그런 것이라고 경험으로 알았으니까요. 구분되고, 나뉘
어, 융화되거나, 섞이지 않는 곳. 나와 당신이 살고 있는 여기가 그런
땅이었습니다. 우리의 고통은 이런 땅에서, 그것도 가난하게 태어났기
때문이었습니다.

전성욱 아마도 가족은 가장 큰 폭력의 처소인지 모르겠습니다. 선생
님의 소설에서 여자들의 아픔은 바로 그 가족이라는 '나쁜 피' 의 결사
로부터 비롯됩니다. 무능하거나 폭력적인 아버지는 그렇다 치고, 선생
님의 소설에서 특히 인상적인 것은 어머니의 자리인 것 같습니다. 『나
쁜 피』에서 화숙의 어머니는 정신지체로 동네 남자들의 성적 학대와

오빠의 폭력에 시달리다 죽었고, 수연의 어머니는 다른 남자와 함께 집을 떠났습니다. 수연 역시 임신한 몸이고 또 한 아이의 엄마지만 세상을 버리고 자살합니다. 진순은 자기의 아이를 돌보지 못했던 과거에 속죄하듯 수연의 딸 혜주를 거두어 키웁니다. 「순애보」와 「막」의 여자들도 어머니로부터 버림받았습니다. 「오늘처럼 고요히」의 혜경 엄마와 「하루」의 지환 엄마는 자살로 생을 마감합니다. 선생님의 소설에서 이처럼 반복적으로 드러나는 '어머니의 부재'를 어떻게 볼 수 있을까요?

김이설　나와 가장 친밀한 것의 부재, 나를 보호하는 자의 부재, 나의 근원을 만들어준 모체의 부재를 의미하는 것으로 해석되면 좋겠습니다. 조금 더 비약해도 된다면, 윤리와 도덕의 부재를 의미하는 것이라고도 말하고 싶습니다. 약자를 죽음으로 내모는 세상, 그 세상이 얼마나 폭력적인지 알려주는 반증으로 읽히면 더 좋겠습니다.

　한편으로는 모성을 강요하는 세상의 폭력성에 대한 이미지를 넣고 싶었던 모양입니다. 강하고 현명한 어머니만이 어머니는 아닌 것이죠. 그러나 세상은 그런 것을 인정하지 않는 곳입니다. 세상의 잣대로 본 옳은 어미의 모습은 아니지만, 그런 운명을 타고난 어미는 존재하고, 그런 어미의 자식들도 이 세상에는 분명 있는데. 그들의 목소리, 그들의 그림자를 그리고 싶었던 겁니다. 현실은 이기적이어서 그런 인물들을 그냥 두지 않지요. 죽이거나 죽기 직전까지 몰아가게 되고요. 저는 그들을 드러내놓은 것으로 진심으로 안아줄 수 있는 기회였다고 생각한 모양입니다.

전성욱　선생님 소설에는 죽음이 낭자합니다. 앞서 이야기했던 것처럼 많은 여자들이 자살로 그들의 무거운 삶으로부터 결별합니다. 자살만이 아닙니다. 「순애보」에서는 말을 더듬는 청년 치우가 자기의 사랑을 거부하는 여자에 대한 분노로 아이의 혀를 절단합니다. 「오늘처럼 고요히」의 여자는 남자를 망치로 때려죽이고, 혜경의 엄마는 의붓딸을 추행하는 남편을 살해한 뒤 그의 성기를 절단하고 자기도 목숨을 끊습니다. 「막」에서는 아버지가 할머니를 죽입니다. 이런 죽음들의 카니발은 무엇입니까? 마치 그것은 세계의 폭력에 대한 자멸적인 대항폭력으로도 생각되는데요.

김이설 '세계의 폭력에 대한 자멸적인 대항폭력.' 그 표현도 좋겠네요. 저는 늘 그들을 그렇게 몰아세운 것들에 관해서 말하고 있다고 여겼습니다. 그들이 칼을 들어야 하는 이유, 그래서 죽음으로 치닫게 되는 과정. 그 과정의 끔찍한 진실 같은 것들 말이지요. 왜 그렇게 극단적이냐는 질문도 많이 받습니다. 꼭 죽음이어야 하느냐는 질문 같은. 그럴 때마다 저는 '진짜 현실이 더 끔찍하지 않으냐' 되묻곤 했습니다. 신문 사회면에서 만나는 이야기들을 떠올려보면, 이 땅에서 벌어진 이야기라는 것이 믿어지지 않을 때가 많습니다. 더 무서운 것은 그런 현실이 아무렇지 않게 받아들여진다는 것, 점점 더 끔찍한 일들이 버젓이 일어난다는 것입니다.

　힘이 세면 폭력은 정당화됩니다. 하지만 폭력에 정당함은 없어야 하듯, 분노와 복수도 정당할 수 없겠죠. 그러니 폭력의 결과를 극단적인 죽음으로밖에 설명할 방법이 없었습니다. 가장 선명하고 강렬한 이미지, 가장 극악하며 가장 부정적인 결론이기 때문이었습니다.

전성욱 선생님의 소설들에서 성은 두 가지 의미로 드러납니다. 짐승과 같은 남자들에게 당하는 폭력이 아니라면, 여자들에게 섹스는 자기모멸 혹은 자기학대의 한 방법으로 드러납니다. 예컨대 『나쁜 피』의 남자들이 정신지체인 화숙의 엄마에게 가하는 것이 앞의 예라면, 「열세살」과 「순애보」의 소녀가 체념한 듯 남자를 받아들이는 것은 후자라 하겠습니다. 물론 다른 경우도 있습니다. 「오늘처럼 고요히」의 여자처럼 생존을 위해 몸을 팔기도 하고, 「막」의 여자처럼 생활의 만족을 위해 몸을 팔거나 연하의 남자를 만나기도 합니다. 어쨌든 거의 모든 작품에서 성은 처참하게 일그러진 모습입니다. 그 사정이 궁금합니다.

김이설　저는 없는 이야기는 쓰지 못하는 소심한 사람이라는 걸 고백하고 싶습니다. 들은 이야기, 벌어졌던 이야기, 실제로 행해지는 이야기, 정말 누군가의 이야기이며, 어쩌면 나의 이야기, 당신의 이야기이기도 한 것들만 쓸 줄 압니다.

전성욱　선생님의 소설에서 남자들은 세계로부터의 하중을 여성을 향한 공격충동으로 해소합니다. 거의 모든 남자들이 무능하거나 폭력적이고, 성적으로 타락한 것처럼 보이며, 모두들 동물적 욕구의 충족에 몰두하고 있는 것 같습니다. 남성의 인물 형상화가 이처럼 부정적으로 전형화될 때, 남자와 여자는 가해와 피해의 환원론적인 틀 속에 갇힐 위험이 있습니다. 선생님 나름의 젠더 표상의 의도적인 구상이 있다면 듣고 싶습니다.

김이설　강자와 약자, 승자와 패자, 때리는 자와 맞는 자, 밝음과 어둠, 남성과 여성의 이분법은 다분히 촌스러운 설정입니다. 그러나 가장 보편한 설정이기도 합니다. 메시지를 쉽게 전달할 수 있다는 장점이 있었습니다. 그러나 비판 없는 답습이라는 질책을 피할 방법이 없습니다. 이 부분은 제가 고민하고 있는 숙제이기도 합니다.
　　미비하게나마 극복하기 위한 노력도 해봤습니다. 『나쁜 피』에서는 화숙과 수연이에게 수직관계를 설정했습니다. 즉 여러 소설에서 노출되었던 가해자와 피해자의 구분을 남-여가 아니라 그저 힘이 센 자와 약한 자, 뻔뻔한 자와 부끄러움을 아는 자로 나눴습니다. 결국 인간과 인간의 문제로, 나와 너의 문제로 발전시키는 계기였다고 생각합니다.

곰곰이 생각해보면 전형적인 남-여 관계의 형상보다, 더 큰 문제는 세계를 양극단으로만 해석하고자 했던 건 아닐까 하는 우려입니다. 끊임없는 자기검열이 필요하다는 것도 이 답변을 통해 깨닫습니다.

전성욱 선생님의 거의 모든 소설에 여자는 임신합니다. 하지만 그것은 축복과는 거리가 먼 어떤 곤혹스러움을 드러냅니다. 『나쁜 피』의 수연은 딸을 제대로 돌볼 수 없는 처지이면서 혼외임신을 합니다. 「순애보」에서 여자의 엄마는 혼외임신을 해 그녀를 떠나버리고 여자는 자기를 길러준 남자의 아이를 낳습니다. 「열세 살」의 어린 소녀는 아빠가 누구인지 알 수 없는 아이를 낳아 입양을 보내고, 「엄마들」의 여자는 가족의 생계를 위해 대리모를 하지요. 「오늘처럼 고요히」의 어린 소녀 혜경은 어른들의 성적 학대 속에서 임신을 하고 또 낙태를 합니다. 「환상통」의 여자는 자궁을 들어내 불임을 받아들여야 하고 「하루」의 여자는 둘째를 가지라는 주변의 충고에 시달립니다.

임신은 여자의 '몸'이 겪을 수 있는 하나의 가능성입니다. 예컨대 그것은 이와 같은 생생한 경험으로 기억됩니다.

나는 가끔 아이를 막 낳았을 때를 떠올리곤 한다. 쑤욱, 아이의 머리가 나왔을 때의 느낌이 아랫도리에 새겨진 듯했다. 아이를 내놓자 해방감이 들었다. 끝났다는 생각이 들었기 때문이었다. 할 일을 다 마친 듯 허탈하기까지 했다. 태반을 빼내고 절개한 회음부를 꿰매는 삼십여 분 동안 어렴풋이 시작의 고통에 대해서 절감하고 있었다. 끝이 아니라 시작이기 때문에 괴롭고 아팠다. 늙은 의사는 내 아랫도리에 고개를 숙이고 찢어진 살을 꿰매는데, 내 정신은 명료하다 못해 투명했다. 커다란 공포가 진통처럼 밀려왔다. 그제야 나는 눈물을 흘렸다. 아이의 울음소리를 들은 기억이 나지 않는다.(「오늘처럼 고요히」, 151쪽)

선생님의 소설에서 생명의 잉태, 임신이란 어떤 의미입니까?

김이설   소설 속에서 임신은 주로 부정의 결과이거나, 비밀을 유지해야 하는 증상으로 치부되고 맙니다. 생명의 잉태가 진퇴양난으로 치닫는 상황의 빌미가 되기 일쑤고요. 여자의 몸이란 임신과 출산을 통해 새로운 몸이 됩니다. 몸은 실존입니다. 또한 몸은 본능입니다. 실존이 위협받는 상황에서도 본능의 작용으로 임신을 하게 됩니다. 내 몸인데도 내 의지가 아닌 상황에 놓이게 됩니다. 그런 여자들이 세상에 놓는 아이들은 그러므로 (슬프게도!) 태생부터 부정의 의미를 지니고, 불운의 인물로 살아가는 천형을 얻습니다. 운명의 고리, 결국 벗어나지 못하는 태생적 한계의 시작이 임신입니다. 그  러니 웃을 수 없고, 축하할 수 없게 되지요. 마땅히 기쁘고 당연히 행복한 임신이, 운명의 굴레, 결핍-결여의 시작점, 원하지 않는 세계로의 소환, 불행의 근원이 되고 마는 현실이 되는 것입니다.

전성욱　최근에 본 홍상수의 〈하하하〉(2010)에서는 어둡고 슬픈 것보다는 밝은 것이 좋다고, 그래서 '좋은 것만 봐야 한다'는 말이 나옵니다. 홍상수는 이제 세상을 바라보는 낙관적 시각을 갖게 된 것일까요. 어쨌든 작가란 이처럼 삶과 세계를 바라보는 특유의 '태도'를 갖고 있습니다. '누구나 알고 있지만 아무도 말하지 않는 것들', 그 어둡고 캄캄한 곳의 이야기를 통해 세상의 아픔을 대신 앓고자 하는 선생님의 그 '태도'는 무엇입니까. 당돌한 물음인지는 모르겠지만, 혹 그 태도가 불우한 타자를 향한 연민이나 동정이라는 오해를 받는다면 어떻게 말씀하실 수 있겠습니까. 선생님의 소설에서 누군가는 이렇게 말하지 않았습니까? "현실은 동정으로 해결되지 않는다는 걸 나는 경험으로 알고 있었다"(「엄마들」, 45쪽)라고. 저는 선생님의 소설에서 그 어떤 '몰아붙임'을 느끼지 않을 수 없었는데, 어쩌면 선생님의 소설은 세계의 어떤 부분에 대한 무서운 '증오'를 표현하고 있는 것은 아닐까요. "증오란 자기가 미워하고 싶은 상대를 정해 일방적으로 몰아붙이는 일인지도 모른다"(『나쁜 피』, 124쪽)라고 한 누군가의 말처럼.

김이설　이창동 감독의 〈시〉에서는 '시는 잘 들여다보는 것'이라는 말이 나옵니다. '시'를 소설이나 문학, 혹은 예술로 확장해도 무관하지 않을까요? 잘 들여다보는 일, 눈앞에 보이는 것들을 제대로 바라보는 일, 바라볼 수 있는 용기, 기꺼이 바라보겠다는 마음가짐 같은 것들이 소설을 쓰는 근간이 됩니다. 저는 그 구절도 인상 깊었습니다. '시를 쓴다는 것은 아름다움을 찾는 일이에요. 우리 눈앞에 보이는 것들, 이 일상의 삶 속에서 진정한 아름다움을 찾는 겁니다.' 아, 저는 정말 소리 내어 탄식을 할 수밖에 없었습니다. 이렇게 무섭고 각박한 현실에서 아름다움을 찾는 일이란 얼마나 힘겨운 일인가요. 들여다볼수록, 알면 알수록 혐오만 남게 되는 것이 이 시대의 이 땅의 현실 아닙니까. 그런 곳에서 겨우겨우 하루를 살아가는 개개인들에 연민을 가질 수밖에 없습니다.

저의 '태도' 란 바로 그 불쌍한 개개인의 일상을 눈에 보이는 대로 이야기하고 있다는 것입니다. 그런 '태도' 가 '내가 사는 이 세상이 살 만한 세상인지, 나는 과연 잘 살고 있는지' 를 자문하게 하는 일이기 때문입니다. 그것이 제가 지향하는 소설을 대하는 '태도' 이기도 합니다.

(동정과 연민이라면 어떻습니까. 증오의 표현이면 어떻습니까. 그런 왜곡된 자세나, 오독의 결과도 결국은 '내가 사는 이 세상이 살만한 세상인지, 나는 과연 잘 살고 있는지' 를 자문하게 될 테니까요.)

전성욱　빡빡하고 미련한 질문들로, 정말 선생님께서 하고 싶은 말씀을 가로막고 괜한 대답을 요구한 것은 아니었는지 모르겠습니다. 어둡고 슬픈 그 여자들의 이야기 속에서 결코 하하하 웃을 순 없었지만, 오히려 저는 큰 위로와 용기를 얻게 되었습니다. 그건 저만의 사정은 아니었을 것입니다. 세상의 외로운 이들에게 소설이 아닌 작가의 육성으로 다하지 못한 마지막 말씀이 있다면 남겨주십시오.

김이설　위로, 라는 단어를 오래 쳐다봅니다. 제 조악한 소설이 누군가에게 위로가 될 거라는 생각을 해본 적이 없었습니다. 그저 날이 선 번뜩이는 눈빛으로 세상을 노려보고, 그 시선으로 소설을 썼으니 더없이 불편할 것이고, 그래서 조금 더 다른 이야기로 전달되기를 희망하기는 했습니다.

소설을 쓰는 사람은 소설로 이야기해야 한다고 생각했는데, 이러저러한 기회를 통해 제 입으로 제 소설을 말할 때가 있습니다. 그때마다 저는 당황합니다. 정말 내가 쓴 소설이 맞는지 의아하게 느껴지기 때문인데, 내가 정말 이렇게 혹독한 인물들을 그렸단 말이지, 내가 정말 이런 어처구니없는 현실을 그렸단 말이지, 하며 제 스스로 놀라곤 합니다. 그리고 가슴이 아프기 시작합니다. 그들의 운명을 그렇게 만들어서 미안하다고, 고개 숙여 사죄하고 싶어집니다. 그럴 수 있다면 말이지요.

깊은 밤, 식구들(남편과 다섯 살, 두 살 아이가 있습니다)이 모두 잠이 들면, 귀신처럼 혼자 일어나 책상 앞에 앉습니다. 제가 소설을 쓸 수 있는 유일한 시간입니다. 고롱고롱 코 고는 식구들의 숨소리를 들으며 매일매일 조금씩 소설을 써갑니다. 어제도, 오늘도 그랬고, 내일도 그럴 것입니다. 그런 밤에는 외롭다고 느끼기도 하고, 외롭지 않다고 느끼기도 할 것 같습니다. 그때마다 제가 만든 외로운 인물들을 생각하겠습니다. 나의 이야기가 아니라 우리의 이야기를 쓸 수 있는 소설가가 되겠습니다. 그것이 당신을 위로할 수 있는 일이라면 기꺼이 말이지요.

김재영

작가산문
내 문학의 동경

대담
소설의 힘

김재영 · 전성욱

내 문학의 동경

김 재 영

얼마 전에 도심에서 벗어나 마당이 있는 집으로 이사를 했다. 어느 유명 연예인의 자살 소식이 들려온 날 오후, 나는 영화감독 안드레이 타르코프의 책을 읽고 있었다. 창밖의 목련나무는 투명한 가을 햇빛 아래서 가볍게 흔들렸고 어딘가로부터 말리는 호박 냄새가 풍겨왔다. 감독은 이렇게 썼다. "흔히들 가정하는 것과는 달리 예술의 기능적 규명은 사고를 촉발시킨다거나 혹은 하나의 사례구실을 하는 데 있지 않다. 예술의 목적은 인간이 자신의 죽음에 대하여 의연히 준비하게 하고, 인간이 죽음을 자신의 가장 깊숙한 내면에서 만날 수 있게 해주는 데 있다."

그 대목에서 고개를 끄덕이며 밑줄을 그었다. 훌륭한 예술작품은 삶에 대해 성숙한 태도를 지니도록 인간의 정신세계를 고양시켜주며, 죽음에 대한 의연한 태도는 삶을 더욱 풍요롭게 지속시킨다고 생각한 탓이었나 보다.

훌륭한 문학작품은 인간의 정신적 잠재력을 키운다. 그리고 위대한 작품일수록 특별한 독자를 필요로 한다. 소로우가 일찍이 그의 작품 『월든』에서 고귀한 정신적 연습으로서의 독서에 관해 말했던 것처럼. 우리들의 가장 고귀한 감정들을 잠재우면서 잠자리에서 우리를 달콤하게 잠들게 하는 그런 독서가 아니라, 우리들이 발뒤꿈치를 들고 까치발로 접근해야만 하는 그런 독서, 우리들의 의식이 가장 초롱초롱하게 깨어 있는 순간들을 바쳐서 하는 그런 독서. 감히 독자들에게 그런 독서를 요구할 만큼 좋은 소설들이 우리 시대에 많이 나오기를 독자의 한 사람으로서 나는 바라고 있다. 내가 과연 작가인가, 아직도 때때로 자문하는 처지에 감히 그런 소설을 쓰겠다고 나서지는 못하지만, 그러나 내가 동경하는, 내 문학의 이상이 거기 어딘가에 있는 것만은 분명한 것 같다.

가볍게 흔들리는 목련나무 너머 큰길 저편에는 초고층 빌딩이며 아파트들이 하늘 높이 솟아 존재를 드러내며 완강하게 버티고 있었다. 어떤 흔들림도, 어떤 회한도 없이. 소비를 목적으로 하는 현대의 대중문화는 영혼을 기형화시키며, 인간들이 자신의 존재에 대해 근본적인 질문을 던지는 기회를 점점 더 빼앗아가고 있다. 그럴수록 작가는 더욱 근원적인 질문을 던지고, 깊이 있는 성찰과 깨달음을 다른 사람들에게 나누어주어야 하는 게 아닐까. 단지 개성이란 이름 아래 삶의 의미를 찾기를 소홀히 하는 현대작품들은 과연 옳은 걸까.

그에 관해 안드레이 타르코프는 이렇게 말했다. "예술에 있어서는 개성이 진실임을 판명해주는 것이 아니다. 예술은 좀 더 보편적이고 좀 더 높은 이념에 이바지하는 것이다. 예술가란 자기 자신에게 마치 기적과 같이 부여된 재능에 대해 소위 관세를 물어야만 하는 하인이다. 진정한 개성이란 오로지 희생을 통해 얻어질 수 있음에도 불구하고 현대인은 자신을 희생하려 들지 않는다."

그렇다고 해서 그가 예술이 그 누구에게 무엇을 가르치는 것이라고 생각하는 건 아니다. 인류는 4천 년 동안 아무것도 배울 수 없었다는 사실을 분명히 알고 있다. 인간은 배움을 통해 착해질 수는 없으며 오직 예술은 인간의 영혼을 충격과 카타르시스를 통해 선(善)으로 인도할 수 있다고 생각한다. 그는 작가란 다만 형상을 통해 생각하고 독자와는 달리 자신의 세계관을 이 형상의 도움을 받아 유기적으로 판을 짤 수 있다는 고골의 생각에 공감한다. 나는 그런 그의 생각에 대해 곰곰이 생각해보았다.

나는 소설을 통해 무언가를 가르치려 들진 않았던가. 그렇지 않다고 장담할 수 없어 난감했다. 처음 소설을 쓰려고 마음먹었을 때 내 나이 이미 서른이었다. 나는 무엇에 이끌렸던 걸까. 이미 두 아이의 엄마였으며 아내이자 한 집안의 외며느리였다. 나는 내가 평생 할 수 있는 일, 나만의 직업을 가지고 싶었는데 아무리 생각해봐도 작가만큼 매력적인 건 없었다. 청소년기에 문예반에 들어가 문학을 접했지만 천재적 재능을 가진 사람만이 꿈꿀 수 있는 직업이라 여겼기에 일찌감치 포기한 길이었다. 하지만 '이야기'에 매혹된 경험이 있는 숱한 독자들처럼 나 역시 이야기 속에 파묻혀 살고 싶었다. 뿐만 아니라 당시 유행하던 소위 80년대 후일담 소설들이 썩 내 마음에 들지 않았다. 내 스무 살 청춘의 시기, 독재에 항거한 그 열정의 시간들을 냉소적으로 조롱하고 제멋대로 왜곡하는 어떤 소설들은 나를 화나게도 했다. 누군가 좀 더 진지하고 애정 어린 시선으로 돌아보고, 그 시대를 살아간 사람들의 이야기를 풍부하고 아름다운 언어로 써주길 바랐다. 그러나 기대하는 작품들은 쉽게 눈에 띄지 않았다. 마침내 나는 나와 함께 동시대를 보낸 젊은이들을 위한 이야기를 직접 써야겠다고 생각했다. 그러나 당장에 그 이야기에 접근해 들어가기엔 내 역량이 너무 부족했다. 나는 문학적으로 좀 더 단련될 필요를 느꼈다. 문학 강의를 듣기 시작했다. 많은 책을 읽었고, 당면한 내 고민을 함께 할 소설 속 인물들을 만났다.

소설을 통해 무언가를 가르치려는 과오를 포함한 숱한 시행착오 끝에 하나둘 단편소설들이 태어났다. 이미 오래전에 봉인된 채 잊혀져가던 어린 날의 기억에서부터 최근에 보고 겪은 일들까지 형상을 가진 이야기가 되었다.

하나 아직까지도 나는 최초의 창작 동기를 불러일으킨 소설을 써내지 못하고 있다. 세월이 흐름에 따라 어쩌면 열정이 식어버린 탓인지도 모르겠다. 아니면 아직도 준비가 되지 않은 탓이던지. 나는 최근 몇 년 동안 디아스포라의 삶에 관심을 기울여왔다. 세계화의 물결 속에서, 더 이상 지구촌 사람들은 나고 자란 고장으로부터 끝없이 멀어지는 삶을 살아가고 있다. 그것은 엄청난 불안과 공포를 동반하는 삶이다. 물론 새로운 기회의 문을 열어젖히는 흥미로운 삶의 여정이기도 하다. 국내외적으로 이주민들이 많이 사는 지역을 찾아다니며 취재를 하고 경험을 쌓는 동안의 내가 그랬다. 두렵기도 했지만 매우 흥미롭기도 했다. 다양한 나라와 민족의 공동체에서 떠나온 이들은 자신들의 언어와 음악, 독특한 무늬와 향신료, 그리고 흥미로운 이야기들을 가져왔다. 이질적인 문화가 만나 상처를 주고받기도 하고 사랑을 싹틔우기도 하는 거리는 그 어느 곳보다 역동적이었고, 새로운 기쁨과 고민거리들을 양산했다. 일국의 제한 속에서 사고의 제한을 받던 내 앞에 이전과는 다른 일상, 다른 관심거리와 문제의식이 생겨났다. 그리고 그것들은 또 하나의 이야기가 되었다.

세계화 물결 속에서 자본의 흐름에 따라 이리저리 흘러다니는 디아스포라의 삶. 다양한 문화가 뒤섞이는 낯선 환경 속에서 살아가는 사람들은 그러나 더 선해지거나 혹은 더 악해지지 않았다. 여전히 한 모금 사랑의 기쁨과 한 줄기 상실의 아픔 속에서 삶이란 무엇인가를, 그리고 죽음의 평등성을 배운다. 사랑을 알 때까지 아이들은 자라고 죽음 앞에서 의연해질 때까지 지혜롭게 늙어간다.

그러므로 다시 이런 질문을 하게 된다. 독자는 문학을 통해 무엇을 얻고자 하는 걸까. 세계관을 획득하려는 인간의 욕구를 충족시키려 하는 게 아닐까. 요즘의 소설들이 참을 수 없을 만큼 가볍기만 한 것에 대해 염려의 시선을 보내는 이유가 여기에 있다. 가볍고 재미있게 이야기를 끌어가는 것, 웃기는 것, 엽기적인 것, 그런 것들은 요즘 소설에서 흔히 볼 수 있다. 독자에게 가까이 다가가는 소설이 필요한 건 사실이다. 그리고 그런 요소들은 꼭 필요한 것들이다. 그러나 전부는 아니다. 모든 문학이 그것만을 추구해서는 무언가 부족함이 있지 않을까. 서커스나 뮤지컬, 코미디 프로그램, 게임 같은 것보다 문학이 더 흥미롭고 자극적이기는 쉽지 않을 테니. 아니 독서라는 다소 까다로운 절차를 거치면서 똑같은 종류의 웃음과 재미를 얻으려는 수용자는 별로 없을 테니. 문학은 자기만의 장점을 잊지 않을 때 존재가치가 있는 것이다. 웃음 끝에 남는 것, 재미있는 독서의 시간이 지난 다음에도 기억되는 것, 오래도록 삶의 동반자가 되는 정신의 잠재력을 길러주는 것, 문학은 그런 것이 되어야 하는 게 아닐까.

　　그날 오후, 목련나무가 저녁 해를 받아 길고 긴 그림자를 드리울 때까지, 그 그림자가 담을 넘어 옆집 벽에 머리를 베고 누울 때까지 나는 창가 책상 앞을 떠나지 않았다. 안드레이 타르코프는 내가 평소 좋아하던 여배우의 죽음으로 인한 상실감을 조용히 위로해주었다. 그리고 훌륭한 문학작품의 강렬하고 비밀에 가득 찬 힘에 젖고 싶다는 욕구를 불러일으켰다. 아직 부족함이 많지만, 작가라는 이름으로 불리는 내가 가슴속에 품고 있는 동경! 그 동경으로 서서히 가슴이 덥혀지는 걸 느끼며 나는 깊어가는 가을 저녁에게 미소를 보냈다.

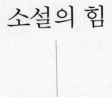

소설의 힘

김재영 · 전성욱

전성욱　선생님의 작품을 읽고 대화를 나눌 수 있는 기회를 얻게 되어 기쁩니다. 오늘날 2000년대 문학을 두고 어떤 평자는 역사적 현실의 무게로부터 자유로운 상상력, 이른바 '무중력 공간의 탄생'을 이야기 하기도 합니다. 선생님의 소설집 『코끼리』(실천문학, 2005)에 실린 마지막 작품 「국화야, 국화야」에는 다시 학교로 복학한 주인공에게 "이제 세상도 좋아지고 했으니 뭐 싸울 일이 있겠냐"고 말하는 교수가 나오지요. 저는 선생님의 작품들이 지향하는 것이 바로 이 같은 착각, 그러니까 지금의 현실을 '좋아진 세상'으로 오인하는 것에 대한 저항이 아닌가 생각합니다. 그런 의미에서 2000년대에 본격적으로 작품 활동을 하고 계신 선생님께서는 역사적 현실의 중력을 여전히 민감하게 받아들이고 있다고 할 수 있겠습니다. 저 역시 역사적 현실의 무게를 감당하지 않는 문학이 가능할 수 있다고 믿지 않습니다. 그럼에도 불구하고 최근의 소설들에는 분명 어떤 가벼움, 발랄함 같은 것이 존재합니다. 선생님은 동시대의 소설들에 대해 어떤 '입장'을 가지고 있습니까.

김재영 함께 문학을 이야기할 기회를 주셔서 정말 감사합니다. 저 역시 역사적 현실로부터 자유로운 문학이란 존재하지 않는다고 생각합니다. 누구나 어떤 식으로든 역사적 동시대와 그 속에서 살아가는 사람들의 이야기를 글로 쓰지요. 심지어 가볍고 발랄하게만 글을 쓰는 작가들조차 실은 그가 존재하는 현실, 즉 특정의 시간과 공간 속에서 가장 필요한 것이 무엇인지 판단하면서 글을 쓴다고 생각합니다. 그것이 상업적 이유에서건 다른 정치적 의도에 의해서건. 마치 숲을 이루는 식목과 동물들이 다양성을 필요로 하듯이 예술, 혹은 문학 장르 역시 다양성을 요구한다고 생각해요. 저의 경우엔 조금 진지하게 사람들의 삶과 시대상을 그리는 편입니다. 왜냐하면 다른 장르, 즉 코미디나 드라마, 뮤지컬 등이 이미 가볍고 발랄한 기쁨을 충분히 선사하고 있기 때문에 문학마저 거기에만 몰입한다면 사회적으로 균형이 맞지 않는다고 생각하는 거죠. 흐드러지게 놀고먹는 축제에서조차 누군가는 열심히 노동을 하고 질서를 지키고, 심지어 주변을 경계하고 내일을 염려해야 하지요. 그런데 언어를 도구로 창조되는 문학은 다른 장르에 비해 좀 더 철학적이고 이데올로기적인 인간 사유의 성과를 담기에 유리하다고 봅니다. 특히 근대의 산물인 소설은 한 사회를 총체적으로 보여줄 수도 있지요. 따라서 소설 고유의 장점을 포기한 채 가볍고 유쾌하게만 쓰는 건 일종의 사회적 낭비라고 생각합니다. 달리 표현하자면 소설가에게 부여된 사회적 요구에 부응하지 못하는 거라고 생각합니다.

전성욱　선생님의 작품들에서 '노동'이라는 주제는 하나의 주요한 계열을 이루고 있습니다. 여성의 가혹한 노동조건을 돌아보게 하는 「치어들의 꿈」에서부터 대학생 신분으로 노동현장에 뛰어들었던 여성들의 현재를 이야기하는 「자정의 불빛」과 「국화야, 국화야」 그리고 이주노동자의 비참한 삶의 실상을 그리고 있는 「코끼리」와 「아홉 개의 푸른 쏘냐」에 이르기까지 노동은 언제나 우리 삶의 중심에 있습니다. 아마도 지금 이 땅의 노동현실이야말로 '좋아진 세상'이라는 착각에 대한 가장 강력한 반박일 수 있을지 모르겠습니다. 그 누구도 기륭전자 노동자들의 생존을 건 투쟁을 지켜보면서 '좋아진 세상'을 이야기하기란 쉽지 않을 테니까요. 선생님의 작품들은 기존의 노동소설이 가진 조야한 선악구도의 이분법을 간단하게 비켜가고 있습니다. 저는 그것이 노동자들의 삶을 제약하는 자본의 포획논리에 대한 직접적인 비판보다는 노동자를 하나의 살아 있는 개성적 인격으로 그려내는 데 중심점이 있는 선생님의 소설적 구도 때문이라고 생각합니다. 이는 속류 사회과학적 논리를 작품 창작에 생경하게 대입했던 지난 시절의 과오들을 극복하고 있는 것으로 볼 수 있습니다. 다시 말해 노동 현실에 대한 분석적 시각보다는 그러한 현실을 살아가는 사람들의 삶에 보다 관심을 기울이고 있다는 것이지요. 하지만 이러한 관점에서 볼 때 「코끼리」의 성취가 다른 작품에서 고르게 이루어지진 않았다고 생각합니다. 선생님의 의견을 듣고 싶습니다.

김재영   소설은 결국 인간의 삶을 그리는 거라고 생각합니다. 그런데 인간이란 태생적으로 불완전하고 나약하지요. 때문에 절대적으로 선하지도 악하지도 않다고 봅니다. 다만 주어진 상황, 사회적 입장에 따라 다르게 판단하고 행동하기 마련이라고 봅니다. 제 소설이 노동의 문제에 관심을 가지는 건, 현실적 인간이란 생명 유지를 위해 어떤 식으로든 노동을 하면서 살아가야 하고 그것이 가장 절실한 삶의 기본 조건이기에 다양한 인물 간의 갈등이 겹쳐진다고 보기 때문입니다. 그러한 갈등은 공동선을 추구하는 인간의 노력에 의해 어느 정도는 고통과 파국을 줄일 수 있다고 생각합니다. 따라서 독자들과 함께 오늘날 척박한 삶의 조건에서 살아가는 존재들의 고통과 내면을 지켜보고 싶었습니다. 또한 아무리 어려운 처지와 조건에 놓여 있다 해도, 가장 누추한 곳에 머물러 있다 해도 어떻게든 세상의 아름다움을 찾아내는 인간의 능력과 의지를 저는 사랑합니다. 제 소설 역시 그러기를 바라지요. 작품집 속의 「코끼리」는 이러한 제 생각이 반영된 최근작이었습니다. 최근작이다 보니 좀 더 성숙된 모습을 보여줄 수 있지 않았을까요?

전성욱   앞의 질문과 이어지는 것입니다만, 「코끼리」의 성취는 미얀마 말로 '소용돌이'라는 뜻의 '외'를 핍진하게 그려내고 있는 데서 찾을 수 있을 것 같습니다. 이주노동자들이 빠져버린 그 '외'를 외국인 노동자들의 삶의 실상을 통해 생동감 있게 그려낸 것이 「코끼리」의 성취이자 앞으로의 노동소설이 자극받아야 할 어떤 지향점이 아닐까 생각해봅니다. 어설픈 사회과학적 분석보다는 인물의 삶 속에 아로새겨진 현실모순의 흔적들이 독자들에게는 더 큰 울림을 주기 때문이지요. '외'는 「코끼리」뿐만 아니라 선생님 소설들의 전반적인 주조저음으로 느껴집니다. 예컨대 「미조(迷鳥)」에는 "여자는 절대로 빠져나올 수 없는 소용돌이 속으로 빨려 들어갈 거다. 하루 종일 헐떡이며, 옆의 사람을 모함하고, 짓누르고, 속여야만 살아남을 수 있는 소용돌이"라는 구절이 있습니다. 선생님 소설들의 인물들은 모두 이런 '소용돌이'에 빠져 있는 것 같습니다. '외'는 선생님의 세계인식의 한 모습이자 현실에 대한 하나의 시각이라고 여겨집니다. 자세한 말씀을 듣고 싶습니다.

김재영 네. 지적하신 대로 저는 자본의 논리에 철저하게 지배되고 있는 현대 자본주의 사회 자체를 매우 혼란스럽고 이기적인 곳이라고 생각합니다. 특히 우리 사회는 너무 많은 모순들이 중첩되어 있지요. 경쟁하고 모함하고 모멸을 견뎌내야 하는, 인간으로서 최소한의 품위를 유지하기에는 너무 빠른 속도로 변하고 있는 이 사회에서는 자칫 잘못 발을 두면 헤어나올 수 없는 곤경에 빠지기 십상이라고 봅니다. 소용돌이처럼 자동으로 휘말려든다는 거지요. 그걸 사회 시스템이라 하나요? 시스템의 오류는 수많은 무고한 개인들의 삶을 유린하지요.

전성욱 최근에 발표하셨던 「앵초」(『창작과비평』, 2008년 여름호)는 트랜스 내셔널한 시각으로 배타적 민족주의의 폭력성과 제국으로서의 미국이라는 큰 문제를 다루고 있습니다. 개인적으로 이 작품은 「코끼리」와 함께 선생님의 대표작이 될 만하다고 생각합니다. 「코끼리」와 「아홉 개의 푸른 쏘냐」를 보다 깊이 있게 감상하기 위해서라도 「앵초」

의 가치는 각별한 것 같습니다. 「앵초」를 쓰게 된 계기랄까 창작의 의
도랄까 그런 것을 좀 듣고 싶습니다.

김재영 지난 일 년 동안 개인 사정으로 미국 뉴욕에 체류했어요. 세계
각지의 다양한 나라 사람들이 몰려드는 맨해튼이란 도시에서 지내다
보니 '민족'이 개인에게 어떤 의미를 지니는가, 생각하게 되었습니다.
특히 우리나라는 일제 강점기, 독재체제를 거치면서 '민족주의'가 독
립운동이나, 민주화 운동과 결합되어 있었던 만큼 그 문제점을 인식하
는 데도 어려움이 있었습니다. 폐쇄적 민족주의야 당연히 버려야 할
요소이겠지요. 하지만 세계화라는 거센 물결 앞에서 언어적, 문화적
정체성을 유지하려는 소수 민족들은 '민족'이란 이름의 공동체 의식
에 의존하지 않을 수 없는 것 같았어요. 특히 애국주의를 내세우는 미
국이 제국으로서 타 국가나 민족에게 가하는 폭력이 엄존하는 오늘날,
'민족주의'란 과연 버려야 할 어떤 것인지, 혹은 여전히 가치를 인정
해야 할 무엇인지를 고민하게 되더군요. 그 답을 얻고 싶은 마음에서
소설 속 인물들과 대화를 나눈 게 이번 작품이었어요.

전성욱 평단에서는 지난 민주화 투쟁의 시절을 회고하는 소설들을
좀 좋지 않은 의미로 '후일담 소설'이라 불러왔습니다. 선생님 역시
그 시절을 소재주의와 상업주의로 왜곡하는 것에 불편한 마음을 갖고
있는 것 같습니다.("형준이 맡았다는 드라마는 80년대 운동권 학생들의 이
야기를 적당히 상업적으로 왜곡시킨, 그래서 오히려 불쾌하기 짝이 없는 거
였다.", 「국화야, 국화야」) 「자정의 불빛」과 「국화야, 국화야」 역시 일종
의 '후일담'으로 읽혀지는데 우리가 흔히 비판적으로 읽어왔던 기존
의 그런 작품들과는 어떤 차이가 있는 것일까요. 특히 「자정의 불빛」
이 소시민적이고 속물적으로 변해버린 남자에 대한 비판으로 마무리

되는 것은 좀 상투적이 아닌가 싶습니다.

김재영   저는 민주화 투쟁 시절을 회고하는 소설 자체는 싫어하지 않습니다. 그걸 다루는 방식에 불만이 있었지요. 열정적으로 한 시대를 살았던 사람들, 그들과 그 시대에 대한 진정한 애정 없이 함부로 비판하거나 회의에 빠지는 건 옳지 않다고 봐요. 마치 마녀사냥을 하듯이 한 시대를, 그 열정을 도덕적으로 매장시키는 데 후일담 소설류가 일조하지 않았나 생각했지요. 물론 더러는 아주 좋은 소설들도 있지만요. 「자정의 불빛」에 등장하는 개동건이란 인물은 운동권이었다가 속물적으로 변한 게 아닙니다. 세상에 편입해 들어가 부유하게 사는 그로 하여금 속물적 삶을 선택한 자신이 결과적으로 지혜로웠다고 주장하도록 만드는 사회 분위기, 오히려 그걸 문제시 삼은 거였지요. 아무튼 저는 아직 한국문학은 민주화 투쟁의 시대를 총체적으로 주시하고, 열정적으로 쓴 작품이 앞으로 나와야 한다고 생각합니다.

전성욱 선생님 작품들 속에서 읽어낼 수 있는 또 하나의 중요한 주제는 '여성의 삶'입니다. 노동현장에서의 소외와 성적 소외를 이중으로 당하는 여성들의 삶에 대한 연민의 시선은 선생님 소설의 한 특징입니다. 「치어들의 꿈」은 집에서 살림을 하는 자신의 처지를 비관하면서, 직업을 가진 다른 여성들에게 시기와 질투를 보냈던 한 여성이 그 '다른' 여성들의 모순에 찬 삶을 지켜보면서 새로운 여성 정체성을 만들어가는 일종의 성장 서사로 읽을 수 있습니다. 보수적이고 관념화된 여성적 정체성의 탄생장소는 널리 알려진 대로 '가족'이라는 공간입니다. 「치어들의 꿈」을 비롯해 「물밑에 숨은 새」나 「사라져버린 날들」에도 역시 여성의 삶을 제약하는 가족의 끔찍한 모습들이 드러나 있습니다. 「사라져버린 날들」은 예의 그 '아버지'가 문제이지요. 이에 반해 「물밑에 숨은 새」는 좀 더 재미있는 구도를 보여줍니다. 아내에게 버림받은 남자와 사랑에 빠진 여자, 가정이 있는 남자와 연애하는 여자, 이 두 여자를 통해 사랑의 걸림돌이자 고된 삶의 원인인 가족이데올로기의 폐해를 잘 보여주고 있다고 생각합니다. 선생님 작품들의 '여성' 인물들에 대해 자세한 설명을 들었으면 합니다. 그리고 피해자(희생자)로서의 여성에 대한 연민의 구도를 보여주는 「아홉 개의 푸른 쏘냐」 같은 경우는 오히려 그 연민의 지나친 과장으로 인해 비현실적인 신파조로 읽혀질 여지가 있는 것 같습니다. 이 부분에 대해서도 의견을 부탁드립니다.

김재영 저는 작가 이전에 여성입니다. 마땅히 여성으로 살아가기 문제를 고민합니다. 「치어들의 꿈」이 그 예입니다. '가족'이란 울타리는 생명이 탄생하고 자라는 신성한 곳이고 고단한 개인들의 휴식처입니다. 하지만 이데올로기화되어버린, 화석화된 '가족' 신화는 개인의 삶을 왜곡하고, 심지어 생명을 앗아가기도 하지요. 「아홉 개의 푸른 쏘냐」는 주인공이 여성이긴 하지만 여성주의적 시각에서 쓴 작품만은 아닙니다. 오히려 이국에서의 고단한 삶에 초점을 맞춘 거지요. 달팽이 화자를 통해 사랑의 원형, 신화적인 숲의 분위기를 드러냈는데 그것은 자본주의 국가의 대도시, 그리고 사창가에서 살아가는 여성의 내면에 살아 있는 파괴되지 않는 존엄성을 드러내기 위해서였습니다.

전성욱 「국향(菊香)」을 읽으면서 재일 조선인 최양일 감독의 영화 〈피와 뼈〉의 주인공 '김준평'이 떠올랐습니다. 정말 괴물 같은 악한의 무정한 모습을 보여주었던 김준평(기타노 다케시)의 캐릭터를 보면서 저는 그 인물의 악행에 경악하기보다는 그런 괴물을 탄생시킨 일본의 왜곡된 현실에 치를 떨었습니다. 제주도에서 오사카로 향하는 배를 탈 때의 영화 속 선량한 청년의 모습과, 지금은 괴물 같은 속물이 되어버린 「국향」의 어머니가 그 옛날 어린 딸을 두고 서울로 향하며 눈물짓던 순정한 모습이 겹쳐보였습니다. 많은 한국소설들이 악한인 아버지를 형상화하였지만 이런 강렬한 여성 캐릭터는 드물게 보는 것 같습니다. 이 인물에 대한 작가의 생각을 듣고 싶습니다.

김재영 그렇습니다. 저는 모성마저 파괴된 우리 사회의 어둡고 파렴치한 세태를 말하고 싶었습니다. 특히 추악해진 어머니 모습은 산업화 과정에서 왜곡된 우리 시대의 자화상이랄 수도 있겠지요. 물신만능주의를 불러온 자본의 논리에서 헤어나지 못한다면 생명체를 낳고 기르는 모성마저 처참하게 망가질 수밖에 없다고 생각합니다.

전성욱 이제 마지막 질문과 함께 대담을 마무리하도록 하겠습니다. 선생님께서는 우리들이 잘 알고 있는 백기완 선생의 며느님이시죠. 백기완 선생님과는 작품을 두고 종종 이야기를 나누시는지요. 선생님의 작품을 어떻게 평가하시는지 궁금하군요.

김재영 주말이면 아이들을 데리고 시부모님이 사는 곳에 다녀옵니다. 아버님과는 주로 밥상을 마주하고 문학이야기를 하는 편인데요, 때로는 이야기가 아주 길어져서 두어 시간 훌쩍 넘기곤 합니다. 첫아이를 출산할 무렵부터 소설을 쓰기 시작했는데 아버님은 제게 큰 용기를 주셨습니다. 뿐만 아니라 늘 치열한 작가의식을 가져야 한다고 충고하셨지요. 물론 제 소설을 아주 재미있게 읽고 계시고, 좋아하십니다. 열성 독자지요.^^ 그런데 사실 기대와 요구가 큰 데 반해 제 그릇이 작아 그에 부응하지 못하고 있어요. 하지만 오랜 가뭄에도 마르지 않는 차고 깊은 우물 같은 어른을 가까이 모시고 있으니 언젠가 큰 결실이 있지 않을까요? 감히 오래 지켜봐주시길 부탁드립니다. 귀한 지면을 할애해 관심 기울여주신 『오늘의문예비평』 선생님들께 진심으로 감사드립니다.

전성욱 좋은 말씀 감사드립니다.

정한아

작가산문
날아라 뛰어라, 그게 네 이름

대담
유쾌함 속에 감춰진 불편한 진실들

정한아 · 김필남

날아라 뛰어라, 그게 네 이름

정 한 아

새 작업실로 이사하면서 강아지를 한 마리 분양받았습니다. 이제 5개월 된 갈색 푸들입니다. 사실 전에는 강아지를 키워볼 엄두를 내지 못했습니다. 집에 계시는 할아버지 할머니께서 반대하셔서, 강아지 이야기를 꺼낼 때마다 도리어 꾸중을 들었거든요. 그래서 늘 체념을 하고 살았는데, 문득 제게는 비밀이 된 공간이 하나 있다는 게 떠오른 겁니다.

처음 작업실을 얻었을 때, 마냥 행복해서 책상 위에 앉아 한나절 내내 벙글벙글 웃기만 했던 게 떠오릅니다. 책상 앞에는 책장 가득 책이 꽂혀 있었지요. 저를 키우고 저를 살린, 책들 말입니다.

그 책들이 저를 작가로 만들었습니다. 제게 책은 늘 경이로운 것이었습니다. 오직 그곳에서만 빛을 볼 수 있었지요. 문학을 꿈꿀 수 있었기 때문에, 삶을, 제 자신을 견딜 수 있었습니다. 제 자신이 선배들의 빛을 따라 일어설 수 있었던 것처럼 좋은 소설, 다른 이들에게 빛이 되는 소설을 써야 한다고 늘 되뇝니다. 제게 있어 문학은 관계에 의한 것이며, 공감에 의한 것입니다. 적어도 지금으로서는, 그렇습니다.

작업실에서 강아지를 키운다고 하니까, 선배 동료 작가들이 전부 저를 의심스러운 눈으로 쳐다보았습니다. 철저히 혼자가 되어야 할 공간에서 새끼 강아지를 키운다는 게 이상했던 것입니다. 강아지를 선물해준 사람은 저의 어머니였습니다. 지난 봄, 두 번째 장편소설을 쓰면서 점점 말수가 줄어들고 사람들을 만나는 것을 꺼리니까 걱정이 되셨던 것입니다. 예전의 일이 떠오르셨던 건지도 모르지요.

저는 한때 방 안에 갇혀 한 발짝도 나오지 않았던 적이 있습니다. 그 시기를 뭐라고 설명해야 좋을지 모르겠습니다. 절망의 의지도 남지 않은 무기력의 상태에서, 하루하루, 시간이, 생이, 저를 스쳐 지나갔지요. 저는 지금도 그때의 제가 내뱉었던 얕은 호흡과 방 안의 고요를 기억합니다. 매일 밤 끈질기게 따라붙었던 죽음에 대한 망상과, 새벽빛이 떠오를 때마다 간지럽게, 부끄럽게, 그래도 살고 싶다는 마음. 그 시절이 지나가고 난 자리에, 모든 것이 사라지고 소설만 남아 있었습니다.

습작기에는 온종일 카페를 찾아다니는 게 일이었습니다. 아침에 눈을 뜨면 제일 먼저 오늘은 어떤 카페를 갈까 고민할 정도였지요. 주위에 사람들이 웅성거리는 카페에서만 마음이 자유로웠습니다. 습작기 제 수첩 속에는 온통 소설에 대한 메모가 가득했습니다. 길을 걷다가도 "그거야!" 소리를 지르곤 했으니까요. 하루하루 감정을 걷잡을 수 없어서 어떤 때는 견딜 수 없이 행복하고, 또 견딜 수 없이 불행했던 기억이 납니다. 백지 위에 잉크를 쏟아 붓듯 제 안에 뭔가를 쏟아 붓고 있었지요.

그 시기에 저는 돈만 생기면 가방을 싸서 떠나곤 했습니다. 집에서 멀어질수록 제 자신의 진짜 모습이 또렷하게 보였지요. 아프리카 여행 중 킬리만자로 산에 올랐던 일이 떠오릅니다. 산에 오르는 일주일 간

많은 것을 배웠지요. 산등성이 너머 정상에 시선을 두면 그 엄청난 높이에 자꾸 용기가 사라진다는 것. 먼 전망을 갖되, 가까운 시야를 가져야 한다는 것. 흙을 밟고 움직이는 발을 바라봐야 한다는 것.

그것이 킬리만자로가 가르쳐준 교훈이었습니다. 그 후로 조바심이 나고 지칠 때는 킬리만자로를 생각합니다. 한 발 한 발 별에 가까이 다가갔던 밤의 산행과, 그때의 제가 품었던 소원 – 언제나 저를 끌고 다니는 소원, 더 많은 것을 꿈꾸게 하고, 더 많은 것을 찾아가게 하는 소원, 많은 사람들이 공감하는 좋은 소설을 쓰는 소원 말입니다.

소설을 쓰는 일은 고통스럽습니다. 유독 저만이 그런 것인지 다른 작가들도 그런 것인지 모르겠습니다. 무엇보다 제가 쓴 글을 제 자신이 보는 일을 견딜 수가 없습니다. 매일매일 스스로를 조각내는 기분으로 원고를 씁니다. 보잘것없는 문장을 쓰면서도, 그렇게 힘겨운 까닭을 알 수가 없습니다. 지금 쓰고 있는 장편소설은 저의 세 번째 책이 될 것입니다. 이건 마치 눈 깜짝할 새 애를 셋 가진 여자가 된 기분입니다. 어쩌다가, 라는 한탄을 하게 됩니다. 누구에게랄 것도 없이 원망을 하게 됩니다. 어쩌다가.

첫 번째 책은 스물다섯 살에 썼던 오백 매짜리 소설이었습니다. 그 소설을 쓸 때 저는 독자라든가 출간에 대해 조금도 생각해보지 않았습니다. 문학공모에 응모할 생각으로 썼고, 당선을 꿈꾸지 않은 것은 아니지만, 책에 대해서는 생각하지 못했지요. 저는 그냥 제 이름이 불리는 것이 기뻤습니다. 그런데 하루아침에, 그 소설이 한 권의 책으로 세상에 나온 것입니다.

출판사에서 전화가 온 것은 오후 무렵이었습니다. 방금 오토바이 퀵 배송으로 책을 보냈으니까 두 시간이면 도착할 거라는 말이었지요. 저는 집 안을 서성거리다가 견디지 못하고 밖으로 나갔습니다. 동네를 빙 둘러 걷고 또 걸었지요. 저녁 어스름이 내려앉는 오후 여섯 시 무럼, 제 앞에 오토바이가 멈췄습니다. 파란색 종이 백에 담겨 있던 스무 권의 『달의 바다』를 지금도 기억합니다. 그곳에 새겨진 제 이름과 장편소설, 이라는 활자.

그날의 제 기분을 뭐라고 말해야 할지 모르겠습니다. 친구들에게 걸쭉한 축하를 받고 들어와서, 어떤 선배님이 그리 하셨다는 것처럼 책을 베개처럼 베고 누웠습니다. 꼭 껴안고도 누워보았습니다. 그러다가 슬그머니 허공에 들어 올려서 다시 한 번 멀찍이 바라보았지요. 그런데 어쩐지 기쁜 감정이 아니었습니다. 그냥 뭔가를, 해명해야 할 것 같은 기분이었달까요.

책이 나왔던 그 계절에 저는 줄곧 꾸중을 들은 것처럼 어깨를 축 늘어뜨리고 다녔습니다. 앞으로 뭘 어떻게 해야 할지 앞이 캄캄하기만 했지요. 잠든 엄마를 깨워서, 밤새 울기도 했습니다. 나중에야 첫 책을 낸 작가들이 비슷한 증상을 앓는다는 것을 알았습니다. 그 시기를 떠올리면 지금도 어깨를 움찔하게 됩니다.

지금은 그때의 제가 그토록 괴로웠던 것이 터무니없는 욕심 때문이었다는 것을 압니다. 뭔가를 증명하고 싶고, 뭔가를 드러내고 싶은 욕심, 그런데 아무리 몸부림쳐도 먼지밖에 날리지 않는 제 자신을 견딜 수 없었던 것입니다. 제 자신이 얼마나 부족한지, 그리고 앞으로 제가 보내야 할 날들이 그 간극을 메우기 위한 점과 같은 날들이라는 것을 이제야 조금씩 깨쳐가는 중입니다.

첫 번째 작업실을 얻은 것이 이 년 전입니다. 그곳에서 『나를 위해 웃다』의 여덟 편을 쓰고, 묶었습니다. 좋은 장편소설은 제각기 다른 모습이지만, 좋은 단편소설은 서로 비슷한 모습을 가지고 있다고 생각합니다. 그래서 단편소설을 쓸 때는 늘 움츠러들게 됩니다. 이 소설이 과연 '그 모습'을 가지고 있는가에 대해 끊임없이 회의하게 되고, 검열하게 되지요.

단편집이 나왔을 때는, 아주 귀한 선물을 받은 기분이 들었습니다. 책 한 권에 저의 한 시절이 담겨 있어서, 마치 앨범처럼 넘겨볼 수 있을 것 같았지요. 너무 개인적이고 내밀한 기록이라, 이게 과연 다른 누구에게 소용이 있을까 싶을 정도로 말입니다. 책 속에 제각기 다른 표정을 짓는 제가 들어 있었습니다. 『나를 위해 웃다』는 그 자체로 제게 많은 의미를 갖고 있습니다. 이 책은 그냥 제 자신인 것만 같은 생각이 들어요.

새 작업실은 이전 작업실보다 누추하고 낡았습니다. 그 대신 매달 부담해야 했던 세가 줄어들었지요. 이제 부담 없이, 이곳에서 마음대로 책을 읽고 소설을 쓸 수 있다고 생각하니 호기로운 마음이 넘칩니다. 곧 장편소설 연재를 시작하는데, 이곳에서 그 작업을 마치게 될 겁니다.

강아지가 들어오고 처음 일주일 동안에는 솔직히 난감할 때가 많았습니다. 너무 자주 낑낑거리는 데다가, 제 뒤를 졸졸 쫓아다니기만 해서 책 한 줄도 읽을 수가 없을 지경이었거든요. 한 달이 조금 넘어서야, 소란이 줄어들었습니다. 이제 강아지도 저를 이해하게 된 듯합니다. 저 여자는 아침에 기분이 제일 좋고, 오전에 일하기를 좋아하고, 초저녁부터 꾸벅꾸벅 졸기 시작하고, 밤에는 쓰러지듯 잠에 빠진다는 것. 책상에 앉아서 멍하니 모니터를 바라볼 때는 건드리지 않는 게 좋다는 것. 책을 읽다가 박수를 쳐도 놀라지 말 것. 한숨을 푹푹 내쉬고 혼잣말을 중얼거릴 때가 많다는 것. 커피를 마실 때 제일 행복해한다는 것.

강아지가 자라는 모습을 보는 게 신기합니다. 한 달 반 사이에 몸집이 거의 두 배가 되었어요. 산책을 데리고 나가면 귀를 나풀나풀 휘날리면서 사방팔방을 뛰어다닙니다. 덕분에 동네 모든 아이들과 친구가 되었습니다. 지나가는 아이들이 전부 제게 와서 말을 겁니다(강아지에게 말을 건다는 게 저한테 반말을 하는 것처럼 들려서 기분이 언짢을 때도 있습니다).

제 주변의 문인들 중에는 유난히 애완동물을 키우는 사람들이 많은데, 거의 전부라고 해도 좋을 정도입니다. 마주 앉으면 한나절 내내 동물 이야기만 할 수 있을 정도예요. 이상하지만, 당연하기도 한 일입니다. 작가들의 작업이 갖는 자폐성 때문이지요.

소설가가 된 후, 가장 많이 놀랐던 것도 바로 그 점이었습니다. 가까이 가서 본 선배 소설가들의 삶은 끊임없이 자신을 가두고, 어둠 속으로 들어가고, 그곳에서 혼자가 되는 것이었지요. 소설은 제 환상처럼 한 순간 영감으로 완성되는 것이 아니었습니다. 더 많은 시간을 들일수록 더 좋은 소설을 쓸 수 있는 것 같습니다. 물론 이것은 상대적인 우위이지만, 따르지 않을 수 없는 계산이지요.

강아지가 생긴 이후, 작업실로 향하는 발걸음이 훨씬 더 바빠졌습니다. 아침밥도 못 먹고 황망히 달려갈 정도입니다. 강아지와 같이 바나나도 나누어 먹고, 낮잠도 자고, 음악도 듣습니다. 제가 자판을 두드리고 있으면 이 녀석이 고개를 갸웃거리며 저를 바라봅니다. 뭐하는 거야, 라고 묻는 것 같아요. 장편 소설을 쓰고 있는 요즈음 저의 일상이란 그런 것입니다.

제가 꿈꾸는 소설이 있습니다. 읽는 이의 호흡을 잠시 멈추게 하는 소설, 세계를 보는 특별한 시선을 가진 소설, 그래서 책을 덮고 나면 조금 자란 것 같은 기분을 느끼게 하는 소설.

그런 소설을 읽을 때는, 살아 있다는 게 참 좋습니다. 살아서, 생명을 가지고, 무수한 가능성을 가지고 있다는 걸 감사하게 돼요. 제 꿈은 언젠가 그런 소설을 쓰는 작가가 되는 것입니다. 지금의 하루하루는 그날을 위한 수련의 시간입니다. 실패하면 더 많은 것을 배울 수 있어서 좋고, 성공하면 자부심을 느낄 수 있어서 좋습니다. 더 많이 실패하고, 성공하면서 그날에 이르기를. 제가 바라는 것은 그것뿐입니다.

유쾌함 속에 감춰진 불편한 진실들

정한아 · 김필남

　안녕하세요. 이메일 대담에 응해주셔서 감사합니다. 『달의 바다』(문학동네, 2007)와 『나를 위해 웃다』(문학동네, 2009) 두 권의 소설집을 읽으면서 정한아 소설가에게 묻고 싶었던 질문을 드리도록 하겠습니다. 먼저 첫 번째 소설집 『달의 바다』는 두 개의 이야기로 이루어져 있는데 하나는 주인공의 고모(순이)가 어머니에게 보내는 편지와 관련된 내용이고 다른 하나는 고모를 찾으러 나선 주인공(은미)의 이야기입니다. 이 두 이야기는 서로가 절묘한 조화를 이루면서 결국 독자에게 따뜻함과 경쾌한 마음을 느끼게 만듭니다. 그렇지만 전혀 따뜻한 이야기만을 담고 있지 않다는 것이 소설의 독특한 지점이기도 합니다. 두 번째 소설집은 2006년부터 2008년까지 쓰인 단편소설들을 묶어 만든 『나를 위해 웃다』라는 소설집입니다. 이 책은 첫 번째 소설집과는 전혀 다른 이야기를 전개해나가는 듯 보이지만 사실 동일한 '시선'을 담보하고 있다는 데서 눈길을 끌었습니다. 그럼 이 두 소설집과 관련하여 질문을 드리겠습니다.

김필남   먼저『달의 바다』를 읽고 책을 덮을 때 느꼈던 점을 말씀드리겠습니다. 사실 소설이 내포하고 있는 내용은 청춘의 좌절과 실패, 고통임에도 불구하고 시종일관 유머러스함과 따스함을 잃지 않고 있다는 사실에 놀라웠습니다. 마치 작가가 사물을 바라볼 때 그들을 따뜻하게 어루만지는 느낌이랄까요. 어떤 평자는 그것이 정한아가 가진 '긍정의 힘' 이라는 말을 하기도 하던데, 이런 소설 쓰기의 모습은 근래의 회의에 찬 젊은 소설가들에게서 찾아볼 수 없는 작가만의 미덕인 것 같습니다. 최근 활발하게 활동하고 있는 젊은 소설가들과 자신의 차이점 혹은 자신만의 소설을 쓰는 관점에 대하여 말씀해주실 수 있을까요?

정한아   저는 제 삶이 소설로 인해 구원되었다는 생각을 자주 합니다. 그 경험이 저를 소설가로 만들어주었습니다. 제게 소설을 쓰는 작업은 그 빚을 갚는 일입니다. 이해할 수 없는 우리의 생을 조금이나마 이해에 가깝도록 만들어주는 작업, 그래서 사람들로 하여금 생을 꿈꾸게 하는 작업. 저는 생명을 살리는 소설을 쓰고 싶습니다. 그러다 보니 젊은 작가들이 갖는 전복적 상상력이 부족할 때가 많은 것 같습니다. 다만, 제가 하는 이야기가 고답적인 이야기라고는 생각하지 않습니다. 어둠을 반드시 어둠으로만 이야기할 수 있는 것은 아닙니다. 빛-아주 환한 빛으로 어둠을 이야기할 수도 있는 것이니까요.

김필남 위의 질문과 연관해서 묻자면, 작가가 바라보는 사물과 현실에 대한 따스한 관찰이 묻어난다는 이 평은 어떻게 생각하시나요? 만약 이 내용을 긍정한다면 작가는 현실의 삶에 희망이라는 것이 있다고 믿는 편인가요? 또는 당신의 소설을 읽는 독자들이 소설을 통해 위로받을 수 있을 거라고 생각하나요? 『달의 바다』의 은미처럼 혹은 민이처럼 세상과 부딪히며, 자신의 존재를 변화시키면서 꿈을 이뤄낼 수 있을 거라고 생각하는지 궁금합니다.

　쉽게 말하자면 '트랜스젠더'가 살만한 세상이 지금-여기라고 생각하시는지요? 여자가 된 미니 혹은 민희는 과연 현실에서 행복할 수 있을까요? 신문기자(작가)가 되고 싶었던 은미는요?

정한아 『달의 바다』의 마지막 문장에서는 긍정 이후 '진짜 이야기'가 시작된다고 말합니다. 여기서 '진짜 이야기'는 우리의 지긋지긋한 현실을 가리킵니다. 민희는 계속해서 사회로부터 거부당할 것이고, 은미는 갈비집에서 서빙을 하면서 매일 소설을 쓰겠지요. 그렇지만 그 현실이 그들의 꿈을 수용한 주체적 결단의 현실이라면, 달빛보다 더 아름다운 현실이 될 것입니다.

김필남 편지(이상)와 일상(현실), 할머니(이상)와 할아버지(현실), 우주(이상)와 세계(현실)라는 이상(환상)과 현실의 대립은 소설을 환상적이게 만들어주는 동시에 아프도록 지금-여기의 현실을 직시하게 만드는 것 같습니다. 그러므로 소설은 환상과 현실이 모호한 경계 지점에 걸쳐 있다고 보아도 무방할 것 같습니다. 그래서 『달의 바다』는 더욱더 현실의 혼탁함이 도드라져 보였던 거겠죠. 소설을 읽고 제 주위를 둘러보니 저는 지금-여기에서 '우주' 를 욕망하지만 '우주테마파크' 에 살고 있는 것은 아닌지, 여기가 바로 조잡한 잡동사니로 이루어진 세계는 아닐까라는 생각이 들었습니다. 물론 우리는 여기가 테마파크인지 우주인지 알지도 못한 채 계속 살아가겠지만요.

그렇다면 작가는 소설 속에 등장하는 우주의 환상(순이 고모가 편지에서나 꿈을 이루려는 모습)을 욕망하고 계신 건지 아니면 환상은 존재하지 않는다는 냉소주의에 입각해 글을 전개해나가신 건 아닌지 궁금합니다.

정한아 꿈은 이루어집니다. 환상은 인간을 구원할 수 있는 마지막 수단이고요. 다만, 아무 대가도 지불하지 않은, 막연한 안개 같은 꿈과 환상에 대해서는 극도의 거부반응을 일으키는 편입니다.

김필남 저는 소설가가 아니라서 그런지 현실에서 사물을 볼 때 어떤 시선들로 그것들을 관찰하고 또 작가가 소설세계에서 어떻게 적용하는지 궁금합니다.

정한아 매사 관찰력이 깊은 것은 아니고요, 특별히 인상 깊은 사람이나 사물에 대해서는 늘 메모를 하는 편입니다. 아마도 그것이 제 소설에 도움을 주는 것은 아닐까 합니다.

김필남 『나를 위해 웃다』에서도 느꼈지만, 작가에게 공간의 의미란 굉장히 중요해 보입니다. 소설 속 인물들은 좌절하거나 힘들 때 한국을 떠나는 것은 아닌가 싶을 정도로 한국을 떠나 있는 나(떠났다가 다시 돌아온 나)를 소설 속에서 자주 발견할 수 있습니다. 그리고 자신이 살고 있는 곳을 떠나 여행하고 있는 나(「첼로농장」에서 이스라엘, 「천막에서」의 중국)의 모습이나, 떠났다가 다시 돌아와 현실을 살아가고 있는 나(「마테의 맛」서 아르헨티나)의 모습이 많았습니다.

『달의 바다』에서도 은미는 미국에서 우주비행사가 되지 못한 고모를 만나고 돌아옴으로써 현실에 잘 적응하며 살아가고 있는 모습을 선보입니다. 혹시 현실의 고통과 꿈의 실패 등의 문제가 지금-여기를 떠난다면, 유토피아적 공간('외국'일 수도 있고 '달'일 수도 있고)으로 가게 된다면 혹은 한국만 떠나면 된다고 믿고 계신건가요? 저는 그건 굉장히 낭만적인 방식 같아서요. 여기서 작가에게 '공간의 의미'는 무엇입니까?

정한아 제 첫 번째 소설집에는 제 자신의 모습이 많이 담겨 있습니다. 어렸을 때 이민을 갔던 경험이나, 이십대 대부분의 시간을 여행에 쏟아 부었던 제 자신의 경험이 소설 속에 많이 들어 있는 것 같습니다. 여행을 떠나면 문제를 다른 관점에서 볼 수 있는 공간을 확보하게 되지요. 저는 그 물리적 공간에 매혹을 느꼈던 것 같습니다.

김필남 『달의 바다』는 지구에 무사귀환하기 위하여 떠난 여행, 즉 나를 찾기 위한 여행을 한 소녀적 감수성을 보여주는 소설로 읽어도 좋을까요? 혹은 은미와 민이의 험난한 세상을 살아가는 것에 대한 성장소설로 읽어도 무방할까요? 작가가 생각하기에 이 소설의 정의를 내려야 한다면 어떻게 내릴 수 있겠습니까?

정한아 꿈의 민얼굴을 보러 떠난 여행이지요. 『달의 바다』는 꿈에 대한 이야기입니다. 저는 이 책을 통해서 꿈에 대한 진실한 이야기를 하고 싶었습니다. 그래서 여행이라는 수단이 필요했지요. 우리를 얽매고 있는 현실에서 벗어나 진실을 확인할 수 있는 시야를 확보하기 위해서 요. 사실 꿈이란 건 우리가 생각하는 것처럼 환상적으로 반짝거리는 것이 아닐지도 모릅니다. 무엇이든 가까이 가보면 이면이 보이는 것이고, 또 수고스러운 매일의 일상이 되는 것이지요. 그럼에도 불구하고, 그 민얼굴의 꿈을 수용할 때 우리의 삶이 얼마나 주체적인 것이 되는지, 그 이야기를 하고 싶었습니다.

김필남　인터뷰 기사에서 정한아 씨가 어렸을 적 아르헨티나에서 살았던 경험에 대한 내용을 읽었습니다. 그래서 이민의 경험이 소설 쓰는 데 있어 많은 영향력을 끼쳤을 거라고 생각합니다. 또 한국에 돌아왔을 때도 자신의 정체성을 찾는데도 힘이 들었을 것 같다는 생각이 드는데, 이민이 본인에게 끼친 영향에 대해서 말씀해주실 수 있나요? 이민 중 있었던 일 중, 재미났던 일이 있었을 것 같은데, 기억에 오래 남는 것이 있다면 알려주실 수 있을까요? 혹은 외국에서 살면서 있었던 일들 중 소설 속에서 드러난 적은 있는지요?

정한아　아르헨티나에서는 온 가족이 여행을 많이 다녔습니다. 남미의 드넓은 땅을 돌아다니면서, 어린 나이에도 참 자유롭다는 생각을 했던 것 같습니다. 한인 이민사회 사람들끼리 모여서 김치찌개를 해먹었던 기억이 납니다. 이민을 전후로, 한국에서도 워낙 이사를 많이 다녀서 늘 제 자신이 이방인이라는 생각을 했던 것 같습니다. 아르헨티나에서 돌아온 뒤에도 줄곧, 또다시 한국을 떠날 것만 같은 불안 같은 것이 있었습니다.

김필남　『달의 바다』의 인물들 이야기를 하지 않고 도저히 지나갈 수가 없을 것 같습니다. 소설 속 인물들의 갈등과 대립구도가 재미있었습니다. 할머니와 할아버지의 대립, 민이의 불투명한 경계, 소설의 내부로 더 들어가면 고모와 나의 관계, 남성과 여성의 갈등 구조로까지 이어지는 방식은 인간의 본성과 더불어 인물들의 고뇌가 잘 느껴졌습니다. 가족들의 모습이 짧게 등장하지만 강렬했다고 할까요. 대체적으로 인물 구상은 어떻게 하시나요?

정한아 모델을 정해놓고 구상을 했던 적은 없는데요, 다 쓰인 소설을 보면 주위의 누군가가 떠오르는 것 같습니다. 가장 오랜 시간 관찰대상이 되어온 가족들의 모습이 들어 있을 때가 많습니다.

김필남 『달의 바다』 중 제가 개인적으로 좋아하는 인물은 '민이'였는데 작가가 그를 묘사할 때 보여주는 그 아슬아슬한 경계 설정이 좋았습니다. 그런데 한편으로는 민이라는 인물에 대한 묘사가 좀 더 부각되지 않은 점은 무척 아쉬웠습니다. 또 트랜스젠더에 대한 심리나 그에 대한 묘사가 부족하지 않는가 싶을 정도로 적은 분량이었고 또 그들의 삶에 접근하는 부분이 어색했습니다. 또한 남성/여성의 심리 혹은 그들의 연애에 대해서 작가가 이해하지 못한 부분이 있는 건 아닐까라는 생각이 들었습니다. 이러한 트랜스젠더 민이의 문제에 대해서 작가는 어떻게 생각하나요?

정한아 글을 쓸 때 트랜스젠더의 정체성에 큰 비중을 두지 않았습니다. 그는 작품의 가장 큰 주제인 '거짓말'의 한 부분이었습니다. 우리가 거짓이라고 생각하는 것들, 그중 한 이야기를 하고 싶었던 것이지요.

김필남　『나를 위해 웃다』에서도 그렇지만 인물들 간의 관계에 대해서 유심히 보게 됩니다. 작가는 남성/여성이라는 도식적인 선을 그어놓고 소설을 쓰는 듯한 인상을 보였습니다. 적금통장과 등산을 좋아하는 완고한 할아버지(『달의 바다』), 무능력한 아버지(「마테의 맛」, 「댄스 댄스」), 사라지는 남자(「나를 위해 웃다」, 「첼로농장」)에서 보이듯 작가는 혹시 남성에 대한 불신이 있는 것은 아닌가 하는 조심스러운 생각을 해보았습니다. 『달의 바다』에서는 할아버지-아버지-로저로 이어지는 계보는 소설 속 남성이 하나같이 완고하고 무능력하거나 말이 없거나 여자를 버리고 떠나갔으니까요. 남성이 화자인 「천막에서」의 남성 또한 현실과 정면으로 대응하지 못하고 현실의 모습을 포기한 듯 보입니다.

　이에 대해 작가는 의도적으로 남성의 모습을 위의 모습처럼 그리고 있는 건 아닌지요? 혹은 작가는 소설 속에 등장하는 남성에 대해서 어떻게 생각하고 있는 건지 궁금합니다.

정한아　의도적으로 인물들을 그렇게 설정했던 것은 아닙니다. 다만, 극도로 남성적인 성향에 대해서는 거부감을 가지고 있는 편입니다. 그래서 가부장적인 모습을 가진 남자들이 부정적으로 그려지는 것 같습니다.

김필남　그런데 남성들을 배척하고 있는 듯한 소설 속에서도, 가족의 모습을 욕망하려는 모습을 내포하고 있는 아이러니한 상황을 읽어낼 수 있었습니다. 『달의 바다』의 남성, 조엘은 여타의 소설 속 남성들과 다른 지점에 있는 것 같은데 그는 어떤 남성으로 보면 좋을지 또 어떤 계기로 만들어진 인물인지 궁금하네요.

정한아 상처를 가지고 있고, 또 자신의 한계를 인정하는 인물이지요. 인간이 모두 약하다는 것을 알고 있는 남자고요. 그에게서는 제 대학 선후배들의 모습을 많이 볼 수 있습니다. 문학을 공부하는 남성들이요.^^

김필남 『나를 위해 웃다』에서도 여성들이 혹독한 삶 속에서 살아가는 강인한 모습을 읽을 수 있었습니다. 『달의 바다』의 고모 또한 혹독한 삶 속에서도 독자적으로 살아남으려는 모습을 찾을 수 있었습니다. 그런데 홀로 살아남은 여성들이 세상에서 잘 살아갈 수 있을까라는 생각이 들었습니다. 사회는 그렇게 좋은 곳이 아니라고 생각하거든요. 거짓으로 꾸며도 겨우 살까 말까 한데 말이죠. 작가의 두 번째 소설집에 나오는 대개의 여성들은 독자적으로 홀로 살아남았지만, 그들이 이 혹독한 현실에서 잘 살아갈 수 있을지 걱정이 듭니다. 이 부분에 대해서 혹시 말씀하실 내용은 없을까요?

정한아 네, 그들은 독자적으로 홀로 살아남은 여성들이지요. 고통 속에 처한 인물이 있을 때, 그의 삶이 새로운 전환을 맞게 되는 계기는 사회의 변화가 아니라 그 자신의 변화에서 비롯되는 것이라고 생각합니다. 자기 자신의 삶을 있는 그대로 인정하고 주인이 될 때, 비로소 주체가 되는 것이라고 생각합니다. 사회적으로 흠 없이 좋은 환경 속에서도 자신의 삶을 인정하고, 능동적으로 살아가기란 쉬운 일이 아닙니다. 그러므로 우리의 전망이란 스스로의 결단에서 비롯되는 것이지요. 제 소설 속의 여성들도 그렇고요.

김필남 『달의 바다』를 이야기하면서 소설 속에 등장하는 순이 고모의 '편지'를 빼놓을 수 없을 것 같습니다. 문학동네작가상 심사평을 읽어보니 모두들 하나같이 고모의 편지 내용을 칭찬하고 있던데요. 어떤 의미에서는 이 편지 부분만이 워낙 도드라지게 잘 써져서 그렇다고도 하더군요. (웃음) 그에 대해서는 어떻게 생각하세요? 이 편지를 위해서 우주에 대해서 공부를 많이 하셨나 봐요?

정한아 편지 부분을 쓸 때 많은 시간을 들였고, 또 그 부분이 제일 빛나야 한다는 생각을 가지고 썼어요. 우주에 대한 공부도 열심히 했고요.

김필남 사실 우주라는 공간이 현실과 대비해서 고통을 잊게끔 만드는, 환상적인 공간으로 제시되고 있는 건 아니잖아요. 특히 우주비행사라는 고된 직업은 더욱 그렇고요. 편지 중에서도 계속적으로 언급하고 있지만 우주가 주는 육체적 고통, 달이 주는 삭막함과 더불어 우주복의 무게 등은 인간의 한계를 체험하게 만드는 것도 같습니다. 고모가 편지 속에서 말하는 것처럼 "사실 끔찍하리만치 실망스러운"(7쪽) 곳이 바로 달나라죠. 현실보다 더 끔찍한 공간이 그곳이라는 거죠. 여기서 질문하겠습니다. 우주 또는 달나라라는 공간은 삶의 의미를 더욱 적나라하게 알려주기 위한 도구로 작동하는 것으로 읽어도 무방할까요? 어떤 비평가의 말처럼 자기 삶에 좀 더 충실히(조연정, 「진짜 긍정의 고통스러운 안쪽」, 『문학동네』, 2009년 가을호, 185쪽) 살기 위해 환상(우주/꿈)이라는 도구를 불러온 것인가요? 아니면 실제로 꿈은 이루어질 수 없고, 꿈꿔왔던 것에 도달할 수 없기 때문에 우리는 어떻게 살아야 하는가라는 해답(신수정, 문학동네작가상 심사평 중)을 편지 속에서 답하고 있는 것인가요? 그리고 이 편지에 쓰인 우주적 공간을 독자는 어떻게 읽어줬으면 좋겠다는 생각을 해보신 적이 있나요? 있다면 답변을 부탁드립니다.

정한아　꿈은 아주 아름다운 거잖아요. 우선, 편지 속의 우주 공간이 아주 아름다운 곳이기를 바랐습니다. 그렇지만 그것이 현실이 되었을 때 여전히 아름답기만 할까 하는 의문을 가졌지요. 또, 어둠을 본 후에도 여전히 빛을 꿈꿀 수 있는 것이 진짜 능력이기도 하고요. 앞에서 대가를 지불하지 않는 꿈에 거부반응을 가지고 있다고 말씀드렸지요. 그것이 바로 편지 속에서 고모의 우주비행사 생활이 녹록지만은 않은 이유지요.

김필남　순이 고모의 편지로 시작된 은미와 민이의 여행은 자신들이 처해 있는 모습을 발견하게 만듭니다. 그런데 삶에 대한 긍정이 묻어 있는 『달의 바다』는 사실은 거짓말과 죽음을 앞둔 고모의 얼굴로 점철된 전혀 따뜻하지 않는 소설이기도 합니다. 그럼에도 불구하고 소설의 이야기를 읽고 있는 독자는 그 거짓과 병듦이 불편하게 다가오지 않는다는 점은 특징적이라고 볼만합니다.

　거짓으로 쓰인 편지는 할머니와 할아버지를 즐겁게 만들고 곧 진짜가 됩니다. 찬이의 버려짐은 찬이를 행복하게 만들기 위한 순이 고모의 배려이기도 했습니다. 그로 인해 여행을 다녀온 은미는 이대갈비의 직원으로 일하게 되면서 현실을 살아가는 법을 터득합니다. 즉 『달의 바다』는 유쾌해 보이지만 고통스러운 이야기를 감추고 있는데 이 소설을 처음 구상했을 때가 궁금합니다. 독자의 글 읽기처럼 썩 유쾌하게 쓰이지만은 않았을 것 같거든요. 소설을 구상하게 된 계기라는 것이 따로 있나요? 있다면 말씀해주실 수 있을까요?

정한아 이 소설을 쓸 때 저는 대학원생이었고, 등단은 한 상태지만 앞으로 뭘 어떻게 써야 할지 갈피가 잡히지 않던 소설가지망생이었습니다. 제가 평생을 걸고 싶은 일은 거짓말을 지어내는 일인데, 그게 얼마나 아름다운 것인지를 증명하고 싶었던 것 같습니다.

김필남 소설 속 고모와 은미는 닮은 점이 많다는 생각이 들었습니다. 고모도 은미도 학업성적이 뛰어났기 때문에 신문기자가 되고 싶다거나 우주비행사(고모는 실제로 석사학위까지 있는)가 되고 싶었던 거죠. 그러하니 이들은 엘리트계층으로 읽을 수 있어 보입니다. 다시 말해 그들은 사회에서 타자로 존재하지 않는 인물들인 거죠. 그럼에도 불구하고 소설 속에서 지속적으로 그들이 사회적 타자인 것처럼 정의해놓은 것은 좀 아이러니해 보입니다. 은미나 고모는 지극히 개인적인 욕망의 문제들을 안고 살아가고 있는 것은 아닌가요?

신문기자가 되지 못해 스트레스를 받아 머리가 빠지거나, 이력서를 잘못 넣어 핫도그를 팔게 되었다는 것은 자신의 '선택(욕망)'에서 비롯된 문제들입니다. 그들이 병이 나거나 거짓편지를 쓰는 이유는 사회가 이미 만들어놓은 특정한 자리에 안착하지 못해 발생한 문제라는 거죠. 타자들은 사회에서 존재하지만 존재하지 않는 것처럼 치부되거나 자신의 자리를 마련하지 못하는 자들입니다. 은미나 고모는 어쩔 수 없는 상황으로 인해 자신의 꿈을 포기 당한 것이 아닙니다. 자신의 선택으로 갈비집에 취직하고 핫도그를 팔고 수술을 할 수 있었던 거죠. 그들은 앞으로도 세상과 직시하면서 살아나갈 것입니다. 몇 번의 시행착오를 더 겪어가면서요. 또한 이들은 영원히 선택과 포기의 문제 앞에서 갈등하며 고뇌할 것입니다. 그렇기 때문에 소설 속 이들이 엘리트계층이라는 것이 저의 주장입니다.

이 지점에서 엘리트계층의 꿈이 좌절, 실패했다고 비판하며 현실공간에서 도피하려는 행동은 조금은 낭만적인 형태(혹은 비약)의 것이 아닌가라는 생각이 들었던 것이고요. 그들은 어떤 특정한 (더 높은) 계급으로의 이동을 욕망할 뿐인 것은 아닌가요? 그래서 『달의 바다』는 비판받을 수 있는 지점이 있는 것도 같습니다. 이 논의에 대해서는 어떻게 생각하나요?

정한아 개인적으로는, 자신의 인생에 주인공이 되지 못하는 한 우리 모두가 타자라는 생각을 가지고 있습니다. 다만 최근 들어 제 소설이 지금까지 너무나 제 자신의 문제의식 안에 갇혀 있던 게 아닌가 하는 반성을 하고 있습니다. 작품과의 거리가 너무 가깝고, 그저 제 자신의 이야기를 써내는 것이 신났던 것입니다. 사회적 타자의 문제는 최근 제가 제일 천착하고 있는 부분입니다. 아직 젊고, 주어진 시간이 많으니 앞으로 다양한 문제의식을 가진 소설을 보여드릴 수 있을 것입니다.

김필남 『나를 위해 웃다』는 두 번째 소설집이기 때문에 첫 번째보다 개인적으로 공을 더 들여 작업을 했을 거란 생각이 드네요. 실제로 글 쓰실 때 책을 묶을 것을 염려하셨는지, 또 책을 묶으면서 마음은 어떠했는가요?

정한아 책으로 묶일 거라는 생각은 마지막 두 편을 쓸 때 처음 들었습니다. 작품집은 먼 일이라는 생각을 했었거든요. 막상 작품집이 나왔을 때는 첫 책보다 훨씬 더 귀한 선물을 받은 기분이었습니다. 저의 한 시절이 들어 있는 느낌이었습니다.

김필남　이 소설을 읽고 난 뒤의 느낌을 단순하게 적자면, 첫 번째 소설집보다 약간은 무겁다는 느낌이었습니다. 소설의 이야기도 그렇거니와 세상을 바라보는 방식에서 유쾌함을 잃은 것은 아닐까 생각했습니다. 즉 『달의 바다』에서는 독자들과 소통하려는 모습을 보이며 대중에게 쉽게 접근했다면 『나를 위해 웃다』에서는 자폐적인 느낌이 들만큼 돌연 독자들과 소통하지 않는 모습을 보였습니다. 왜 이렇게 첫 번째 소설에서부터 급작스럽게 변화한 건지, 혹시 작가에게 글쓰기의 변화지점이 있었던 건지 궁금합니다.

정한아　아마도 제가 생각하는 단편소설이라는 장르의 특징 때문인 것 같습니다. 제가 생각하는 단편소설 장르의 특징이란… 이건 예전에 한 선생님께 들은 이야기인데요. 단편소설은 시냇가에 돌멩이 하나가 떨어지는 그 순간, 이라고 하더군요. 그만큼 개인적이고, 단면적인 장르라는 것이지요. 제 소설집을 돌아보았을 때, 제 자신이 너무 그 순간에 집착했던 것이 아닌가 하는 생각이 들기도 합니다. 또 『달의 바다』에서 보인 과도한 부분을 상쇄시키고 싶다는 마음도 있었던 것 같아요. 그래서 책을 보시는 분들이 그렇게 느꼈던 것은 아닐까 생각됩니다.

김필남　물론 절대적으로 소설들이 쓸쓸해지고 독자와 소통하지 않고 있다는 뜻은 아닙니다. 쓸쓸한 화자들은 곧 '회복'하고 앞으로 나아가니까요. 아프지만 살아야겠다는 의지가 엿보인다고 할까요.
　『나를 위해 웃다』에 등장하는 인물들에서 특징적인 면을 찾자면 병든 육체를 이끌고 있는 화자가 많다는 것입니다. 거인병을 앓고 있는 인물이나, 약에 찌들었던 소녀라든지, 손톱을 깨무는 행동이나, 다리를 전다든가, 머리가 빠졌거나(다시 난다거나)… 이렇듯 병든 육체를 가진(가졌던) 인물들이 많습니다. 그런데 이 짧은 소설을 끝까지 읽고 나면 회복의 기운을 찾을 수 있다는 것은 특징적입니다. 키가 자라는 거인병을 가진 엄마는 키가 자꾸만 자라나야 '나' 라는 자아를 확인할 수 있거나, 머리가 자라야만 사회에서 주체로 자리 잡을 수 있다는 방식으로요.

그런 의미에서 보자면 작가가 현실을 바라보는 시선은 비극적인 것이 아니라 여전히 긍정적인 요소가 많다는 뜻이겠지요? 물론 주체에 대한 문제로 다시 돌아오기는 하지만요. 그런데 또 주체에 대한 문제를 제기할 때 주체는 전혀 움직이지 않고 관망하고 있다는 느낌을 받았습니다. 특히 「나를 위해 웃다」에서 엄마는 자신의 이야기를 들려주지만(뱃속의 화자) 자신의 삶은 방관하고 있는 것 같더군요. 이는 반대로 말해 엄마를 통해 암담한 삶(현실)을 담담하고 처연하게 보여주는 것처럼 느껴졌습니다.

첫 번째 소설보다 힘(유쾌함)이 빠진 느낌이지만 이를 통해 현실의 모습이 더욱 적나라하게 보이는 듯했습니다. 은미가 자라 성장통을 겪고 있는 느낌이랄까요. 여기서 제가 '관망', '방관' 이라는 단어로 작가의 소설을 이야기했는데, 이런 부분은 어떻게 생각하시나요? 혹시 그런 부분을 염려하면서 글을 쓰신 건가요?

정한아 「나를 위해 웃다」를 쓸 때, 자신의 삶을 요란스럽지 않게 바라보는 인물을 그리고 싶었습니다. 자신의 삶에 닥쳐오는 문제들을 담담하게 바라보고, 미래를 기다리는 인물이요. 천진하기도 하고, 무능력하기도 하고, 바보스러워 보이기도 하는 인물이요. 지금도 그런 인물들을 좋아합니다.

김필남 『나를 위해 웃다』는 각각 다른 단편의 이야기지만 하나로 묶일 수 있는 이야기 같았습니다. 소외받는 사람들의 이야기를 다루면서 그 소외는 개인의 모습이 아니라 좀 더 큰 사회·국가의 밑바닥을 볼 수 있게끔 합니다. 결혼을 앞둔 신부가 받고 싶은 의자는 과거를 불러오고 현재의 자신을 보게 만들고 가족을 만들고(「의자」), 무능력하지만 자상한 아버지는 댄스를 추듯 자전거 페달을 밟아 가족이 무너지지 않게끔 엄마를 마중(「댄스댄스」) 갑니다. 따스한 양수, 차가운 빗방울, 격한 탁류, 딱딱하게 굳은 물까지 그 형태와 감정을 추스를 수 없는 '물'의 모습처럼 정한아 작가의 단편들 또한 그 내용들이 규정할 수 없는 것들로 묶여 있습니다. 그래서 이 소설은 결코 가볍지 않은 삶, 우리들의 이야기가 담길 수 있었던 것 같습니다. 타인을 다루고 있는 섬세한 묘사가 다음 작품을 기대하게 만듭니다.
　단편소설 중 가장 애착이 가는 작품이나 혹은 자신과 가장 닮은 인물이라도 있나요? 있다면 왜 그러한지 말씀 부탁드립니다.

정한아 가장 애착이 가는 작품은 「의자」입니다. 작년 여름에 스페인의 산티아고 순례를 떠났는데, 한 달 내내 이 작품을 가슴에 품고 길을 걸었습니다. 서울에 돌아와서도 곧바로 글을 쓰지 못하고 여러 가지 취재를 하느라 오랜 시간 제 마음속에만 있었던 작품이지요. 지금까지도 그때 제가 품고 있던 의자의 또렷한 형상이 지워지지 않습니다.

김필남 혹시 다음 소설집에 대해서 생각해보신 적이 있나요? 구상 중에 있다면 잠깐 소개해주시겠습니까? 아직 구상 전이라면 어떤 소설을 쓰고 싶으신지 개인적으로 궁금하네요.

정한아   10월 5일부터 새로운 장편소설 연재를 시작합니다. 기지촌에서 태어나 자란 한 소녀의 이야기이지요. 오랜 시간 준비해온 이야기이니만큼, 멋진 결과물이 나왔으면 좋겠습니다.

김필남   마지막으로 정한아 씨의 소설책을 독자들에게 소개해야 한다면, 어떻게 자신의 글을 소개하고 싶으신가요?

정한아   아직 제 소설을 무엇이라고 정의하기엔 너무 이른 것 같습니다. 다만 제 소망을 이야기하자면 커다란 나무처럼 그늘이 있고, 시원한 열매가 맺히고, 새들의 지저귐이 깃드는 소설이 되었으면 좋겠습니다.

김필남   인터뷰에 응해주셔서 감사합니다.

김사과

작가산문
하루키와 나

대담
도래하지 않는 유토피아에 대한 단상

김사과 · 권유리야

하루키와 나

김 사 과

　지난겨울 가라타니 고진의 『근대문학의 종언』을 읽었다. 그 백 쪽
도 되지 않는 짧은 텍스트가 내게 준 충격은 생각보다 엄청났다. 오랫
동안 그 책을 둘러싼 이야기들을 전해 들었지만 그럴 때마다 어렴풋이
동감이 가긴 하는데 정확히 무슨 이야기를 하는 건지는 잘 모르겠다는
생각을 했는데 막상 책을 읽자 그런 모호함은 완전히 사라졌고 오히려
내가 앞으로도 계속 소설을 쓰려면 이 책이 던지는 질문을 피하고 넘
어가선 안 될 것 같다는 생각이 들었다. 그 질문이란 난 왜 (이미 죽은)
소설을 쓰는가이다.

1

　고진의 그 책이 나에게 심각하게 다가오는 것은 그게 내가 처음 들
어보는 충격적인 이야기라서가 아니라 내가 문학[1]에 대해 가지고 있
는 생각이 그 이야기와 정확히 일치했기 때문이다. 아니 내가 소설을

쓰게 된 뒤로 다듬어온 태도, 생각, 행위가 모두 거기에서 출발하기 때문이다. 항상 말하게 되는 것인데 어린 시절의 난 단 한 번도 소설이라는 장르에 진지하게 관심을 가져본 적이 없었다. 내게 고전 소설이란 이미 지나간 것, 낡은 것, 촌스러운 것이었고 현대 소설은 단순한 오락거리였다. 그나마 둘 다 나의 활자중독증을 만족시킬 수 있는 여러 가지 수단 중 하나였다. 그 수단 중에 내가 그나마 진지하게 생각했던 것은 역사책이었다. 내가 태어나서 가장 많이 읽고 내 세계관에 가장 많은 영향을 끼친 책은 청소년용으로 나온 꽤 두꺼운 세계역사책이었을 것이다. 그러다가 내가 역사책을 대하는 것과 같은 진지한 태도로 소설을 대하게 된 건 중학교 때 무라카미 하루키의 소설을 읽게 되면서부터였다.

고전문학을 제외하면 하루키를 읽기 전까지 내게 소설이란 미국산 펄프픽션과 동의어였다. 그런데 하루키 이후 내게 소설이란 근대문학을 뜻하게 되었다. 이건 정말 아이러니인데 왜냐하면 고진에 따르면 하루키는 근대문학의 종언을 보여주는 징후 그 자체이기 때문이다. 물론 나는 그가 말하는 것이 무슨 뜻인지 철저하게 인정하고 이해한다. 하지만 그렇다고 해서 내가 처음으로 소설을 진지하게 생각하게 된 텍스트가 하루키라는 걸 부정할 수는 없다. 비웃음을 당할까봐 제대로 이야기한 적이 한 번도 없지만 나에게 하루키는 무엇을 말하든 그 이상이었다. 나는 그의 모든 글-소설, 단편, 에세이를 외울 정도로 읽고 또 읽었다. 힘들 때마다 그의 문장 하나하나가 나에게 깊은 위안이 되었고, 또 그의 소설을 읽으면서 난 소설만이 가진 매력을 실제적으로 깨닫게 되었다. 그의 책을 다 읽고 나서 난 그가 언급하는 작가들을 모조리 읽어나가기 시작했다. 그 여정은 챈들러와 카버를 거쳐 카뮈와 도스토옙스

---

1) 여기서 문학이란 근대문학, 그중에서도 근대소설을 의미한다.

키, 그리고 카프카와 톨스토이와 발자크를 지나 셰익스피어와 세르반
테스에까지 이르게 되었고, 마침내 나는 소설을 쓰게 되었다.

2

처음 소설을 쓰기 시작했을 때 내가 의식적으로 했던 훈련은 하루
키적 세계관과 스타일을 제거하는 것이었다. 사실 아주 처음에는 아무
생각이 없었다. 그냥 써지는 대로 썼다. 처음엔 쓰는 것만으로도 벅찼
다. 그런데 얼마 안 가 내 글에 달라붙어 있는 하루키적인 요소들, 그
리고 그것들에 대한 동경이 내 글을 망치고 있는 걸 발견했다. 난 그의
(초기) 소설이 가지고 있는 세련됨, 투명한 문장, 독특한 유머, 허무주
의, 미국적 요소, 후기 자본주의 시대의 매끈한 풍경 따위를 정말 사랑
했다. 그런 걸 쓰고 싶었다. 그런데 한 편으론 내가 거절해야 할 것은
바로 그런 거라고 생각했다. 더 이상 그의 이야기들이 내가 쓸 나의 시
대에 맞지 않는다고 생각했다. 확실히 더 이상 세계는 그가 처음 소설
을 쓰기 시작하던 시대가 아니었다. 오히려 그 모든 것이 환상에 지나
지 않았나 싶을 정도로 철저하게 붕괴되어 있었다. 이미 해결되었다고
생각되는, 역사와 함께 사라졌다고 생각되는 그런 구식의 문제들-전
쟁과 가난, 근본주의와 테러리즘과 인종주의 따위는 오히려 점점 더
우리의 일상생활을 뒤흔들고 있었다. 더 이상 그가 했던 것과 같은 방
식으로 세계를 묘사할 수는 없다는 생각이 들었다. 그러기엔 나에겐
모든 게 너무 절박했다. 그런 나에게 하루키적 태도는 시대에 뒤떨어
진 나이브한 것으로 느껴졌다. 그래서 난 하루키적 태도를 버리기 위
해 노력했고 사실 어느 정도는 성공했다. 하지만 그건 겨우 의식의 수
준에서였다. 여전히 난 그의 세계관과 스타일에 마음속 깊이 물들어
있다. 아니, 적어도 아이엠에프 이전의 (겉으로는) 풍요롭던 한국의 구

십 년대에 어린 시절을 보낸 내게 그의 세계관은 실제로 만져보기까지 했던 견고한 리얼리티이기도 했다.

3

내가 소설을 읽고 쓰기 시작한 시작에 하루키가 있다는 것은 나는 하루키 이전의 소설이 어땠는지를 모른다는 뜻이기도 하다. 그리고 그건 내가 소설(근대문학)이 살아 있던 것을 목격한 적이 없다는 뜻이다.

근대문학은 세계 전체에 대한 문제의식을 떠맡음으로써 한갓 소설에 그 이상의 의미를 부여했다. 문학을 통해 현실에 직접적인 변화를 이루어내려고 했다는 말이다. 그리고 그게 바로 내가 소설에서 원하는 것이었다. 하지만 이미 그런 시대는 지나갔다고 한다. 근대문학은 죽었다. 어쩌면 그게 내가 더 이상 요즘의 소설을 읽지 않는 이유일 것이다. 요즘 쓰이는 소설들에서-국내와 국외를 모두 포함하여, 난 내가 원하는 것을 찾을 수가 없다. 모든 게 너무 하찮다. 여기서 내가 말하는 '하찮음'이란 플롯과 캐릭터와 관련된 완성도 혹은 나의 개인적 취향과 전혀 상관이 없다. 단지 거기엔 야망이 없다는 뜻이다. 거기엔 세계에 대한 관심도, 변화에 대한 의지도 없다. 내용과 스타일 모두에서 과거의 것을 답습하고만 있다. 한마디로 말해 거기엔 리얼리즘이 빠져 있다. 그래서 나는 점점 더 소설을 읽는 대신 여전히 세계의 문제에 직접적인 관심을 갖는 논픽션들, 혹은 딱딱한 학술서들을 집어들게 된다. 왜냐하면 거기엔 이미 소설의 세계에선 찾아볼 수 없는 의지가 존재하기 때문이다. 여전히 어떤 사람들은 실제적으로 더 나은 세계를 원한다. 그리고 그것을 위해 쓴다. 그래서 그들이 쓰는 문장은 현실과 의지 사이에 단단하게 매듭지어진 채로 한 발 한 발 전진한다. 그런 그들의 사유와 의지로 둘러싸인 문장 속에서 난 소설의 문장에서보다 더

한 아름다움을 느낀다. 그렇다. 윤리적인 면에서도, 유희적인 면에서도, 확실히 요즘 소설은 지고 있다.

그런데 문제는 내가 소설가라는 것이다. 내가 비난하는 세계에 나 또한 이미 깊숙이 속해 있다. 그리고 이런 아이러니가 나를 자꾸 냉소로 이끈다. 모든 것은 불가능한 것 같다. 특히 소설로서 할 수 있는 것은 아무것도 없다는 생각이 든다. 세상을 바꾸는 건 소설보단 화가 난 시위대라는 생각이 든다. 내가 원하는 그런 것을 소설을 통해서 이루는 것은 완전히 바보 같고 불가능하다고 생각하게 된다. 아무리 생각해도, 소설은 힘이 없다. 죽은 게 분명하다. 하지만 난, 여전히, 그런 불가능한 것들을 원한다. 오직 그런 것을 원한다. 몇 번을 다시 생각해봐도 마찬가지다.

4

고진은 근대소설에서 상상력이라는 요소가 근대 네이션-스테이트의 형성에 큰 역할을 했다고 말한다. 그러니까 상상력, 아마도 그건 코케인하이 속에서 천사를 보는 환각도 아니고 광인이 자기만의 세계 안에서 발견하는 도피적 환상도 아닐 것이다. 아니 그것과 다르지 않은 위치에 있던 상상력을 핵심적 요소로 끌어올린 것이 바로 근대소설이 한 것이었다. 상상력이란 모호한 개념을 통해서 근대소설은 흩어진 사람들을 국가라는 모호한 울타리 안으로 불러들였다. 그런 식의 실제적 변화를, 소설은 상상력을 통해 이루어내었다. 하지만 그런 과거의 영광을 뒤로 하고 소설은 더 이상 세계를 책임지려고 하지 않는다. 그런데 사실 이건 소설만의 문제는 아니다. '소설'이란 말을 '예술'로 바꾸어도 상황은 똑같다. 더 이상 예술은 세계의 문제를 떠맡으려 하지 않는다. 예술은 의미를 놓아준 대가로 자유를 얻은 다음 거침없이 하찮아졌다. 더 이상 예술은 그래서 우린 대체 어디로 가야 하는가, 이 길의 끝엔 뭐가 있나, 다른 세상이란 가능한가, 아니 지금 존재하는 이 세상은 도대체 어떤 세상인가, 따위의 촌스러운 구식 질문을 던지지 않는다. 그런 문제들은 마찬가지로 촌스럽고 구식이라고 비난받는 극우 민족주의나 근본주의적 색채의 종교들이 떠맡은 지 오래다. 대신 이제 예술은 짜릿한 유사 환각체험이나, 자기치유, 유머, 완성도, 기발한 재미, 발랄함, 늦은 오후의 여유 따위를 추구한다. 즐겁고 신나는 자기들만의 원더랜드에서 말이다.

하지만 말이다. 예술이 자유롭게 뭘 하건, 소설가가 뭘 쓰건, 여전히 이 세계는 생각하는 것만큼 자유롭지도 세련되지도 않으며, 촌스러운 구식 문제로 수만 명이 다치거나 죽거나 하는 일이 매일같이 일어나고 있다. 자유롭고 세련된, 교육받은 지적인 도시민들이 자신들의 하찮은 문제에 몰두하는 동안 촌스러운 문제로 생존을 위협당하는 촌스러운 사람들은 촌스럽게도 민족과 종교에 구원을 요청하고 있다. 왜냐하면 그것들만이 유일하게 그들을 외면하지 않기 때문이다. 지적인 현대 예술이 우아하게 얼굴을 찡그리며 고개를 돌린다고 해서 세상의 모든 촌스러운 문제들이 사라져버리는 것이 아니다. 그것들은 여전히 존재한다. 다만 외면당한 채로, 다만 버림받은 채로, 한구석에서 썩은 몸을 부풀리며 말이다.

그리고 난 거기서 눈을 돌리고 싶지 않다. 그것을 쳐다보고 싶고, 그것을 기록하고 싶고, 그걸 개선하고 변화시키고 싶다. 가능하다면 소설을 통해서 말이다. 그렇다면 어떻게 하면 될까? 네, 훌륭한 소설을 쓰겠습니다, 라고 말한 뒤 책상에 앉아 쓰면 되는 건가? 그럼 모든 것이 가능해지나? 아무리 생각해도 그게 아니라는 생각이 드는 것이다. 나 혼자 낙관주의에 가득 차 의지를 다진다고 해서 모든 게 가능해지는 게 아니라고 느껴지는 거다. 단순하게 내 의지를 믿기엔 복잡하게 얽힌 수많은 문제들이 눈앞에 가득 쌓여 있고 난 그걸 하나하나 고려하느라 대답할 때를 자꾸만 놓치고 있다. 어쩌면 나는 겁에 질려 있다. 내가 틀린 대답을 할까봐, 혹은 바보 같은 비웃음거리가 될까봐, 혹은 이 모든 게 아무 쓸데도 없는 것에 불과할까 봐서. 무엇보다 내가 말하는 것들이 얄팍하고 무식하며 나이브하다고 여겨질까 봐서. 그래서 난 솔직히 뭐라고 해야 할지 모르겠다. 그런데 문득 그런 생각이 들었다. 난 아직도 너무 젊고, 모든 걸 대답 내리기엔 너무나도 제대로 아무것도 시도해본 것이 없다는 것이다. 그러니까 억울하다는 생각이 들었다는 것이다. 대답을 하는 것도 선택을 하는 것도 결론을 내는 것도 말이다. 난 아직 아무것도 대답하고 싶지 않다. 지금 내가 원하는 건 판단이 아니다. 더 많은 경험이다. 그래서 지금 내가 할 수 있는 말은 이것뿐이다. 모르겠다.

정말이지 난 모르겠다. 그래서 그렇기 때문에 더욱더 직접 확인해보고 싶다. 다른 사람들이 떠드는 이런저런 말들은 모두 무시한 채로, 그냥, 나 스스로 느끼고, 생각하고, 내 의지로 판단하고 싶다. 정말 모든 희망이 끝난 건지 그렇지 않은 건지를 말이다. 그리고 그때까지 난 모든 대답을 유보하고 싶다. 비겁하다고 해도 어쩔 수가 없다.

5

얼마 전까지도 나는 오직 나를 위해서 썼다. 절망 속에 있는 나를 위로하기 위해, 견디기 위해, 나를 구원하기 위해, 나를 치유하기 위해서 말이다. 그때 난 너무 깜깜해서 타인을 발견할 수가 없었다. 하지만 결국 시간은 흐르고, 많은 게 달라졌다. 아니 달라지고 있다. 아니 그러기를 바란다. 그렇기 때문에 난 끊임없이 새로운 것들을 발견하고 배워나가고 전에 있던 것들을 다른 눈으로 바라보려고 노력한다. 그리고 그러는 가운데 중요한 것 한 가지를 깨달았다. 나를 소설 쓰기로 이끈 절망들은 지금 세계가 직면한 문제들이 해결되지 않는 한 해소될 수 없다는 걸 말이다. 내 절망은 고립된 것이 아니었다. 아니 내가 절망을 느낀다는 것 자체가 내가 세계와 깊이 연결되어 있다는 증거였다. 그런데 오랫동안 난 그걸 알아채지 못했다. 나뿐만이 아니었다. 문득 돌아보자 너무 많은 사람들이 같은 절망 속에 고립되어 있었다. 게다가 심지어 그 고립은 자유로 여겨지기까지 한다. 뭔가 잘못되었다는 생각이 든다. 변화가 필요하다.

물론 나는 여전히 뭘 어떻게 해야 할지 모르겠다. 여전히 난 세계를 가득 채운 진부한 문제들, 빈부격차, 철거민의 죽음, 민주주의의 위기, 다국적 기업의 횡포, 농민 문제, 테러리즘, 세계화의 부작용 따위가 소설과 만나 가능성과 아름다움, 다른 세계에 대한 상상 따위를 만들어 내는 걸 상상할 수가 없다. 가능한 미래가 무엇일지, 그것이 소설을 통해 만들어낼 수가 있는 것인지, 아니 내가 계속해서 소설이란 걸 써나갈 것인지, 아니면 소설을 벗어난 새로운 것이 가능할지도 말이다. 아니 난 단 한 번도 그런 식의 상상을 시도해본 적이 없다. 단지 절망 앞에서 화를 냈을 뿐, 거기에 제대로 맞설 의지를 가져본 적이 없다.

하지만 이젠 그 절망을 중단할 때가 되었다는 생각이 든다. 길을 걸을 때마다, 사람들을 만날 때마다, 사물을 바라볼 때마다, 매 순간, 모든 것이, 망설이는 걸 그만두라고, 몸을 움직이라고 나에게 말한다. 그렇다. 확실히 그렇다. 더 늦기 전에, 손을 뻗고, 다리를 뻗어야 한다. 몸을 움직여야 한다. 변화를 기다리는 게 아니라 만들어내야 한다. 너무 오래 헤어져 있어서 도저히 상상조차 할 수 없었던 것들을 다시 하나로 모아야 한다. 그리고 설득 가능한 비전을 만들어내야 한다.

그리고 난 가능하다면 그 '비전'을 소설을 통해서 만들어내고 싶다. 왜냐하면 난 아직 상상력의 힘을 믿고 있기 때문이다. 세상을 변화시키는 건 더 큰 폭력이나 절망이 아닌 다른 이미지를 꿈꿀 수 있는 힘에서 온다고 믿기 때문이다. 그러니까 그런 걸 가졌던 적이 있던 때의 소설에, 난 다시 한 번 기대어보고 싶다. 그렇게 해서 나온 결과는 물론 예전의 소설과는 뭔가 다를 것이다. 아니 전혀 소설이 아니게 될지도 모르고, 또 어쩌면 그래야 한다. 그러니까 상상해내야 한다. 세계와 소설 양쪽 모두에서, 가능한 미래를 발견해야 한다.

우리는 "어떻게 이 일상의 현실을 벗어날 수 있는가?" 라고 묻지 말고 차라리 "이 일상의 현실이 과연 그토록 확고하게 실존하는가?" 라고 물어야 한다. 비슷한 맥락에서 "어떻게 본체적 타자-사물에 조응했음을 확신할 수 있는가?" 라고 물어서는 안 되고 차라리 "이 타자-사물은 우리에게 명령을 퍼부으며 진정 저 바깥에 서 있는가?" 라고 물어야 한다. '순진한' 사람은 우리가 일상의 현실을 벗어날 수 있다고 생각하는 사람이 아니다. 일상의 현실을 이미 주어진 것으로, 존재론적으로 완벽한 자족적 전체로 여기는 사람이야말로 '순진한' 사람이다.[2]

---

2) 슬라보예 지젝, 한보희 옮김, 『전체주의가 어쨌다구?』, 새물결, 2008, 265쪽.

도래하지 않는 유토피아에 대한 단상

김사과 · 권유리야

권유리야 사과라는 예쁜 이름을 가진 소설가를 만나게 되어 참 반갑습니다. 84년생 풋풋한 나이를 표현하는 데는 그만이라는 생각을 했습니다. 팬시상품처럼 예쁘고 얌전한 사과는 아니고, 꿈틀거림, 분출, 욕구, 도발성, 극단적 이기주의 등, 전에 없이 과격하게 근육을 사용하고 있는 남성적 사과라고 해야 정확할 것 같네요. 이름 이야기를 이렇게 장황하게 하는 것은 장편 단편 할 것 없이 작품 모두가 사람 이름으로 지어졌기 때문이기도 해요. 최근 출간된 장편 『미나』(창비, 2008)가 그렇고, 이전에 나온 단편 「영이」(『창작과비평』, 2005년 겨울호), 「준희」(『창작과비평』, 2006년 가을호), 「나와 b」(『창작과비평』, 2008년 겨울호)가 전부 사람 이름이란 말이에요. 이렇게 제목을 이름으로 고집하는 이유가 특별히 있는 건지 알고 싶네요.

김사과 영이와 미나는 발표하는 순간까지 적당한 이름을 찾지 못해서 좀 그랬습니다. 완성하고 나면 적당한 제목이 생각나지 않을까 싶었는데 그렇지 않았습니다. 준희나 나와 b 같은 경우는 그게 적당하다 싶어서 그랬습니다. 사실 주인공 이름이 그대로 제목이 되는 고전소설의 방식을 좋아하는 편이에요. 하지만 요즘엔 좀 더 평범하지 않은 제목을 지어보려고 신경을 쓰고 있습니다.

권유리야 알다시피 한국사회에서 고등학생이라는 단어 속에는 한국사회의 온갖 욕망과 타락의 징후를 담고 있습니다. 한국사회의 대학입시 장면은 참 재미있습니다. 입시 당일에는 출근시간이 한 시간 늦춰지고 비행기 이착륙이 금지되죠. 대중교통과 함께 경찰은 바짝 긴장을 합니다. 전 국민이 시험을 치르는 꼴이죠. 사실 신분카스트제의 소속을 결정하는 시험이니까 이럴 수밖에요. 김 작가의 소설 속에는 이런 불행한 10대 고등학생들의 억눌린 분노가 일그러진 형태로 분출하고 있어요. 『미나』에서는 수정이가 삶의 허무와 갈증을 친구인 미나를 살해하는 것으로 폭발시키죠. 「영이」에서는 부모의 잦은 부부싸움을 격렬하게 증오하면서도 광기 어린 냉정함으로 바라보는 영이도 등장합니다. 「나와 b」에도 폭력과 자해와 광란을 일삼는 어린 10대가 등장해요. 그런데 죽 소설을 읽으면서 이러한 광란의 자학을 비현실적이고 문학적 과장으로 치부할 수 없다는 생각을 했습니다. 「영이」에서 한 대목을 잠시 인용해볼게요.

"한 문장으로 쓰면 될 것을 나는 왜 이렇게 많은 문장을 쓰고 있나. 왜냐하면 백 문장에는 백 문장의 진실이 있고, 한 문장에는 한 문장의 진실이 있기 때문이다. (…) 영이네 집에는 언제나 클로즈업된 긴장감이 감돈다. 그리고 그 외엔 아무것도 없다. 영이네 집에는 욕과 술과 싸움이 있다. 엄마는 예쁘고 아빠는 멋지다. 그리고 영이는 귀엽다. 영이네 집에는 차도 있다. 영이네 집에는 집이 있다. 영이네 집에는 네 발 달린 욕조도 있다. 하지만 영이네 집에는 아무것도 없다."

이 단락을 읽을 때, 인간의 어떠한 허위도 다 포기해버린 가장 진실한 속된 인간을 보고 있다는 생각을 했어요. 추악한 도시의 욕망도 밤이 되면 오색의 찬란한 은하수가 됩니다. 오늘날 아름다움이란 가리고 포장하는 데서 나오는 것이기 때문에 오히려 진실한 자는 포장하지 않아 볼썽사납게 보이는 것이 아닌가 하고 생각했어요. 질문이 길어졌는데, 김사과 작가의 소설에 짙게 드러나는 이러한 광란의 몸짓들을 저는 오히려 정직한 인간의 고백으로 보았는데 이를 어떻게 생각하는지 궁금합니다.

김사과　그건 처음 소설을 쓸 당시의 나의 '진실'이라는 개념에 대한 생각과 관계되어 있습니다. 난 진실이 좋고 또 아름다운 거라는 관념에 반대하고 싶었습니다. 왜냐하면 내 생각에 진실이란 추악한 것, 끔찍한 것, 인간이 감당할 수 없는 것, 그래서 차마 보아서는 안 되는 것이었기 때문입니다. 그래서 난 내가 생각하기에 진실이라는 것의 가장 진실된 면을 사람들에게 들이대고 '이것이 진실이다 그런데 당신은 이것을 견딜 수 있는가?'
라고 묻고 싶었습니다. 물론 지금은 생각이 좀 바뀌어서 아름다운 진

실도 존재할 수 있다던가, 혹은 진실은 아름답지도 추하지도 않다는 식으로 생각해보기도 합니다.

권유리야 　어린 학생을 주인공으로 설정한 소득이 의외로 큰 거 같아요. 즉흥적이고 단세포적인 발상을 작품 전체의 주된 테마로 삼으면서도 이에 대한 고뇌의 제스처로부터 작가가 자유롭다는 점입니다. 물론 여기 주인공들이 체제와 질서에 대한 과민반응은 분명히 있습니다. 이 점은 분명하게 짚고 넘어가야 할 것 같아요. 수정이의 납득하기 어려운 행동이 표면상으로는 학교로 대변되는 세계에 대한 압박감에 의한 것이기는 하지만, 어느 순간 이 대항의식이 사라지고 자학적 광란 자체에 지나치게 많이 빠져들고 있다는 생각이 들어요. 그래서 감각적이지만 납득되지 않는 수정이의 행동 때문에 읽는 사람은 이성을 재빠르게 가동시켜야 하는 모순이 발생해요. 난해하지 않은 듯하면서도 난해한 구석이 있어요.

　하지만 저는 이런 한계는 있지만, 수정의 과민반응이 인간을 고통에 빠져 허우적거리는 초라한 인간 되기를 살짝 비껴간다는 점을 눈여겨보았어요. 고통은 반드시 자기만의 합리적 표출방식을 찾아간다는 점이 특별하게 느껴졌습니다. 가령, 수정이가 고양이를 죽이고 고양이 사체를 차분하게 비닐봉투에 넣어서 창문 밖으로 던지고는 떨어져 부딪치는 소리를 듣지 않기 위해 창문을 재빨리 닫는 장면, 비슷한 장면이 한 번 더 연출되는데, 휴대폰을 부수어 비닐봉지에 담아 쓰레기통에 넣고는 TV의 코미디를 보고 웃음을 터뜨리며 안정을 찾아가는 장면이 그래요.

　이때 광란의 사건을 벌이고, 그 즉시 자기구원의 방식을 스스로 터득하는 수정의 모습은 어린아이였기 때문에 가능하다는 생각을 했습니다. 이는 단지 육체적 연령을 의미한다기보다 이 시대의 인간들이 어린아이가 되어가는 상황과 그대로 겹쳐졌습니다. 과거 같으면 인간이 타락 뒤에 참회와 고백을 통해 성숙한 인간을 지향하는 것이 일반적이었는데, 요즘은 그렇지 않은 것 같습니다. 최근 들어 부쩍 잦아진 연쇄살인 같은 경우만 보더라도, 타락 자체를 자기만족의 과정으로 삼는 양상이 자주 목격되기 때문입니다. 이렇게 잔혹한 자기구원과 인간의 유아화에 대한 생각이 궁금합니다.

김사과   수정의 반항심이 긍정적으로 표출되지 않고 자학적/파괴적으로 변질되는 것이 바로 내가 미나에서 의도한 것이었습니다. 난 시스템 자체에 대한 고민이 없는 대항은 자살이나 테러리즘의 형태로 귀착될 수밖에 없다고 생각해요. 그리고 수정이 바로 그런 아이였죠. 이 소설을 통해 난 그것을 경고하고 싶었습니다.

고양이나 텔레비전과 같은 장면은 자기구원에 대해서는 전혀 생각하고 쓰지 않았지만 그렇게 볼 수도 있겠다 싶습니다. 그러나 그 장면에서 내가 의도한 것은 어떤 상황에 대한 가능한 가장 사실적인 접근이었습니다. 저는 기본적으로 삶에 의미가 없다고 생각합니다. 하지만 인간은 의미가 없인 살아갈 수 없기 때문에 의미를 만들어내려고 하는 것입니다. 그런데 나는 그 의미 이전의 세계에 관심이 있습니다. 사실성(reality)보다는 실제(the real)에 대한 관심이죠. 어떤 인간의 행위는 거시적 관점에서는 일관성을 찾을 수 있지만 내가 미나에서 한 것과 같이 극단적인 클로즈업을 한 상태로 세밀하게 관찰하면 매우 즉흥적이며 부조리하고 괴이해 보일 거라고 생각해요. 즉, 수정은 무의식적으로 자기 구원을 찾아 그렇게 행동한 것이 아니라 그냥 한 인간이 그 상황에서 실제로 보여줄 만한 행동을 보여준 것뿐이지요. 그것에서 인간의 유아화나 자기 구원과 관련된 의미를 읽어낼 수도 있겠지만 그건 전적으로 독자의 몫이지요.

권유리야 처음에 『미나』를 읽을 때는 또 그렇겠지 하는 생각을 했습니다. 요즘 젊은 작가들의 소설이 워낙 새로운 시도를 하면서 비슷한 길을 가는 양상을 많이 보아왔기 때문이죠. 과격하게 파괴를 일삼으며 화려하게 데뷔했으나 지금은 사라지고 없는 백민석이나, 얼렁뚱땅 현실을 조롱하는 박민규가 지금은 서서히 온순해져가는 모습을 보면 여기에 어떠한 의미 부여를 한다 해도 결국 시선끌기용에 지나지 않은 것은 아닌가 하는 생각이 들어요. 그런데 『미나』를 계속 읽고, 또 단편을 이어 읽으면서 이런 극도의 냉담함이 보기 드문 사례라는 생각을 했어요. "아무도 나한테 뭐라고 하지 못해. 왜냐하면 나는 완벽하니까! 지금의 나를 자랑하는 것이 아니야. 자랑하지 않아도 나는 이미 자랑스러운 사람, 알잖아, 나보다 잘나기도 힘들다는 것 나도 알고 있어." 저는 이 표현이 과장이라거나 교만이 아니라, 자기 확신이라는 생각이 들었습니다. 그래서 감정이 풍부한 인간을 죽일 수밖에 없다는 절실함과 절박함에서 역설적으로 슬픈 진실을 발견하게 되더라구요.

김사과 수정의 자기 확신에 대해 말하자면 수정은 확신범입니다. 그 아이는 자기가 뭘 하는지 정확히 알고 있어요. 하지만 그 아이가 확신하는 건 자기 자신에 대해서뿐이죠. 그 아이는 자기 자신을 제외하면 아무것도 알지 못하고 관심도 없습니다. 물론 그렇기 때문에 무시무시한 힘을 가지고 있지만 타인이 배제된 자기 확인이 과연 무슨 의미가 있을지 모르겠습니다.

권유리야 극도의 냉담함이 자기 확신에서 나온 것이라고 생각하게 된 이유가 있어요. 4편의 작품에는 랩에서나 볼 법한 엄청난 양의 노랫말이 등장하죠. 노랫말처럼 보이는 것도 있고, 노랫말에서 자주 등장하는 반복의 방식이 나타나기도 하더라구요. 가령 "하지만 불가능하다. 하지만 가능하다. 하지만 불가능하다. 하지만 가능했으면 좋겠는데, 지구가 멸망했으면 좋겠는데, 다 끝나버리면 좋겠는데"와 같이 극도의 짧은 문장과 일부 반복은 소설의 인물들이 자기를 다져가는 과정이라고 생각해요. 특별히 이런 노랫말 가사 같은 방식을 취하는 이유가 있는지요?

김사과   난 편집증이나 강박증, 혹은 정신분열증 환자의 언어 사용에 관심이 많습니다. 그런 환자들은 강박적으로 의미 없는 문장이나 단어를 반복할 때가 많습니다. 그들이 사용하는 언어는 기의와 기표의 관계 구조가 붕괴되거나 어긋나 있는데, 난 거기에서 얻어지는 독특한 효과를 좋아하고 그게 아름답다고 생각합니다. 그래서 초기에 문장을 쓸 적에 정신분열증에 걸리기 직전에 쓰인 니진스키의 일기나 전후 부조리 희곡들, 이상의 시를 비롯해 독특한(혹은 급진적인) 방식으로 언어를 사용하는 글에 많은 영향을 받았습니다.

또 하나, 노랫말에도 많은 영향을 받았다. 노랫말은 대부분 시적이며 리듬감이 있다. 특히 톰 웨이츠나 소닉 유스의 노랫말을 좋아한다. 난 내 글이 그림보다는 노래에 가까웠으면 좋겠다고 생각한다.

권유리야 저는 애정의 깊이만큼 분노한다고 생각해요. 애정이 없으면 분노하지 않죠. 기대가 좌절되는 그 공백을 분노가 메워주죠. 분노에는 과격한 행동이 따르기 마련이구요. 한때 엽기적이라는 표현이 세간을 휩쓸었는데, 그때의 엽기와 지금의 과격한 행동이 분명히 다를 거라고 믿어요. 지난 시대의 엽기가 저는 자본에 포섭된 엽기로 보는데, 그리고 요즘 많이 유순해지고는 있지만 박민규 작가의 돌출행동도 철저하게 계산된 자본주의로 보는데, 김사과 작가의 엽기는 자본으로부터 자유롭다는 점을 높이 사고 싶어요. 자신이 생각하는 이런 과격함이 앞의 경우와 어떻게 다른지, 그리고 앞으로도 4편에서 보여주었던 특별한 존재방식을 계속해서 보여줄 것인지 궁금해요.

김사과 난 지난 시대의 엽기코드라는 것을 좋아하지 않아요. 그래서 내 글이 그런 맥락에서 읽히기를 원하지 않지만 한편 그렇게 보일 수도 있다는 것을 충분히 이해합니다. 사실 내가 지난 시대에 유행한 엽기코드를 싫어하는 건 어떤 문제에 대한 진지한 고찰이나 해결보다는 그냥 한바탕 과격하게 노는 것으로 대충 넘어가려는 것으로 느껴지기 때문이죠.

난 내가 자본에서 자유롭다고 생각하지 않습니다. 왜냐하면 난 이미 자본주의 사회에 살고 있기 때문입니다. 물론 난 자본주의 체제에 대해 무척 회의적이에요. 왜냐하면 자본주의 체제가 별로 인간 본성에 맞지 않는다고 생각하기 때문입니다. 이 체제는 계속해서 인간에게 불필요한 고통을 가져다줄 것입니다. 그래서 난 계속해서 이 체제에 의문을 제기할 것이고 자본주의가 아닌 다른 가능성을 상상해보려고 합니다. 하지만 한편 이런 경제적, 정치적 관심은 미학적인 고민과 함께 가야 한다는 걸 잊지 않으려고 합니다.

앞에서도 말한 것처럼 저는 진실의 아름다움을 믿지 않아요. 그런 건 전부 다 가식이나 사기라고 생각했습니다. 그런 태도가 미나에 극단적으로 드러나 있어요. 하지만 지금은 생각이 좀 바뀌었어요. 전 세상에 추함만큼이나 아름다움이 실제로 존재한다고(그럴 가능성이 있다고) 믿게 되었습니다. 그런데 한편 지금 세계는 너무 많은 절망과 회의주의로 가득 차 있습니다. 따라서 가능성을 찾아내는 건 선택이 아니라 의무로 보입니다. 물론 그렇다고 해서 그런 밝은 미래, 아름다움에 무조건적으로 투항해서는 안 되지요. 그러니까 이제 내가 원하는 건 이전에 내가 고통이나 참혹함에 대해서 취했던 것과 같은 냉정함을 유지한 채로 가능성/유토피아에 대해서 말하는 것입니다.

권유리야 이메일 인터뷰에 응해주셔서 감사드려요. 지금 한국문단이 활황을 맞고 있지만, 역사소설 장르에 편중된 사정이고, 또 낯익은 작가들의 독주라서 한편의 화려함이 한편의 빈곤함에 빚을 지고 있다고 생각해요. 이런 정체(停滯)의 시대에 김 작가의 출현이 앞으로 진정한 의미를 갖게 되기를 바라라면서 인터뷰를 마치겠습니다. 감사합니다.

김언

작가산문

연기 초록

대담

'김언' 이라는 시론을 듣다

김언 · 손남훈

연기 초록

김 언

    한동안 죽음을 생각하지 않고 살았다. 매일 새벽 잠들기 전 따라붙던 공포의 순간도 잊고 살았다. 담배 때문에 한참 더 살아야 할 나이를 채우지 못하고 암으로 죽는 공포. 가족력에서 비롯된 이 공포 때문에 내일이라도 당장 담배를 끊어야 한다는 부질없는 각오와 더불어 잠이 들고 잠이 깨고 아침에 일어나서는 다시 담배 한 대. 담배로 시작하는 하루. 커피와 함께 돌아다니는 나의 일과. 담배와 커피. 떼려야 뗄 수 없는 이 둘 사이에서 이 글은 시작한다.

    커피는 향이고 담배는 연기다. 둘 다 진로를 알 수 없는 부산물을 거느리고 있다. 커피의 향이 어떻게 빠져나와서 어디로 가는지, 연기는 왜 시작해서 어디까지 가서 사라지는지 나는 알 수 없다. 아마 가장 정교한 수학 이론도 이들의 진로를 정확히 계산하지는 못하리라. 정처 없고 규칙 없고 끝을 모르는 이 둘의 운명 앞에서 한 사람의 인생을 떠올리는 것은 지극히 자연스럽고 한편으로 식상한 일.

    연기처럼 알 수 없는 운명. 향처럼 번져가는 한 사람의 삶과 죽음.

문학의 가장 통속적인 뿌리는 대부분 여기에 발을 담그고 있다. 어떤 말을 동원해도 결코 해명이 되지 않는 삶. 그리고 죽음. 속 시원한 말을 들을 수도 없고 할 수도 없기 때문에 누군가는 이야기를 만들어내고 누군가는 이미지에 집착하고 누군가는 소리에 민감해진다. 삶과 죽음에 대해 겉도는 이야기들. 삶과 죽음을 스쳐가는 이미지들. 삶과 죽음을 미끄러지듯 흘러다니는 소리들. 음악들.

모든 예술은 삶과 죽음을 관통하기 위해서 태어나고, 또한 관통하지 못해서 풍성한 부산물을 만들어낸다. 아무리 뛰어난 예술 작품도 사람의 삶과 죽음 그 자체는 되지 못한다. 삶과 죽음을 관통하지도 못한다. 정복하지도 못하고 포괄하지도 못한다. 다만 그 곁에서, 그것과 더불어, 그것에 신세 지면서, 그것에 영향을 끼치면서, 그것과 별개로서 밀접하게 붙어 있을 뿐이다.

삶과 죽음을 자신과 맞바꾸는 예술은 가능하다. 그럼에도 예술이 삶과 죽음 자체가 되지 못한다는 사실은 변함이 없다. 삶과 죽음에서 비롯되지만 결코 삶과 죽음이 되지 못하는 예술. 덕분에 예술은 인간에게 삶과 죽음이 지속되는 한 영원히 사라지지 않는 운명을 타고 났다. 삶과 죽음을 완결하지도 완성하지도 못하기 때문에 불멸을 타고난 예술. 그것은 삶과 죽음을 끝없이 스치면서 비껴간다. 태어나는 순간 삶과 죽음과 유리되는 예술의 운명은 안착을 모르고 진보할 것이다. 덧없고 정처 없는 진보. 매일 밤 항로를 바꾸는 진보의 깃발.

나는 죽음이 두려워서 시를 쓰고, 내 삶이 언제 어떻게 끝장날지도 모른다는 공포 때문에 이미지를 본다. 연기의 이미지. 매 순간 뭉쳤다가 흩어져가는 삶의 이미지이자 가없는 데서 다시 찾아오는 죽음의 이미지. 내 방에는 커피 향이 그득하다. 자욱한 담배 연기와 더불어. 찌꺼기도 마지막까지 향을 남긴다. 꽁초가 될 때까지 담배는 연기를 피운다. 볼품없는 찌꺼기와 꽁초. 향이 다 빠져버린 삶과, 꽁초와 다를 바 없는 한 사람의 시체.

*

　바다 건너 먼 이국땅에 와서 두 달간 죽은 사람처럼 지냈다. 조금 과장일 수도 있는 이 표현에 힘을 실어주는 것은 여전히 담배와 커피. 수없이 내다버린 재떨이의 꽁초와 모카 포트의 커피 찌꺼기. 그보다 더 멀리 퍼져 나간 나의 한숨과 연기. 그리고 향이라고 이름 붙이기도 민망한 독한 기운. 마음이 독해지면서 나는 죽음을 잊고 살았다. 증오와 분노와 회한이 한동안 죽음의 공포를 덮고 살았다. 마음이 지독해지면서 또 많은 것을 잃었다. 보지도 못했고 듣지도 못했다. 죽음에서 비롯되는, 죽음의 공포에서 시작되는 많은 이미지들. 여기서의 삶이 들려주는 많은 이야기들. 여기서도 반복되는 죽음의 일상을. 여기 말고는 볼 수 없는 죽음의 독특한 순간을, 그 인상을.

　마음을 풀어라, 마음을 풀어라, 연기처럼. 인상을 풀어라, 저절로 퍼지는 향처럼. 사실상 시간 말고는 아무것도 그 일을 돕지 못했다. 두 달 동안 끝없이 빠져나오던 나의 한숨은 헛웃음을 동반하면서 드디어 그쳤다. 마지막 불씨를 비벼 끄듯이 많은 감정을 버리는 순간이 찾아왔다. 돌아가면 이 모든 마음을 잊으리라. 생각지도 않으리라. 새삼 각오도 필요 없는 말을 내뱉은 뒤에야 다시 찾아오는 이미지. 그것은 다시, 죽음.

　지옥을 벗어나서야 죽음이 보였다.

　다시, 공포를 마주하는 순간이 찾아오고 있다. 찾아와야 한다. 죽음에 대한 공포보다 더 끔찍스러운 광경을 마음의 지옥에서 보았으므로. 나는 차라리 죽음을 택했다. 매일 새벽 마주하던 죽음과 그 공포가 차라리 그리웠다. 거기서 나의 독서는 시작하고 나의 생각은 제자리를 찾아가고 마침내 시를 다시 쓸 수 있을 것 같다. 다시 말을 할 수 있을 것 같다. 죽음에서 시작하는 이 모든 연기를. 연기와 다름없는 한 사람의 삶을. 다다를 수 없지만 언젠가 다다르고 말 연기의 종말을.

*

고맙게도 죽음이 연기를 불러왔다. 거기서 다시 시작되는 나의 메모는 연기를 가장 튼튼한 동아줄처럼 붙잡고 있다. 그것이 나의 유일한 신념. 붙잡고 붙잡아도 헛손질뿐인 나의 발악을 겨우 문체로 바꾸어놓은 것. 그것이 나의 시다. 부정할 수 없는 나의 정체이며 아무도 귀담아듣지 않는 나의 고백이며 그리하여 나의 시는 단단한 문체로 위장된 겁먹은 얼굴. 부질없는 표정. 잠을 이룰 수 없는 오늘 밤.

나는 나의 공포로부터 가장 높은 빌딩을 세웠다. 언제 허물어질지 모르는 나의 약속은 가장 깊은 우물 속에서 올라온다. 퍼내고 퍼내어도 그것은 평정을 모른다. 바닥을 드러내지 않는 깊이 속에 푹 잠긴 얼굴. 매 순간 죽어가는 얼굴. 어딘지 모를 마지막 장소를 찾아가는 것이 나의 전 생애라는 사실을 당신은 부정할 수 있는가.

이 연기는 그러나 같이 나눠 피울 수가 없다. 오로지 담배 한 대에 입술 하나. 돌려 피우더라도 방금 뿜어져 나온 저 연기는 오로지 한 사람의 입에서만 비롯되었다. 연기는 공유할 수 있지만 연기의 출처는 오직 한 사람. 아무도 나의 죽음을 공유할 수 없다. 오로지 나 혼자서 들이마시고 내쉰다. 마지막 숨을. 마지막 호흡을 뚝 하고 그치는 것이다. 한 번 들어간 숨은 나오지도 못하고 내부의 허공을 꽉 채우면서 떠돈다. 연기는 나의 모든 곳을 장악하며 사라져간다. 내 말이 모든 곳에서 싹을 틔우고자 흩어지는 것처럼. 형체도 없이. 내 말을 피워올리는 사람에게 다가가서 물었다. 당신의 연기가 내 얼굴을 잠깐 찔렀다고 항의해봤자 그것은 달아나고 없다. 그는 기억도 하지 못한다. 그가 내뱉었던 극렬한 연기를.

연기는 끝을 모르고 흘러간다. 끝을 모르고 글을 써나간다는 것. 내가 소설을 쓸 수 없는 이유—소설은 끝을 알아야 쓸 수 있다—이기도 할 그 흐름에 얹어서 사라짐을 미리 얘기하는 것. 사라짐을 각오하고 쓰는 것. 죽음에 대한 어떤 각오도 없이 연기를 따라가고 있으니 나는 아직 흐름. 나의 흐름과 사라짐에 기대어 나머지 말을 찾아가는 것. 아직 당도하지 않은 말을 미리 보는 것. 그것은 이미지. 이미지는 보이지 않는 종말에서 시작한다. 마치 언어가 죽음에서 비롯되어 죽음과 똑같은 텅 빈 실체로 현현하는 것처럼.

*

언어와 죽음은 구조와 기원을 같이 나누어 가진다. 둘은 각자의 영역에서 무소불위의 힘을 발휘하지만 실체는 텅 비어 있다. 스스로를 지시하거나 드러내지 않으면서 모든 것을 지배하는 이상한 구조. 언어는 언어 속으로 함몰되면서 나머지 모든 것을—대상, 의미, 주체, 심지어 언어 자신조차도— 끌고 들어간다. 죽음이 죽음 속에서 나머지 모든 것의 가능성을 말소시켜버리듯이. 암흑천지처럼 텅 비어버린 그 공간에서 언어는 언어만 남은 세계를, 죽음은 죽음만 남은 흔적을 보여준다.

죽음과 구조를 같이하는 언어는 그 기원에서도 죽음과 불가분의 관계를 가진다. 말은 종말을 전제로 탄생했다. 언어는 생명체가 죽음을 선택하면서 나온 부산물이다. 영원히 사는 삶을 포기하면서 자식이 탄생했고 번식과 더불어 나무, 조개, 새가 탄생했고 마침내 인간의 의식이 진화의 한 단계에서 튀어나왔다. 인간 의식의 한 정점을 차지하고 있는 언어 또한 죽음에 그 탄생을 빚지고 있으며 죽음으로 되돌아가는 구조를 태생적으로 지닐 수밖에 없다. 죽음에서 비롯된 언어는 다시 죽음과 같은, 실체가 없는 텅 빈 구조로 환원된다. 죽음에서 비롯된 인간의 의식이 필연적으로 죽음에 대한 의식을 동반하는 것과 마찬가지로.

생각은 여기서 6개월째 머물러 있다. 텅 빈 공간에서 만나는 언어와 죽음에 대한 생각은 여기서 더 뻗어나가지를 못하고 있다. 연기는 어느 순간 정지해버렸다. 6개월째. 답보 상태의 한가운데서 그러나 내가 문득 보았던 것. 앞으로도 계속 볼 수밖에 없는 그것. 했던 말을 또 하면서 너를 지웠듯이 정지한 순간을 더 정지시키면서 봐야만 하는 그것. 정지의 순간에서 역설적이게도 정지의 순간은 없다는 사실을, 모든 것은 움직인다는 사실을 받아들이면서 또 들여다봐야 하는 그것. 아무리 작은 공간도 진공으로 채워질 수 없듯이 아무리 미세한 순간에서도 움직이고 있는 그것을 뭐라고 부를까. 입자가 아니면 사건이 될 것이다. 가장 작은 입자는 나의 몫이 아니다. 내가 관찰하고 사고할 대상이 아니다. 가장 작은 단위의 사건을 찾아서 나의 연기는 다시 흘러간다. 뭉쳐지고 흩어지면서 마침내 사라지면서 최소의 사건을 찾아서 간다. 이후의 글쓰기는 대부분 여기에 바쳐질 것이다. 이름 하여 연기 초록.

대담

'김언'이라는 시론을 듣다

김언 · 손남훈

손남훈　한국문학 현장에는 독특하고 징후적인 글쓰기를 하는 작가들이 왕왕 출현합니다. '한국문학의 새로운 시선'이라는 이름의 이 꼭지는 기실 그와 같은 작가의 작품 세계와 작가의 관심사, 작품 의도 등을 대담 형식을 통해 좀 더 진실하게 살펴보고자 하는 의도에서 기획되었습니다. 분명한 자기 지형도를 그려나가고 있는 젊은 작가를 통해, 한국문학이 가질 수 있고 가져야 하는 가능성을, 조심스럽게 예측해보는 데에 목적이 있는 꼭지인 것입니다. 그러므로 기실 이 꼭지는 한 작가의 현재보다는 미래에 밑줄 그을 때, 이 꼭지의 의도에 걸맞는 질문과 답변이 존재할 수 있습니다. 어쩌면 그런 의미에서 우리는 김언 시인과의 대담을 너무 늦게 성사시킨 것은 아닌가 하는 생각도 듭니다. 오은 시인이 말한 바처럼, 시인은 이미 "숨 쉬는 무덤에서 걸어 나온 거인이 소설을 쓰자고 제안"하는 위치가 되었는지도 모르기 때문입니다.

　그렇다고 시인과의 대담이 유효하지 않다는 말은 아닙니다. 되레 우리는 시인의 현재보다 미래에 더 걸맞한 것이 많다고 생각합니다. 시인의 시는 말한 것보다 아직 말하지 않은 것이, 경험하게 한 것보다 경험하게 할 것이 더 많기 때문입니다. 그러므로 시인과의 대담은 수상 작가와의 인터뷰도, 지역출신 작가로서의 성공기도 아닌, 한국 문학판에 가능성을 안겨줄 시인과의 대담이라 말할 수 있을 것입니다.

먼저, 시인의 근황에 대해 여쭙고 싶습니다.

김언 현재 미국에 와 있습니다. 한국문학번역원에서 주관하는 작가 해외 레지던스 프로그램에 참가하게 되어 오하이오 주립대학교에서 머물고 있습니다. 2010년 9월에서 11월까지 3개월간 체류할 예정입니다. 가능하다면 미국 이곳저곳을 많이 돌아다닐 생각입니다. 이런 기회가 자주 있지는 않을 테니까요.

근황이면서 사실을 말씀드리자면, 이삼 년 가까이 거의 새로운 시를 쓰지 못하고 있습니다. 쉽게 말해 답보 상태죠. 시집 세 권을 내면서 어느 정도 할 말이나 새로운 생각들이 바닥이 난 것 같습니다. 그렇다고 시적으로 재충전할 시간을 가졌던 것도 아니고, 작년부터는 특히 너무 바쁘게만 살았습니다. 대학원 과정에, 먹고사는 일에, 그리고 이런저런 좋은 일과 나쁜 일이 한꺼번에 겹치면서 거의 정신을 차릴 틈도 없이 시간이 지나가 버렸네요. 그 시간 동안 시는 아주 멀리 있었던 것 같습니다. 남의 일처럼 시를 보고 있습니다. 그러나 남의 일처럼 자기 시를 들여다보는 과정도 가끔은 필요할 것 같습니다. 아니 어쩌면 시인에게 꼭 필요한 과정인지도 모르죠. 언젠가 사석에서 이런 말을 한 적이 있는데요, 소설가는 남을 자기처럼 얘기할 수 있어야 하고, 시인은 자기를 남처럼 얘기할 수 있어야 한다고요. 타자를 자기화하는 과정이 없이는 픽션이 힘을 받을 수가 없죠. 반면에 자기를 타자화하는 과정 없이는 시로서 도약하기가 힘듭니다. 자기 처지든 자기 생각이든 자기 감정이든 아무튼 자기에 너무 빠져 있는 상태에서는 시가 나오기 힘들죠. 그리고 보면 한동안 시가 나올 수 없는 생활만 계속해오고 있었네요. 너무 바빴고 너무 정신없었고 그리고 무엇보다 그동안 너무 많이 썼기 때문에 찾아오는 이 지지부진한 시간을 어떻게든 헤쳐나가야겠지요.

손남훈 '자기를 타자화' 하기 위해 필요한 시간이 시인의 시 쓰기에서 필요한 과정이라면, 미국에 계신 동안 시적 착상이랄까 소재들을 더 많이 발견하시는 시간이 되셨으면 좋겠습니다. 시인께서는 바쁘고 정신없이 살아 시 쓰기 위한 어떤 충전의 시간이 필요하다고 하셨습니다만, 어쩌면 미국에 계시는 3개월의 시간이 시인의 시적 변화를 예감하게 하는 시간이 될 수도 있을 것이라는 생각이 듭니다. 그런 점에서 '자기를 타자화하는 과정' 으로서의 시 쓰기에 필요한 시간을 마침 미국에 가 계심으로써 벌게 된 것은 아닐까 하는 생각도 드는군요. '자기를 타자화하기' 위해서 다른 각도로 대상을 보는 눈, 멀리 떨어져서 대상을 보는 눈이 있어야 한다면, 이국적 경험이 그만큼 도움이 될 수 있을 것이라는 막연한 추측도 해봅니다. 낯선 경험들, 익숙하지 않은 것들이 시인으로 하여금 진정성 있는 시적 체험을 독자에게 안겨주는 표현들로 이어지길 바랍니다.

김언   석 달간의 미국 생활이 제 시에 얼마나 많은 변화를 줄지는 지나봐야 알 것 같습니다. 다만 말도 다르고 생각도 다르고 문화도 다른 곳에서 문화 충격까지는 아니더라도 적잖이 생소한 경험을 하고 있는 것은 사실입니다. 그러고 보면 미국에서의 생활뿐만이 아니네요. 근래 들어 개인적으로 인생에서 많은 것을 새로 겪고 있고 또 새롭게 보고 있습니다. 그동안 제가 시밖에 모르고 살았다는 사실을 절감하는 일을 올 들어서 많이 겪었네요. 시밖에 모르고 산 대가를 혹독하게 치르고 있는 시기인데요, 이 시기를 잘 견딘다면 어떤 식으로든 제 삶도 시도 바뀌어 있을 거라고 생각합니다. 한 가지 오해하지 말았으면 하는 대목은, 바로 '시밖에 모른다'는 말입니다. 시를 안다는 말은, 달리 말하자면 사실상 모든 것을 안다는 말일 텐데요, 저의 경우엔 그 정도로 격상된 위치에서의 시를 알았다는 말이 아닙니다. 그저 시 쓰는 일만 알았을 뿐이지 나머지 인생의 많은 부분을 모르고 살았다는 고백을 하지 않을 수가 없네요. 인생의 온갖 고통스러운 시기를 어떻게 넘기고 어떻게 받아들이는가에 따라 한 시인의 운명도 함께 달라질 겁니다. 지금은 겨우 지나가고 있습니다.

손남훈   시인께서는 첫 시집에서 「불가능한 동격」이라는 산문을 통해, 자신의 시론을 밝힌 바 있습니다. 매우 의욕적이고 단단한 이 글은 기존 서정시에 대한 깊은 반감과 부정, 나아가 '김언'이라는 타이틀을 가진 한 시인이 보여줄 수 있는 시적인 것에 대한 갈망을 압축적이고도 강렬하게 제시했다고 생각합니다. 두 번째 시집 『거인』에서도 「시집」이라는 시를 통해 다짐하듯, 알리듯, 확인시키듯, 자신의 시론을 언급하고 있다고 생각되었습니다. 그런데 독특하게도 세 번째 시집에서 우리가 만나는 것은 그저 '시'가 아닌 '소설을 말하는 시', 나아가 '문학을 말하는 시' 입니다. 「사건들」이 그러하고 「이보다 명확한 이유를 본 적이 없다」가 펼쳐 보이는 시인의 '문장론'에서도 짐작 가능합니다만 「소설을 쓰자」는 아예 시로 쓴 소설론(?)이고, 「문학의 열네 가지 즐거움」은 시, 소설 따위를 구분하지 않고 문학자체에 대한 시인의 초점화를 제시하고 있지요. 요컨대, 시인께서는 시를 통해 소설을, 문학을 말합니다. 그런데 소설을 쓰자고 했지만 시인이 쓴 것은 시이고, 문학의 즐거움을 말했지만 시인이 쓴 것은 시입니다. 물론 꼭 시여야 할 이유가 없는 것인지도 모르겠다는 생각도 듭니다만 '그럼에도 불구하고' 쓰인 이 '시편들'에 대해 질문하지 않을 수 없습니다. 다소 돌아가는 질문이 될 수 있을 듯합니다만, 시인에게서 '시를 쓰자'는 말은 시집의 제목과 같은 '소설을 쓰자'는 말과 동격인가요?

김언　저 스스로에게도 자주 하는 말이고 시를 처음 배우는 친구들에게도 자주 하는 말입니다만, 제발 자유롭게 쓰자는 주문을 많이 합니다. 시만 놓고 보자면, 흔히들 시를 좋아하기 때문에 시인이 된다고 생각하기 쉽지만, 그보다는 자기도 모르게 시를 쓰게 되기 때문에 시인이 된다고 보는 편이 더 적절할 것 같네요. 물론 여기서의 시는 어떤 규정된 개념의 시가 아닙니다. 자기 자신도 의식하지 못할 정도로 자유롭게 써나가는 글이 어느 순간 시라고 인식될 때, 그리고 다른 사람들에 의해 시라고 인정받기 시작할 때 비로소 한 명의 시인이 탄생하는 겁니다. 다른 장르에서 탄생하는 작가, 예술가의 경우도 크게 다르지 않을 거라고 봅니다. 즉 자신이 가장 자유롭게 쓴 글이 자신의 장르이며, 그것이 시에 가까우면 시, 소설에 가까우면 소설, 아니면 전혀 다른 장르의 글쓰기가 될 수도 있겠지요. 중요한 것은 어떤 장르이냐의 문제가 아니라 얼마나 자유롭게 썼느냐의 문제일 겁니다. 자유롭게 나온 글은 그것이 어떤 장르가 되든 문학의 매력을 보여줄 수 있고 나아가 예술의 가치를 일깨울 거라고 생각합니다.

반면에 시를 좋아한다는 이유로, 혹은 시라는 걸 쓰고 싶어서 시라는 장르에 끼워 맞춰서 쓴 글은 당연히 기존의 시를 벗어나기가 힘듭니다. 기껏해야 잘 조탁된 시로 인정받을 수 있겠지요. 개인적으로 저는 이러한 시편들에서 좋고 나쁘고를 떠나서 갑갑함부터 먼저 느낍니다. 뭔가 얽매여 있고 갇혀 있다는 느낌이 드는 시편들에서는 어떤 시적인, 문학적인 동력도 못 얻어냅니다. 반면에 기존의 시를 벗어나면서도 시가 될 수밖에 없는 시들이 있습니다. 이런 시들은 백이면 백, 가장 자유로운 방식으로 자기 장르를 개척한 글이고 또 시입니다. 일종의 해방감을 안겨주는 이 시들은 기존 시의 중심이 아니라 변방, 더 정확히 말해서 시와 시 아닌 것의 경계에서 나옵니다. 시이면서 시가 아닌 것의 경계에서 몸집을 부풀리고 매력을 키우면서 또 하나의 문학이자 굳건한 시로 우리 앞에 등장합니다. 처음에는 옹호보다 반감이 더 따르는 것이 대부분이지만, 결국엔 시단에서 또 하나의 중심으로 자리 잡습니다.

물론 시와 시 아닌 것의 경계에서 탄생하는 모든 시가 장래에 시의 중심이 된다는 보장은 없습니다. 시와 시 아닌 것에서 탄생하는 시가 소수라면 그것이 미래의 시의 중심으로 자리 잡는 경우는 말 그대로 극소수에 불과합니다. 어떤 시들은 그리 긴 시간의 마모를 견디지 못하고 거품처럼 사라지는가 하면, 또 어떤 시들은 영영 문운이 따르지 못해 사장되기도 합니다. 한 가지 분명한 사실은 경계에서 탄생하는 시가 장래에 시의 중심으로 살아남는 확률이 드물다고 한다면, 기존 시의 중심에서 탄생하는 시들은 아예 그 확률조차 들이대기가 힘들다는 점입니다. 언뜻 위험해 보이고 무모해 보여도 경계를 파고드는, 아니 넘나드는 시편들에 개인적으로 손을 들어주는 이유가 여기에 있습니다. 드물더라도 그것이 한 시단의 미래를 끌고 갈 시일 가능성이 높으니까요. 또 한 가지 이유는 시와 시 아닌 것의 경계에서 시 작업을 하는 것이 기존 시의 중심에서 시 작업을 하는 것보다 훨씬 더 외롭고 고통스러운 과정을 동반한다는 점을 들고 싶네요. 시와 시 아닌 것을 넘나드는 시는 생각보다 쉽게 나오지 않습니다. 영영 시가 안 될 수도 있다는 두려움을 딛고서 오래 시간을 견뎌야 겨우 가능한 일입니다. 가장 자유로운 글쓰기가 가장 외로운 시 쓰기가 되는 시간을 가까스로 통과할 때 비로소 경계를 딛고 올라서는 시가 탄생합니다.

그러고 보면 시의 본질이란 것은 그 중심보다는 경계에 눈을 돌릴 때 보다 역동적인 파악이 가능해집니다. 당대 시의 중심은 이미 굳어진 상태에서 서서히 과거를 향해 그리고 어느 순간 시가 아니 되는 순간을 향해 가고 있다면, 경계는 수많은 시편들이 죽고 사는 과정을 거치면서 시시각각 기존 시의 중심을 위협하니까요. 그러면서 시의 경계 또한 변하고 확장되어갑니다. 요컨대 본질은 고정된 것이 아니라 움직이는 것입니다. 어느 지면에서도 밝혔듯이 "시는 '시가 아니었던 것이 시가 되어가는 역사'이고 '시였던 것이 시가 아니 되어가는 역사'"입니다. 그것을 보다 역동적으로 파악할 수 있는 곳이 기존 시의 평온한 중심보다는 최전선과도 다름없는 경계라고 할 수 있지요.

이제 저한테 주셨던 질문의 마지막으로 돌아가서 답변 드리자면, '소설을 쓰자'에서의 '소설'은 평단에서 대부분 간과한 대로, 시와 시 아닌 것의 경계를 뜻하면서 시 아닌 것에 더 무게를 둔 말입니다.

동시에 가장 자유로운 글쓰기, 혹은 시 쓰기의 다른 말이기도 합니다. 부지불식간에 기존의 시에 기대고자 하는 손쉬운 욕망을 누르면서, 가장 자유로운 방식으로 가장 위험해 보이는 시를 쓰고자 하는 열망이자 각오라고 보셔도 무방합니다. 열망이자 각오라는 말에서 엿보이듯, 저에게는 여전히 시가 아니 될 수도 있는 지경에까지 투신할 수 있는 용기와 노력, 그리고 시간이 더 필요합니다. 제 시는 아직 경계보다는 경계 안쪽에서, 최전선보다는 조금 더 후방에서 고투하는 한 과정입니다. 경계에 다다르기 위해서라도 조금 더 자유로워져야 하고 조금 더 기존 시의 바깥을 내다보는 시선을 가져야 한다는 뜻이지요.

손남훈　'시에 대한 정의의 역사는 오류의 역사'라고 말한 엘리엇처럼, 시란 어느 시인이나 이론가에 의해 함부로 규정될 수 있는 것은 아닐 것입니다. 시를 쓸 때 이미 만들어진(혹은 만들어졌다고 가정하는) 어떤 당위들이나 규칙들을 의식하고 준수하는 것이 아니라, 스스로 새로운 규칙들을 한 편 한 편에서 만들어갈 때, 그러한 시들이 더 매혹적일 것이라는 생각이 듭니다. 시인의 말마따나 그 새로운 시적 벡터들이 경계에서, 최전선에서 생산될 수 있는 것이라면 그와 같은 시인의 전위적이거나 전투적이라고 할 수 있을 생각은 혹 시인이 중심이 아닌 주변부에서 시 쓰기를 해왔다는 것과도 무관하지 않은 것이라 생각해도 되겠습니까? 시인은 소위 메이저 출신의 시인도 아니고, 서울 출신의 시인도 아닙니다만 지금은 가장 회자되는 시인 중 한 명이 되었습니다.

김언　어쩌면 지금이 시이면서 시 아닌 것에 더 몰두해야 하는 시기인지도 모르겠습니다. 그간의 작업은 제가 아무리 부정하더라도 이미 기존의 시가 되어버렸거나 적어도 되어가고 있는 중일 겁니다. 즉 이미 한 번 보여줄 것은 다 보여준 셈이죠. 무엇보다 저 스스로 그간의 작업을 되풀이하는 것이 지겹습니다. 기존의 시 작업과 일정 부분 연속된 작업이 될 수밖에 없겠지만, 그럼에도 또 다른 시의 판을 짜고 몰두해야 하는 시기인 것은 분명합니다. 그것이 쉽지 않은 도정인 것도 분명하구요. 다만 앞서 말씀드린 자유로운 글쓰기로서의 시 작업, 기존의 장르에 구애받지 않는 시 쓰기는 제가 어떤 상황이나 처지에 있더라도 여전히 유효합니다. 제 시가 어떤 식으로 변해가든 상관없이 제 시의 출발점은 언제나 그 언저리를 맴돌 것 같습니다.

손남훈 첫 시집에서부터 최근 『소설을 쓰자』에 이르기까지 시인의 표현에는 어떤 일관성을 발견할 수 있습니다. 그것은 시인의 시에 나타나는 문장이나 어조가 대체로 짧고 단단한 느낌을 준다는 것입니다. 감정적 토로가 나타나는 문장은 거의 발견할 수 없고, 직접적으로 감정을 표출하는 단어가 있다 하더라도, 비지시적인 독특한 언어 사용법에 의해 곧 사라져버리게 하는 것이 특징이라 생각됩니다. 그럼에도 다소 딱딱해 보이기까지 하는 문장들을 끝까지 읽고 나면 그 단단함을 누그러뜨리는 어떤 정서가 독자를 지배하고 있음을 깨닫게 됩니다. 시인이 문장과 어조를 고심하며 한 편의 시를 써나갈 때, 독자의 감정선까지 고려하시는지 묻고 싶습니다. 나아가 독자를 고려하는 것과 시를 쓰는 것 사이의 갈등은 없으신지, 이미 다른 지면에서 언급하신 바가 있으십니다만, 시인의 시를 난해시로 보는 입장에 대해 어떤 의견을 갖고 계신지 좀 더 구체적으로 듣고 싶습니다.

김언 친한 후배가 이런 말을 하더군요. 형은 참 정념이 강한 인간이라고. 맞는 말입니다. 굉장히 감정적인 사람이고 즉흥적인 면도 많은 사람입니다. 또 한편으로는 굉장히 치밀한 성격도 가지고 있습니다. 시인과 시가 별개가 아니라 때로는 거의 한 몸처럼 볼 수도 있다면, 제 시에 드러난 건조한 문체와 그 이면에 숨어 있는 격정이 함께

읽힐 수밖에 없을 겁니다. 실제로 아무리 건조한 어투로 써내려간 시라고 하더라도 그 출발점에는 그리고 그 밑바닥에는 언제나 어떤 감정이 숨어서 작동하고 있습니다. 그게 없으면 건조한 문체도 모래성처럼 와르르 무너질 수밖에 없죠.

어떤 분은 제 시에 대해 냉철하고 건조한 면이 좋다고 하는 분도 있고 또 어떤 분은 묘하게 감정을 자극하는 면이 좋다고 하기도 합니다. 물론 덮어놓고 싫다고 하는 분들도 있고요. 어느 지면에선가 시는 옳고 그름의 문제로 접근할 것이 아니라 좋고 싫음의 문제로 접근할 수밖에 없다고 한 적이 있습니다. 나는 이 시를 좋아한다, 싫어한다는 말은 가능해도 이 시는 어떤 기준에서 옳다, 그르다는 그렇게 함부로 할 수 있는 말이 아닙니다. 그럼에도 너무나 손쉽게 옳고 그름의 잣대로 시를 재단하는 비평을 자주 목격합니다. 그런데 그러한 비평을 곰곰이 뜯어보면 이면에 좋고 싫음의 감정이 작동하고 있는 것도 함께 보입니다. 즉 호오(好惡)의 문제에서 비롯된 관점을 시비(是非)의 문제로 둔

갑시켜서 자신의 논지를 펼치고 있는 셈이지요. 자기가 좋아하는 것은 옳고 자기가 싫어하는 것은 그르다는 식으로 시를 재단하는 비평을 대할 때마다 답답한 생각이 많이 듭니다.

난해시라는 용어도 더불어서 생각해볼 수 있는데요, 몇 번을 읽고서도 잘 모르겠는 시가 등장했을 때 너무나 쉽게 동원되는 용어가 바로 난해시입니다. 난해시 한마디면 많은 문제가 덮어지니까요(해결이 아니라 덮어지는 겁니다). 이 시는 왜 나와 맞지 않는 걸까? 역으로, 나는 왜 이 시와 맞지 않는 걸까? 나의 감식안으로 파악이 안 되는 이 시가 어떻게 시가 될 수 있었는가? 몇 번을 읽어도 와 닿지 않는 이상한 시편들에 대해 모처럼 진지한 질문을 던질 수 있는 기회로 승화시켜나가지 않고 손쉽게 털어내 버리는 태도에서 발견되는 용어가 바로 난해시입니다. 난해시라는 용어를 들먹이기 이전에 좀 더 고심해볼 문제들이 쌓여 있는데도 그걸 덮어버리는 한 방식으로 난해시가 동원되는 것이지요. 그래서 난해시라는 용어는 우리 시단에서 '해석 불가'이기 이전에 '접근 불가'의 인상부터 강하게 풍기는 것이 사실입니다. 읽기 어렵다가 아니라 읽기 귀찮거나 싫은 시들의 테두리를 난해시라는 용어로 두르고 있는 셈이지요. 그래서 난해시라는 용어에 반감이 생기는 것인지도 모르겠습니다.

제가 생각하기에 시는 이 세상에 몇 안 되는 애인을 찾아가는 과정이라고 생각합니다. 그만큼 지난한 과정인 동시에 절대 다수를 상정하고 할 수 있는 작업이 아니라는 말이지요. 단 몇 명이라도 좋습니다. 몇 안 되는 그들의 눈과 감정과 의식을 건드릴 수 있는 시라면 일차적으로는 성공이라고 봅니다. 미래의 시로 살아남느냐 남지 못하느냐는 그래서 차후의 문제입니다. 차후의 문제이면서 먼 미래의 문제이고 또한 그것은 문운의 문제이기에 한 시인이 온전히 감당해야 될 몫이 아닐지도 모릅니다. 전쟁터에서 자기가 살아남고 죽는 문제를 스스로 결정하기 힘든 것과 같은 이치지요. 다만, 알 수 없는 운명과 미래에 대한 섣부른 예감 대신 단 한 발의 총성조차도 누군가의 귀를 뚫고 마음을 뚫고 지나갈 수 있기를 바라는 열망은 충분히 가능하며, 이를 위해서라도 자기 육성에 충실한 시를 써야 합니다. 자기 육성에 충실한 시는 앞서의 표현을 끌어오자면 자기 장르를 개척할 수 있을 정도로 가장 자유로운 시 쓰기이자 글쓰기에서 비롯됩니다. 자기 육성에 충실한 시라면, 설령 그것을 읽는 이가 이 세상에 몇 안 되더라도 마치 애인을 만난 것처럼 은밀한 내통을 할 수 있을 거라고 확신합니다. 제가 누군가의 시를 읽고서 그랬듯이 그들 역시 제 시를 읽고 모종의 감정선을 공유할 거라고 믿는 것이지요. 이 세상 모든 독자를 고려할 수도 없고 고려할 필요도 없지만, 그와 무관하게 누군가에게는 반드시 제 시가 가서 닿을 거라고 믿습니다. 그것이 제 육성으로 나온 것이 분명하다면 말이지요.

손남훈　비평가들이 몇 편의 시에 대해 '난해시' 라는 딱지를 붙이는 것은 분명 비평적 임무의 포기에 가까운 것이 아닌가 합니다. 하지만 이를 위해서는 전제가 필요합니다. 비평가가 받아든 시편이 시인의 말씀처럼 '자기 육성에 충실한 시' 여야 한다는 것입니다. 그것을 저는 자기 진실에 다가선 시로 바꾸어 부르고 싶은데요, 진정성 있는 한 편의 시는 시적인 것에 대한 질문을 스스로에게 던지면서도, 동시에 감각의 회로를 개방하여 시적 감성의 내밀함을 시인-독자가 공유될 수 있게 할 것입니다. 하지만 단박에 이해되지 않는 시를 받아든 비평가의 입장에서는 시인의 말처럼 '자기 육성에 충실한 시' 인지를 나름의 근거로 판단해야 합니다. 시인이 시를 쓰는 피로감 못지않게, 시적인 '진정성' 에 대한 비평가의 근거 없는 근거 찾기의 피로감이 요청되기 시작한 것입니다. 어쩌면, '난해시' 라는 말은 그와 같은 피로감을 더 이상 느끼지 않겠다는 비평적 선언인지도 모릅니다. 기실 난해시를 시적 포즈로 비난하고, 그에 대한 '소통'을 강조한 것은 우리 시의 논쟁사에서 반복되어온 것이기도 합니다. 흔히 난해시라는 이름으로 비난하는 논리는 허사(虛辭)를 남발함으로써 최신의 유행에 편승하려는 시편이라는 데 있지 않나 싶습니다. 이에 대해서는 어떻게 생각하시는지요?

김언　　제가 방점을 찍고 싶은 곳은 소통이나 난해시라는 용어가 아니라 자기 육성에서 나온 시이냐 아니냐에 있습니다. 소통은 결국 자기 입장에서의 소통이고 그래서 상대적인 입장 차에서 비롯된 용어이기 때문에 시를 판단하는 근거로는 적절치 않아 보입니다. 난해시도 마찬가지지요. 어떤 시가 난해시냐 그렇지 않느냐로 시의 자질을 따지기 곤란합니다. 즉 난해성의 여부가 좋은 시에 대한 판단 기준이 될 수 없다는 말이지요. 무슨 말인지 도통 모르겠는데도 매력을 가진 시가 있는가 하면 누구나 다 아는 소리를 하는데도 반하게 하는 시가 있으니까요. 문제는 그 시가 소통이나 난해성의 여부와 무관하게 자기 육성에서 나왔느냐 안 나왔느냐에 있습니다. 자기 육성에서 나왔다면, 그래서 당대의 유행과는 상관없이 자기 장르를 개척한 시의 목소리를 가지고 있다면, 소통이나 난해성을 따질 필요도 없이 비평의 언어가 풍성하게 동원될 수 있을 겁니다. 쉽게 말해 시단에서 사고를 치는 시는 기존의 시와는 분명 다른 지점을 가지고 있습니다. 시단에서 시적인 사건을 일으킬 만한 뭔가를 가지고 있다는 말이지요. 또한 그러한 시적인 사건에는 비평을 비롯하여 여러 후속 작업들이 따라붙을 수밖에 없습니다. 어쩌면 모든 시인이 꿈꾸는 것은 당대든 후대든 시적인 사건을 일으키는 시 한 편을 건지는 것이고 또 그러한 시세계를 구축하는 일인지도 모르겠습니다. 시인의 꿈이 이러하다면 비평가의 꿈은 시적 사건이 될 만한 시를 누구보다 먼저 발견하고 진술하는 데 있겠지요. 사고를 칠 만한 작품을 생산하는 것은 분명 시인이지만, 시인 못지않은 감수성과 안목이 비평가에게 요구되는 것도 이 때문이지요. 하지만 사건 사고의 주인공이 될 만한 시인이 언제나 극소수이듯이 그걸 자기 시야로 확보하는 비평가 또한 참으로 드문 것 같습니다. 이건 몇 년간 지속된 미래파 담론을 보면서 통감한 바이기도 합니다.

손남훈　김수이 평론가는 김근, 김민정, 김언, 유형진, 정재학, 황병승 시인을 일컬어 '감정의 동료들'이라 말한 바 있습니다. 이 표현은 흔히, 평론가들이 '미래파' 혹은 '뉴웨이브'라 부르는 것과 마찬가지로 환상시를 즐겨 쓰는 일부 젊은 시인들을 한데 묶는 수사라 생각됩니다. "매트릭스로 들어가 그 안에서 매트릭스를 균열내고 해체하는" 작업을 하고 있다는 데서 공통점을 발견할 수 있다는 것이 그 이유라는 것이지요. 그런데 정작 시인 본인들에게서 이와 같은 규정에 대한 명징한 해명은 그리 찾아보지 못한 듯합니다. 시인의 시는 그와 같은 테두리로 묶일 수 있는 것이라 생각하시는지요?

김언　당대의 시단을 몇 갈래로 나누고 묶어서 범주화하면서 정리하려는 시선은 그 자체 비평의 속성이기에 뭐라고 말씀드리기가 곤란하네요. 비평 고유의 속성에 기댄 시선까지 왈가왈부할 생각이 없다는 말입니다. 다만, 그런 범주화나 교통정리가 시인들의 시작에는 그다지 도움이 못 된다는 점은 분명합니다. 오히려 아무런 상관이 없다고 보는 편이 더 옳을 것입니다. 비평이 한 시인의 작품을 해석하고 판단하고 나아가 그 시인의 입지나 장래까지 저울질하는 데는 분명한 영향력을 행사하겠지만, 그렇다고 시인의 시 자체가 변한다거나 시

작업이 영향을 받는 경우는 극히 드물 것입니다. 이러저러한 비평에 시가 휘둘리는 시인은 이미 시인이 아닙니다. 자기가 써왔고, 쓰고 있고, 그리고 써나가야 할 시에 대해서 시인 자신이 가장 모르면서 가장 잘 아는 상태를 유지해야 합니다. 달리 표현하자면, 자신의 시를 자기가 가장 모른다는 사실을 누구보다 가장 잘 알고 있어야 한다는 말이죠. 어디서도 엿들을 수 없는 자기 자신만의 비밀은 비평이 대신 캐내어주지도 않고 비평에 의해 좌우되는 세간의 이목에 의해서도 발견되지 않습니다. 자기에게 있는 것을 정작 자신이 모르고 있다는 사실을 아는 것, 망각과 각성이 뒤범벅된 그러한 상태에서 그러한 상태를 계속 써나가는 것, 그것이 시라고 생각합니다. 시는 모든 것을 아는 상태의 얘기이면서 동시에 아무것도 모르는 상태의 표출입니다. 자신의 시를 포함하여 당대의 시에 대한 이러저러한 정리나 범주화에 대해 너무 민감하게 반응할 필요가 없는 것도 그 때문입니다. 칭찬이든 비판이든 누군가가 언급했다는 사실 자체를 고맙게 생각하고 은근히 즐길 줄 아는 여유만 있으면 되지 않을까 싶습니다. 세간의 비평과 이목에 대해선 고맙습니다, 이 한마디로 충분합니다. 물론 진심을 담아서요. 돌아서서는 다시 외롭게 책상 앞에 앉아 있는 자신의 모습을 각오해야 합니다. 망각과 각성이 반복되고 번복되는 그 시작의 현장에는 다른 누구의 말도 귀에 들어오지 않습니다. 질문에서 잠깐 언급된 시인들도, 아마 조금씩 경우는 다르겠지만 자신의 시작 현장을 그러한 방식으로 꾸려나가는 시인들일 겁니다. 처음에는 왜 우리가 이런 식으로 한데 묶이는지 모르겠다는 토로도 있었겠지만, 지금은 아닐 겁니다. 시간이 지나면서 다시 자기 앞에 남는 것은 자기 시이면서 자기 얼굴입니다. 누구하고도 닮지 않은 그리고 닮지 않아야 하는 그 얼굴을 곰곰이 뜯어볼 때입니다.

손남훈　'자신의 시를 자기가 가장 모른다는 사실을 누구보다 잘 알고 있어야 한다'는 말이 무척 역설적이면서도 고개가 끄덕여집니다. 그것은 아마도 시인의 성실성에 값하는 말이 아닐까 싶습니다. 그리고 그 성실성은 시를 대하는 시인의 갈급함을 대변하지 않나 싶습니다. 시인이 시의 중심으로부터 멀리 떨어진 경계의 위치를 지향하는 것은 그와 같은 '변죽 울리기'가 궁극적으로 중심조차 울리게 하고, 중심과 주변, 중심과 경계의 구분을 무화시킴으로써, 응당 그러하리라고 가정되는 것들에 대한 의심하기를 실행할 수 있을 것이라 생각되기 때문이 아닐까 싶습니다. 우리에게 시인의 시가 단순히 한 번 읽고 덮는 시집만으로 존재하는 것이 아닌 이유도 여기 있을 것입니다. 시인의 시는 시의 정치성이 강조되는 오늘날, 현실에 대한 대참여적 발언만이 시가 아니라, 시적 성실성을 바탕으로, 기존에 가정된 질서들에 대해 던지는 도발적인 언어들의 감각적인 경험을 제공함으로써 시적인 'Real'에 다가갈 수 있음을 보여준다는 데 그 소중함이 있다고도 생각합니다. 마지막으로 하실 말씀이 있으시다면?

김언　사석에서 누군가 이런 말을 하더군요. 시는 비유가 아니라 사실이라고. 단순한 말이었지만 백 퍼센트 공감이 가는 말이었습니다. 그런 점에서 제 시를 시적인 'Real'에 다가가고자 하는 시로 보아주신 것은 고맙고도 힘이 되는 말씀입니다. 보이지 않으나 보이는 사실을 말하는 시는 제가 시인의 눈을 잃지 않는다면 계속해나가야 할 작업의 한 단면이기도 합니다. 지금으로선 아무것도 보이지 않는 것이 솔직한 심정입니다만, 계속 보겠습니다. 그것이 보일 때까지. 그리고 살아 있다면.

손남훈 바쁘신 와중에도 시간을 내어주셔서 성실히 답변해주신 점, 깊이 감사드립니다.

김언 감사합니다.

안현미

작가산문

안녕, 호르헤

대담

시적인 것의 가능성, 그 모호함의 매력

안현미 · 손남훈

안녕, 호르헤

안 현 미

"나는 사랑하고 있는 걸까?–그래, 기다리고 있으니까." 그 사람, 그 사람
은 결코 기다리지 않는다. 때로 나는 기다리지 않는 그 사람의 역할을 해
보고 싶어 다른 일 때문에 바빠 늦게 도착하려고 애써본다. 그러나 이 내
기에서 나는 항상 패자이다. 무슨 일을 하든 간에 나는 항상 시간이 있으
며 정확하며 일찍 도착하기조차 한다. 사랑하는 사람의 숙명적인 정체는
기다리는 사람, 바로 그것이다.

—롤랑 바르트, 『사랑의 단상』 중에서

*

   그렇습니다. 시에 대해서는 나는 항상 기다리는 사람이므로, 나는
감히 시를 사랑하는 사람이라고 나를 생각해오고 있습니다. 사랑하지
않고서야 어떻게 이렇게 지난한 기다림을 이토록 지속적으로 반복할
수 있을까요? 또한 앞으로도 일방적으로 혼자만 애태우며 단 한 번도

역전될 가망성이라곤 눈곱만큼도 없을 게 뻔한 그 기다림을 자발적으로 각오하는 것일까요? 왜? 어찌하여… 스스로에게 수십 번 아니 수백 번도 더 되물었던 이 물음에 대하여 그러나 나는 딱히 명쾌한 답을 가지고 있지 않습니다. 다만 사랑이 불가해한 속성으로 이루어지는 환(幻)이라는 걸, 롤랑 바르트가 이야기하고 있듯이 그것이 사랑하는 사람의 숙명적인 정체라는 걸 조금 눈치채고 있을 뿐입니다. 그러니 내가 드릴 말씀은 별로 없습니다. 누구나 자신의 그림자(shadow) 하나씩은 지니고 이 생을 살다 가기 때문입니다.

*

그럼에도 불구하고 말해져야 한다면, 나는 다만 내가 사랑했고 기록했고 재구성했던 것들의 목록을 나열할 수밖에 없을 것 같습니다. 그러나 분명한 것은, 우리끼리 얘기지만 내가 사랑했고 기록했고 재구성했던 것보다 더 많은 것들이 말해지지 않았음을 미리 밝혀두고 싶습니다.

언어

내가 사랑하는 '나무'를 내가 사랑하는 당신이 '나무'라고 불러주는 황홀. 책상도 아니고 침대도 아니고 '나무'라고 불러주는, 여러 번 생각하고 생각해도 매번 믿기지 않는 황홀.

내가 사랑하는 '나무'를 내가 사랑하는 당신이 '나비' 혹은 '나물'이라고 가끔씩 틀리게 말하는 그러나 아주 틀린 것은 아닌. 설명하고 싶지만 설명할 수 없는, 보이지 않지만 존재하는, 모든 것이면서 아무것도 아닌, 그리하여 내가 사랑한다는 사실을 어느새 당신도 알아버리는 황홀.

그림

아프리카로부터 내게로 온,
내가 그린 물고기 연필
아! 아프리카
아! 사바세계

여행

태백을 찾아갔던 여름이 있었습니다. 그때 우리는 한강의 시원인 검룡소를 보고 오는 길에 구와우 마을 해바라기 밭에서 늦은 점심을 먹었고 함백산 고개를 넘어 호젓한 절집을 지나기도 했었는데, 그때 당신은 이 생의 내 애인도 남편도 스승도 아니었지만 그렇게 담담하고 서늘한 여행은 애인이나 남편이나 스승과는 할 수 없다는 것에 우리는 암묵적으로 동의했고, 우리는 말하지 않고도 말해지고 있는 소리를 입지 않은 언어들을 가만히 좋아해주었습니다. 왜냐하면 호젓한 절집의 도반들처럼 당신과 나는 시로 깨달음에 다다르고자 길을 가는 자들이고, 그 담담하고 서늘한 여행의 동행이기 때문입니다.

알코올

램프를 상상했다면 당신은 연금술사일 가능성이 높고, 중독을 생각했다면 당신은 마약쟁이일 가능성이 높고, 두꺼비를 상상했다면 당신은 시인일 가능성이 높습니다. 그러나 그것은 가능성의 확률일 뿐, 우리 주위에는 한 가지만으로는 확정할 수 없는 많은 삶들이 존재하고 그 많은 존재들 사이에서 언어들은 유령처럼 떠돌고 있습니다. 피톨들이 우리의 육체를 떠돌아다니듯, 마침내는 알코올이 우리의 혈관을 지배하듯. 어쩌면 시인들이란 그 많은 존재들 사이에서 떠돌아다니고 있는 그 유령의 비밀을 목격했다고 함부로 거짓을 발설하는 취객에 지나지 않는지도 모르겠습니다. 기다리다 기다리다 저 홀로 먼저 취해버리고 만.

운율

코끼리의 심장박동률은 평균 매분 25회이고, 카나리아는 약 1,000회이다. 사람의 심장박동률은 출생 때(평균 130회)부터 사춘기까지 점차 감소하다가 늙어서는 다시 약간 증가하는데, 성인의 박동률은 평균 80회이다. 운동, 정서적 흥분, 발열이 있을 때는 박동률이 일시적으로 증가하고, 잠잘 때는 감소한다. [출처: 브리태니커]

그리하여 우리는 선천적으로 매일매일 운과 율을 온몸으로 실천하는 시인일 수밖에 없는 것입니다.

(   )

우리 모두는 인생이란 괄호 안에 무수히 많은 꿈을 적다가 갑니다. 그것이 틀린 답이어도 맞는 답이어도 어쩔 수 없습니다. 한 번뿐이니까. 나는 그게 마음에 듭니다. 이 죽음보다 더 무시무시한 삶을 두 번

살 수는 없는 것입니다. 괄호의 안과 괄호의 밖. 삶과 죽음. 내 경우 괄호를 한 번도 제대로 이해한 적이 없지만 나는 그것조차 마음에 듭니다. 인생이란 원래 뭘 좀 몰라야 살 맛 나는 법! 내 시는 그러니깐 뭘 좀 모르면서도 스펙터클 환타스틱 괄호 체험기쯤이 아닐까 싶습니다. 아닙 말고!

고독

고독은 고독입니다. 침묵은 침묵입니다. 나는 언어를 설명하기 위해서 언어를 사용하는 사람들도, 언어를 이해하기 위해서 언어를 해체하는 사람들도 좋아합니다만 고독은 고독이고 침묵은 침묵일 때, 설명하고 싶지만 설명할 수 없는 그 순간이 시가 된다고 믿는 축입니다. 그런 연유에서 나는 겨우 내가 사랑했고 기록했고 재구성했던 것들의 목록을 나열할 수밖에 없었던 것입니다. 끊임없이 끊임없이 단 한 번도 역전될 가망성이라곤 눈곱만큼도 없을 게 뻔한 이 불가해한 기다림을 사랑이라고 믿으면서.

그리고

미리 밝혀둔 것처럼 나는 명쾌한 답을 가지고 있지 않습니다. 그럼에도 불구하고 나는 기다리는 사람입니다. 호르헤 루이스 보르헤스를 롤랑 바르트를 두보를 경험하면서, 그 경험들과 나를 혼합하고 재구성하면서, 매번 패배하리란 것을 알면서도 매번 다시 기다림을 각오하는 사람일 뿐입니다.

*

두보
詩語不成死不休
시어가 이루어지지 않으면 죽어도 그치지 않겠다.

시적인 것의 가능성, 그 모호함의 매력

안현미 · 손남훈

손남훈 이메일 대담에 응해주셔서 감사합니다. 왕성한 시적 필력으로 한국 문학판에서 나름의 의미 있는 지형도를 만들어가고 있는 시인께서는, 2001년 등단한 이후 2006년 『곰곰』, 2009년 『이별의 재구성』 두 권의 시집을 갖고 있는데요, 오늘은 이 두 시집을 읽고 느낀 바에 대해서 질문을 드리겠습니다.

먼저 첫 시집과 두 번째 시집을 내면서 소회가 다소 다르셨을 것 같은데 이번 시집의 출간에 대해서 하실 말씀이 있으시다면 부탁드리겠습니다.

안현미 첫 번째 시집과는 달라야 한다는 강박이 있었고 개인적으로 직장 일이 너무 바빠 묶기 전에 살뜰하게 들여다보지 못한 미안함이 있습니다.

손남훈 그럼 본격적으로 작품에 대한 질문을 하겠습니다. 시인의 전작 시집인 『곰곰』에는 주로 개인적인 고통이나 슬픔을 육화한 시적 언어들이 아로새겨져 있습니다. 이를테면 「거짓말을 제조하다」, 「거짓말을 타전하다」 같은 작품에서는 시적 화자의 가난과 그로 인한 고통, 이에 대한 상상적 일탈이 감행되고 있습니다. 그런데 근작 시집의, 이를테면 「뉴타운천국」의 경우에는 비슷한 소재 내지는 내용을 삼으면서도 그것을 '나'의 문제로 환원하지 않고 좀 더 거시적인 안목을 갖게 되었다는 느낌을 받았습니다. 물론 이를 시적 진화나 발전이라 쉽게 말해버릴 수도 있겠습니다마는, 그보다는 그러한 변화의 요인에 시인이 줄곧 관심을 두고 있는 '언어 놀이'의 육화가 시적 화자를 짓누르는 삶의 무게들을 경직된 언어와 시각으로부터 일정한 거리를 갖게 하고 있는 데서 비롯되는 것은 아닐까 생각해봅니다. 이전 시집과 이번 시집을 비교할 때 시를 쓰면서 느끼게 되는 생각의 변화나 시인의 시에 대한 변화된 태도에 대해서 먼저 묻고 싶습니다.

안현미　시가 아니면 죽을 것 같은 시절을 지나면서 썼던 시들이 첫 번

째 시집에 묶인 시들이라면, 시가 아니면 쓸 수 없을 것 같은 것들을 적어내려 간 것이 두 번째 시집에 묶인 시들이 아닌가 하는 생각이 듭니다. 그러니 그것은 태도의 문제라기보다는 마음의 문제에 가깝습니다. 새로운 계절이 오듯이 늘 새로운 마음이 오고 있는 것이지요. 그렇다면 제 두 번째 시집에는 '여름' 이라는 이름을 붙일 수 있겠죠. 아주 거친 대답이지요?^^

손남훈 그렇다면 두 번째 시집의 숨겨진 부제는 '여름의 마음' 쯤 되는 것이겠네요. 태양의 강렬함에 숨이 턱턱 막혀 몸과 마음을 방임(放任)하지 않고서는 견딜 수 없는 그 "시간들"은 시인에게 "태백산으로 말라죽은 나무들을 보러" (「시간들」)가게 한 이유도 되는 것이겠지요. 아마도 그 시간들은 "절정" (「 '풋' 을 지나서」)의 시간이기에, 반복될 수도 재구성될 수도 없을지 모른다는 생각이 듭니다. 하지만 시인에게는 그 시간이 단지 일회적인 체험으로 끝나지는 않을 것 같은데요, 근작 시집 『이별의 재구성』에 등장하는 몇몇 메타시에서도 확인할 수 있습니다마는 시인께서는 시를 쓰면서도 끊임없이 내가 쓰고 있는 이 시간, 이 공간, 이 행위에 대해서 의심하고 질문을 던지고 있습니다. 우문(愚問)이 분명하리라고 생각됩니다마는, 시인에게 시 쓰기란 무엇이며, 무엇이어야 한다고 생각하시는지요?

안현미 우문에 우답을 할 수밖에 없을 것 같은 두려움, 고아는 아니지만 고아 같은 마음의 지옥, 누군가에게 줄 수조차 없는 초라한 연민, 절대 고독, 대략 그런 것들로 이뤄진 삶을 견디기 위한 기도의 형식이 제게는 시 쓰기가 아닌가 싶습니다. 그러니깐 다시 되풀이하자면 두려움, 지옥, 연민, 절대 고독이 삶의 대부분을 차지하고 있지만 그럼에도 불구하고 순간순간 삶은 신비하고, 그 신비함을 기록하는 것이 시 쓰기 아닐까 하는 것이지요.

손남훈   시인의 시에 자주 나타나는 언어 놀이에 대해서 묻지 않을 수
없는데요, 시인의 언어 놀이는 독특하거나 혹은 단순히 '쓸데없는 말
장난'으로는 느껴지지 않는, 이 시에서는 이러한 언어 놀이가 아니면
표현될 수 없겠구나라는 생각이 들게 하는 그러한 언어 놀이들이 표현
되어 있습니다. 이를테면 「이 별의 재구성 혹은 이별의 재구성」은 띄어
쓰기 하나만으로 동시에 두 가지 의미를 담아내면서, 이를 시의 종결부
까지 밀고나가 시적 긴장을 유지하는 독특한 시적 방법론을 선보이고
있습니다. 단순히 말장난으로 끝나는 것이 아니라 이를 통해 시적 긴장
을 창출하고 이를 끝까지 유지하는 데서 동시에 두 가지 이상의 의미를
이끌어내는 겹의 언어를 실행하고 있다는 느낌인데요, 때문에 시인의
시는 언어유희라기보다는 언어 교란에 가까운 것이 아닐까 생각합니
다. 우리의 언어 체계가 갖고 있는 허술함을 역설적으로 보여주는 것이
라 생각되기 때문이지요. 띄어쓰기 하나만으로 '이별'과 '이 별'의 의
미가 멀어지는 것이라면 이러한 의미의 상이함이 우리의 건전한(?) 상
식을 배반할 때, 이를 지적하는 시인의 발상은 예리하게 여겨집니다.
더욱이 이러한 '언어 교란'이 우리가 살고 있는 현실에 대한 대사회적
인 발언이 될 때, 시인의 시는 현실과의 긴장 역시 유지될 수 있는 미덕
을 보여준다고 생각합니다. 이를테면 「안개를 찍으러」나 「뉴타운천
국」 등이 그 예가 될 수 있을 듯합니다. 시인이 언어에 대한 관심을 갖
고 나름의 언어관을 통해 시론을 정립하는 것이야 당연한 일이겠습니
다마는, 시인에게 있어 시적 언어에 대한 관심의 초점은 어디에 있는
지, 언어유희적인 시적 발상은 어떻게 생각해내는지, 그리고 그 언어
유희를 통해 시 속에서 노리는 효과는 어떤 것인지 묻고 싶습니다.

안현미   학교 다닐 적에 가정환경조사서 적는 일은 매번 곤혹스러웠습니다. 어머니와 아버지가 어떤 분이냐 묻는 게 아니라 어머니와 아버지의 직업이 무어냐 묻는 곤혹스러운 물음에 어머니, 아버지 대신 (부모님은 늘 부재중이셨으므로) 혼자 가정환경조사서를 작성하던 아이는 취미를 묻는 칸에 '독서' 라고밖에는 쓸 수 없었습니다. 여행, 음악감상, 바이올린 연주, 스케이트 타기, 테트리스 게임… 정말 많은 취미가 있을 수 있었겠지만 네, 그렇습니다. 제 취미는 오로지 '독서' 였습니다. 부모님은 늘 부재중이셨으므로 스스로 가정환경조사서를 작성하던 경제력이 없는 아이가 할 수 있는 일은 읽는 일밖에는 없었던 거지요. 오로지 그것밖에 할 수 없을 때 읽는 아이는 읽고 쓰는 아이로 성장해왔던 게 아닌가 합니다. 그러니 언어가 유일한 친구인 아이가 언어와 노는 일은 아주 자연스러운 일이었던 거지요. 공기놀이를 하듯 고무줄놀이를 하듯 말입니다. 해서 그것은 무엇을 노리고 하는 일은 아닐 겁니다. 닫힌 대문 앞에서 친구야 놀자~ 외쳐보는 아이의 심정에 지나지 않는 거지요.

손남훈   부모님의 부재라는 '빈곤' 이 역설적으로 '풍요로운 언어환경' 을 만들어준 셈이군요. 아이들이 장난감을 가지고 놀듯 언어를 가지고 놀았다는 시인의 말씀이 의미심장하게 느껴집니다. 어쩌면 언어유희 내지 언어 교란은 시인에게 있어 타자와의 교감을 예비하는 것일 수도 있겠다는 생각도 듭니다. 놀이만큼 함께 무엇을 하고 있다는 감각을 심어주는 것도 없을 테니까 말이지요. 하지만 그만큼 시인의 시는 시여야만 한다는 절박함도 느껴집니다. 사실 절박하지 않은 시가 어디 있겠습니까마는 시인께서는 시를 통해 타자와 만나고 타자를 상상하며 타자를 '재구성' 함으로써 역설적으로 타자를 향한 시인의 절박함을 보여준다고도 생각됩니다. 시집 안에 수많은 '당신' 들이 등장하는 것도 이와 무관하지 않아 보이구요. 때문에 시인의 시에 나타나는 놀이는 즐겁거나 밝은 분위기가 연출되는 것과는 다소 거리가 있어 보입니다. 그것은 그리움, 고독, 죽음 등과 같은 시어가 시집 곳곳에 배치되어 있기 때문이기도 한데, 이는 시인의 개인적인 성향과도 관계가 있는 듯합니다. 시와 시인과의 관계는 떼려야 뗄 수 없는 관계이기는 하지만 동시에 시인과 시적 화자를 꼭 동일시할 필요는 없다고도 말할 수 있다면, 시인은 시를 쓰실 때 전자에 가까우신 편인가요? 아니면 후자에 가까우신 편인가요?

안현미   삼성이라는 대기업에는 많은 계열사들이 있지만 삼성 전자와 후자만 있다는 우스갯소리를 들은 적 있습니다. 진지하게 답해야 할 찰나에 저는 그런 우스개를 떠올리고 있는 아주 우스운 사람이지만 대체로 저는 진지한 사람인 척해야 하는 경우가 많지요. 그러니 전자에 가깝다고 고백해야 할 것 같습니다. 많은 오해와 섣부른 이해를 하지 않겠다는 아주 작은 약속만 해주신다면 말입니다.^^

손남훈   시인이 제시하는 많은 시편들이 보여주는 세계는 현실의 세계와는 무관하거나 적어도 현실이라 불리는 것과 1:1 대응이 되는 세계는 아닌 듯 보입니다. 다시 말해 현실을 바탕으로 하면서도 시인의 상상력에 의해 재구성된 환상성의 세계인 것이지요. 물론 현실이란 자명하게 주어진 그 무엇이 아니라 어떻게든 주관적인 왜곡상을 가질 수밖에 없습니다. 때문에 현실을 적확하게 반영한다는 리얼리즘 작품들마저도 객관적인 현실을 반영하고 있다고 말할 수는 없습니다. 그런 점에서 문학의 환상성은 리얼리즘이 가진 반영의 정확성이라는 강박으로부터 상당히 자유롭습니다. 그보다는 작가의 참신하고도 새로운 상상력을 통해 독자에게 새로운 감각적 체험을 환기하는 것이 중요한 덕목이 되는 것이겠지요. 특히 시는 더더욱 그러합니다. 다만 환상의 세계 안에서 구축되어 있는 내적 필연성이 단단하지 않다면, 그것은 어떠한 시적 효과도 독자에게 안겨줄 수 없는 의미 없는 말이 되어버릴 공산도 있습니다. 그런 점에서 시인의 시편은 매끄럽게 정리되지 않는, 그래서 때로는 무질서해 보이기도 하고 때로는 독자들이 이해하거나 해석해내기 어려운 세계를 보여주기도 합니다. 매끄럽지 않기에 다의적 의미가 창출되며, 무질서해 보이기에 시어의 초맥락화도 가능해집니다. 하지만 시인이 보여주는 환상의 세계가 난독(難讀)을 넘어 이해불가능성이 되어버릴 수 있지는 않을까요?

안현미 난독을 넘어 이해불가능성이 되어버리면 시를 그만두어야지요.

손남훈 첫 시집의 표제작 「곰곰」에서도 나타나고 있는 바이지만, 시인은 여성 시인으로서의 자각을 보여주는 시편들을 제출하고 있는 경우들을 왕왕 보게 됩니다. 이번 시집에서도 마찬가지인데요, 이는 시인의 이력과도 무관하지 않다는 생각도 갖게 됩니다. 그런데 여성 시인으로서의 자각이 단순히 견고한 가부장제 질서에 대한 공격이나 야유의 형태로 쉽사리 치환되는 것이 아니라 시인의 시편에서는 좀 더 유연한 태도를 보이고 있다는 인상을 받게 됩니다. 첫 시집의 표제작 「곰곰」이 가부장적 질서를 확인하고 이에 대한 역공의 태도를 보이는 것이 아니라 질문의 형태를 통해 되돌리려 하는 것이나, 이번 시집에서 「자매어」, 「여름언니들」, 「계절병」의 경우처럼 '자매애'적인 연대를 모색하는 것 등은 그 예가 될 수 있을 것 같습니다. 시인께서 시를 통해 여성적인 그 무엇을 드러내려 시도하면서 기본적으로 갖고 있는 생각, 다시 말해 시적인 것과 여성적인 것 사이의 조율을 어떠한 방식으로 시도하려 노력하시는지 궁금합니다.

안현미   시라는 것과 여자라는
것의 물성이 마음에 듭니다. 한
번도 권력을 장악해본 적이 없
는. 언젠가 어떤 평론가는 제 시
작 행위를 신분상승의 욕구로
평한 바 있지만 제 시작 행위는
신분상승보다는 신분탐구에 가
깝다고 말하고 싶습니다. 즉 한
번도 권력을 장악해본 적이 없
는 시라는 것과 여자라는 것, 그
들의 공통된 물성을 탐구하는
것이고 그들의 연대를 통한 사
회적인 발언을 해야 한다고 믿는 편이지요.

손남훈   사회적인 발언이라는 말씀이 나와서 말인데, 시인께서는 작
년 초에 일어났던 용산참사 또는 학살과 관련해서 시를 쓴 적도 있고
(「뉴타운천국」) 이후에도 작가 선언 등에도 동참한 걸로 알고 있습니
다. 용산참사는 자본주의라는 괴물이, 아무런 철학이 없는 권력이, 자
신의 참모습이 무엇인지를 상징적으로 보여준 것이라는 점에서 의미
심장하다고 생각합니다. 「안개를 찍으러」 같은 작품에서도 어느 정도
엿볼 수 있지만, 자본과 권력에 대해 시인께서 어떤 생각을 가지고 계
시는가요? 그리고 현실에 대한 비판 내지는 개선의 욕망을 시로 표현
하는 것은 가능하며 '효과'가 있는 것일까요?

안현미　용산에 관해 시를 쓴 적은 있지만 69작가 선언에는 동참하지 않았습니다. 상고를 졸업하고 곧바로 대기업에 취직해 직장생활을 했기 때문에 내 또래의 다른 친구들처럼 마르크스의 자본론을 학습한 적도, 민주화를 위해 데모를 해본 적도 없습니다. 91년 강경대 열사의 장례식 때는 서둘러 집으로 돌아가라는 회사 측의 조기 퇴근 권고에 따라 곧바로 집으로 귀가했던 오피스 레이디였을 정도입니다. 그렇게 자본주의라는 체제 안에서 권력이 휘두르는 횡포에 최대한 휩쓸리지 않도록 무사 안일하게 살아왔을 뿐입니다. 그러니 만약 내가 일제 강점기 시절에 태어났더라도 그 체제에 적응하면서 살아가는, 독립투쟁 같은 일은 감히 할 엄두도 못 내는 인간이었을 테지요. 그러나 분명한 것은 친일하지는 않았을 겁니다. 펜을 들어 시를 썼겠지요. 용산에 대해, 우리들의 바보 노무현에 대해 썼던 것처럼 말입니다.

義
—옳을 의

羊이 있다
我가 있다
我를 羊 아래 두는 일
표의문자를 만들던 옛사람들은 그것을 옳은 일이라 여겼다

바위가 있다
바보가 있다
바위 아래 그가 있다

또한 자본주의체제에서 논하는 '효과'를 넘어선 곳에 있는 몇 안 되는 가치 중 하나가 시가 아니겠는지요.

손남훈   이번 시집도 그러하고 전작의 시집에도 그러합니다만 시인께서는 미술, 영화, 음악, 사진 등 다양한 예술 분야의 작품들을 끌어들여와 시적 감수성으로 육화하고 있는 경우가 많이 있습니다. 이를테면 「해바라기 축제」에서는 〈홀로페르네스의 목을 치는 유디트〉라는 그림이 있고, 「환과 멸」에서는 〈동사서독〉, 〈2046〉, 〈매트릭스〉와 같은 영화가 등장하며, 「외롭고 웃긴」에서는 시제에서부터 이상은의 노래 〈외롭고 웃긴 가게〉를 연상하게 합니다. 「시인」에는 아예 사진을 시와 병치해놓고 있기도 하고 말이지요. 물론 소설을 비롯한 문학작품들도 군데군데 눈에 띕니다. 작품은 아니지만, 몇몇 컴퓨터 용어를 도입하는 경우도 보입니다. 다른 예술 작품이나 시와 관련 없어 보이는 용어들을 시에 도입하는 것은 시의 의미나 내용을 더 풍성하게 하면서 동시에 기존의 작품이나 용어들을 새로운 맥락에서 해석해내는 힘이 되기도 한다는 생각을 갖게 합니다. 일종의 '패러디'라고 말할 수도 있을 것 같은 이와 같은 방법이 시인에게는 어떤 의미로 다가오는지요?

안현미   「시인」에 병치된 건 사진이 아니라 제가 컴퓨터로 직접 그린 그림이었는데 사진처럼 보였다니 뭔가 근사하게 사기를 친 기분이 듭니다. 혹 보르헤스의 소설 「삐에르 메나르, 『돈키호테』의 저자」를 읽어보셨다면 그 소설을 읽으시면서 느끼는 그 이상도 이하도 아니라고 답할 수 있을 것 같습니다.

손남훈   시인의 시편에서 자주 등장하는 낱말 중 하나가 이인칭, '당신' 또는 '너', '그대' 입니다. 때로 그것은 애인인 것처럼 보이기도 하고, 어머니인 것 같기도 하며, 독자를 지칭하는 것 같기도 할뿐더러, 불특정 다수를 향한 단어인 듯도 합니다. 이처럼 다의적인 의미를 생산하는 기표 '당신'은 또한 '사랑'이라는 인접 단어와 함께 한 편의 시적 세계를 구축해놓기도 하는 경우도 종종 볼 수 있습니다. 「이상(箱)」, 「모계」뿐 아니라 다수의 시편에서 발견되는 이러한 수많은 이인칭들, 매력적이기도 모호하기도 한 이것들이 시인의 시편에서 많은 비중을 차지하는 것은 시인의 세계관과 무관하지 않아 보입니다. 다시 말해 타자에 대한 관심과 말 건넴은 현실과 이상 사이의 진자 운동에 의해 멀미를 앓는 시인에게 어떤 '가능성'(가능성이라는 제목이 붙은 시편들도 상당수 있더군요)으로 사유될 수 있기 때문이라는 생각이 듭니다. 이에 대한 시인의 생각을 듣고 싶습니다.

안현미 들숨과 날숨에 대해 생각해본 적이 있습니다. 질문해주셨듯이 '매력적이기도 모호하기도 한' 이인칭들은 그래서 수없이 제 시편들에 등장하고 있습니다. 이를테면 들숨이라고 하는 어떤 가능성들은 내가 들이마시는 순간에는 '나'를 구성하지만 내가 내쉬는 순간 그 들숨은 더 이상 '나'를 구성하지 않습니다. 그러나 그 가능성은 의심의 여지없이 가능성 자체로 존재하고 있습니다. 그 가능성들을 나는 끊임없이 매력적이기도 하면서 모호하기도 한 '당신' 혹은 '그대'인 이인칭들로 호명하는 것이지요. 아주 가끔은 그 이인칭 안에 '나'라는 가능성을 슬쩍 놓아두기도 하면서 말이지요.

손남훈 보이지는 않지만, 아직 감각되지는 않지만, 어쩌면 (가능성으로) 있을지 모르는 그 무엇. 아직 '구성'되지는 않았지만 '구성'될 수 있을지도 모를 그 무엇. 그 무엇에 대한 시인의 탐구는 아마도 '현재–

여기'의 자리를 확고부동한 것으로 여기는 태도에서는 나타날 수 없다는 생각이 듭니다. 명징하다고 가정하는 자리에서 도리어 의심하는 시선을 던지는 시인의 시안(詩眼)이야 말로 시의 성실성을 담보하는 것이기도 하겠다는 생각도 하게 됩니다. 때문에 아마도 시인께서는 그 가능성을 향해 앞으로도 계속해서 시적인 몸바꿈을 시도할 것이라 믿습니다. 시인께서 앞으로 어떤 시를 쓰시고 싶은지, 어떠한 계획들이 있는지 말씀해주셨으면 좋겠습니다.

안현미　서른이 될 때는 '서른'이란 시니피앙이 '어른'이란 시니피앙과 닮아 있어서 서러웠는데, 그 서러움 속에서도 두 권의 시집을 묶었습니다. 탕진해도 탕진해도 바닥나지 않았던 가능성이 있었기에 가능한 기적이었겠지요. 곧 마흔이 됩니다. 당분간은 만성 비만에 시달리고 있는 내 몸과 혼을 위해 시간을 좀 사용해볼 참입니다. 그러다 보면 시가 나를 찾아오겠지요. 내가 얼마나 자신을 사랑하는지 시, 자신은 알고 있을 테니까요.

최금진

작가산문

이미지들과 싸우다

대담

몽상하는 태양인

최금진 · 허정

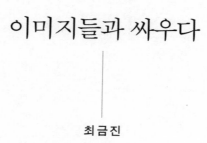

작가산문

이미지들과 싸우다

최금진

1. 안식에 대하여

나는 운명에 집착한다. 그리고 운명은 어떤 이미지들로 이루어져 있다. 의지로도 희망으로도 가닿을 수 없는 밝은 세계를 넋 놓고 바라볼 때면 불쌍한 나의 자기애적 동정심은 저절로 어떤 이미지들을 떠올린다. 그것들은 더없이 현실을 회피하기에 좋으며 나를 나른하게 만들며 때론 행복하게 한다. 도피 속에 머물고 있으면 불행에 대해 오래 고민하지 않아도 된다.

2. 달과 미루나무

세 살 버릇이 평생 간다는 속담이 맞다면, 세 살 무렵의 내 기억도 평생 나와 함께 갈 것이다. 그것이 착각인지 사실인지는 잘 모르겠다. 내가 세 살 때 돌아가신 아버지가 돌아가시기 전에 나를 업어주셨다고 믿어지는 그런 밤을 나는 기억하고 있다. 아버지 머리 위로 떠오른 환하고 붉은 달이 보였다. 그리고 길 옆 미루나무 그루터기에 버려진 가마니 덮인 시체가 있었다(시체였다고 믿어진다). 나는 그걸 나의 세 살 무렵 기억이라고 믿고 있지만 그럴 가능성은 거의 없을 것이다. 그것이 사실이든 아니든 중요하지 않다. 나는 돌아가신 아버지를 둘러싸고 있는 이미지를 그렇게 간직해온 것이다. '나'는 내가 경험한 이미지들의 집합체이므로. 나를 지배하고 있는 이미지들을 꺼내놓으면 무성의하겠지만 그런대로 하나의 짧은 영화 한 편이 될 것이다. 그렇다면 나의 이 불행한 영화에 누가 등장하는가, 누가 나를 비극의 주인공으로 만들었는가에 대한 답들이 내 삶과 내 시의 바탕일 것이다.

3. 머리카락

나의 할아버지는 엄격하신 분이었다. 아버지 없는 나를 사랑하시지도 않았다(그랬다고 믿어진다). 할아버지는 젊어서 술과 노름으로 가산을 탕진했고, 말년엔 병을 얻어 작은 구멍가게를 하나 열어놓고 매일 주무셨다. 나는 그 작은 구멍가게를 수시로 들락거리며 과자를 물어내던 쥐새끼였다. 그럴 때마다 할아버지는 연탄집게와 홍두깨와 돌멩이를 내 머리로 집어던졌다. 집에 못 들어가고 둑에서 돌을 들어내고 거기서 하룻밤을 잔 적도 있었다. 할아버지는 할머니에게 자주 폭행을 가하셨다. 나는 할아버지의 분노가 어떻게 생겨난 것이지 지금도 이해할 도리가 없다. 할머니는 평생 옷장사를 하셨다. 작은 보따리를 이고 강원도며 충청도 땅을 떠도셨다. 할머니의 나에 대한 집착은 강하셨지만 나는 그것이 두려웠다. 나에겐 어머니가 있었고, 나는 할머니의 아들이 아니었다. 나는 할아버지한테 두들겨 맞는 할머니를 지켜줄 수가 없었다. 할머니에 대한 이미지는 슬프고, 억척스럽고, 지겹다. '할머니'라고 중얼거리면 금세 머리카락 같은 것이 한 다발 입에서 씹힌다. 꺼내보면 더럽고 질기다는 생각. 나는 국그릇에서 자주 건져 올리던 할머니 머리카락이 싫었다.

4. 칼과 반딧불이

어느 날 나는 개울가에서 녹슨 칼을 하나 주웠다. 대여섯 뼘 정도의 크기였다. 할머니가 몇 번을 다시 갖다 버렸지만 나는 그걸 몰래 주워와 서랍에 넣어두곤 심심할 때마다 꺼내보곤 하였다. 반딧불이 몇 마리를 잡아다가 소주병에 넣어두고 나는 춤추는 별 무리를 떠올렸다. 개울가에서 차돌을 주워와서 이불을 쓰고 탁탁 치면 불꽃이 일었다. 불꽃은 신비했다. 그건 반딧불이의 꽁무니에서 나오는 것과는 다른 느낌이었다. 나는 이불 속에서 칼과 불을 동시에 만지며 놀았다. 칼과 불 혹은 빛… 나는 내 시가 칼과 불을 닮기를 바란다. 칼과 불은 타협이 없다. 그것은 본성을 있는 그대로 드러낸다. 그리고 사람들은 그 앞에서 왜소해진다. 나는 내 시가 사람들에게 두려움을 주었으면 좋겠다.

5. 나무에 새긴 이름

중학교 일 학년 때 할아버지가 돌아가셨다. 할아버지가 돌아가시자 나는 할머니께 제안을 했다. 시내에서 누나와 사는 어머니가 다시 집에 돌아왔으면 좋겠다고. 나는 할머니의 장손이었으며 어머니의 외아들이었으며 돌아가신 할아버지와 아버지의 대를 이을 핏줄이었다. 하지만 쉬운 일이 아니었다. 어머니는 이미 한 번 재가를 하셨었고 할머니는 어머니와 자꾸 부딪쳤다. 나는 내가 심어놓은 백양나무 위를 자주 올라갔다. 할머니와 어머니가 서로 험담을 하며 싸웠고 그릇이 깨졌고, 고모들과 고모부들이 우르르 몰려와 어머니의 머리채를 함부로 잡아챘다. 나는 나무 위로 더 높이 올라갔다. 그리고 더는 오를 수 없는 어느 꼭대기에 내가 사랑하는 한 소녀의 이름을 새겨넣었다. 주머니칼로 새긴 소녀의 이름은 나무 표피에 덮여 자꾸 형체를 잃어갔다. 나는 한 소녀를 사랑했다. 밤마다 그 애의 집 앞을 서성였고 그 애가 타는 버스를 기다렸고, 편지를 썼고, 꽃말과 별자리를 외웠다. 저수지 가운데에 섬이 하나 있었고 나는 그 주위로 몰려드는 눈발들을 오래 바라보았었다. 늙은 왕버드나무는 속이 패인 채 칼바람을 맞고 있었다. 나는 날리는 눈발들이 무겁다는 생각을 했다. 그리고 그 너머엔 내가 가닿지 못하는 한 소녀의 집이 있었다. 나는 일기도 아닌, 시도 아닌 글들을 적었다. 내리는 눈들이 살고 싶어한다, 고 적었다. 그 무렵부터 시를 썼다. 시는 그렇게 막다른 곳에서 왔지만 정작 그때가 막다른 곳이었다는 생각은 훨씬 나중에서야 들었다. 누구에게나 아픈 기억이 있지만 어떤 사람은 유난히 그것을 크게 받아들여서 곱씹고 곱씹는다. 상처는 바로 그 지점에서 태어난다. 나는 연애시를 아주 잘 쓸 수 있다고 믿는다. 백양나무 한 그루만 떠올려도 우르르 몰려오는 시커멓고 어둑한 그림자들이 있다.

6. 춘천

고등학교를 졸업하고 나는 학비가 가장 싼 교육대학교로 진학했다. 어머니의 강요가 아니었다면 선생이 되고 싶은 마음은 별로 없었다. 대학 시절 내내 성경 속에 파묻혀 살았다. 그러나 그 무렵 나의 신앙은 평안함이 아니라 두려움과 죄책감이었다. 나는 나를 학대하는 것이 행복했다. 파스칼과 헤르만 헤세, 기형도, 최승호, 이성복, 황동규를 읽었다. 창밖엔 항상 가을이 몰려와서 떠나지 않았다. 나는 떨어지는 낙엽을 보면서 일주일을 울었다. 죽어가는 모든 것들을 사랑해야겠다고 생각했지만 밤마다 돌아가신 아버지가 자꾸 보였다.

7. 동백꽃

남쪽에서 살게 되면서 자주 동백꽃을 본다. 동백꽃은 꽃 모가지가한 번에 떨어지면서 진다. 시를 쓰려면 온몸으로 써야 한다고 생각한다. 동백꽃을 열고 동백 속으로 난 길을 따라 보길도에도 가보았고, 해남, 보성, 통영, 제주까지 갔었다. 그리고 다시 돌아올 때, 나는 지금껏동백 속에서 떠돌고 있었다는 걸 깨달았다. 동백꽃을 거부하지 말고내 안에 모셔야겠다는 생각을 했다.

8. 싸움에 대하여

이미지들은 이미지들과 만나 새롭게 변형되기도 한다. 지금 나를끌고 가는 이미지들은 모두 변종들이다. 이미지는 걷잡을 수 없이 내안에서 확대 재생산된다. 이미지가 나를 끌고 간다. 나는 내 수족을 묶는 이미지들에 대해 고함을 치거나 대드는 법을 익혀야 한다. 고통과넋두리는 너무 낡았다. 자기복제를 거듭하고 있는 오래된 이미지들은버려야 한다. 그렇다고 새로울 건 없다. 나에게 처음부터 없었던 것을만들어낼 수는 없는 것이다. 다만 나를 지배하는 불행한 기억들 혹은 그것들의 친근한 얼굴들과 헤어지는 연습을 해야 한다. 불행한 가계와 암울한 이미지들 속에서 태어난 사생아. 쉬고 싶은 안식의 욕구와 걸어가야 하는 의지의 저항. 나는 나를 지배하는 이미지들과 온몸으로 싸워야 한다. 나는 태양인인 것이다.

몽상하는 태양인

최금진 · 허정

허정　이메일 대담에 응해주셔서 감사합니다. 늦었지만, 작가와 평론가를 대상으로 실시한 한 설문조사에서 '2007년 가장 좋은 시집'으로 선정된 점을 축하드립니다. 시를 읽으면서 느낀 점 몇 가지를 두서없이 질문 드리도록 하겠습니다.

　시인은 첫 시집 『새들의 역사』(창작과비평, 2007년)에서 가난으로 인해 암울한 삶을 살아가고 있는 사람들을 그리고 있습니다. 돈 때문에 싸움이 끊이지 않는 아파트 구성원, 콩팥과 피라도 팔아야 할 상황에 내몰린 사람, 태풍 치는 듯한 현실에 맨몸으로 노출된 구직자 등. 이들은 마치 해저, 땅속, 무덤 속에서와 같은 삶을 살아가고 있습니다. 이 시집에서 시인은 가난이 정신적인 현상에 해당하는 웃음의 영역에까지 침투하는 모습을 미시적인 시각을 동원하여 그려낼 만큼, 가난을 치열하게 고민하고 계신 것 같습니다. 가령, 「웃는 사람들」에서 시인은 "가난한 아버지와 불행한 어머니의 교배로 만들어진" "열성인자를 물려받고 태어난 웃음은 어딘가 일그러져" 있다고 보고 있습니다. 그래서 오랜 가난에 마음마저 위축되어버린 이들에게 있어 "활력 넘치는 사람들 속에 장치되어 있다가/폭발물처럼 불시에 터"지는 웃음은 "폭력적"인 것이라고, "웃음엔 민주주의가 없다"고 보고 있습니다.

이 시들에서 시인은 가난으로 대표된 현실의 어두운 면을 집요하고도 정밀하게 파고들고 있습니다. 따뜻함이나 희망으로의 길은 애써 차단하고 이러한 현실을 냉소적으로 대면하고 있습니다. 이렇게 냉소를 통해 세상을 대면하는 이유를 여쭈어봐도 될는지요? 그리고 이러한 시작법에 영향을 준 작가나 작품은 있는지요?

최금진　토머스 제퍼슨은 "이해 불가능한 명제에 맞설 수 있는 유일한 무기는 조롱이다"라고 말했습니다. 그것이 종교의 맹목적인 무지를 비난하는 말이라 해도 여전히 '이해불가능'한 상황에 대면하는 사람들에게 '조롱'은 통쾌한 복수일 것입니다. 작가의 풍자 정신도 그에서 비롯된 것일 테고요. 어떤 사회제도로도 극빈한 개인의 불행을 치유하지 못하는 신자유주의시
대에 따뜻함과 희망을 말하는 건 잘 닦인 포장도로를 보는 것 같겠지만 그건 섣부른 일반화에 불과할 것입니다. 눈에 띄지도 않는 약하고 미미한 존재들을 깔아뭉개고 그 위에 진보와 발전의 포장도로를 놓으려는 사람들에게 절망의 나락과 현실의 섬뜩한 암흑을 보여주어야 잃어버린 균형을 조금이나마 바로잡는 일이 아닐까요.

'냉소적으로 세상을 대면하는 데에 영향을 준 작가'라는 질문의 단서에 한정을 두지 않는다면 제게 자양분이 되어준 좋은 작가와 작품은 매우 많습니다. 이십대엔 기형도와 최승호, 윤동주와 헤세, 파스칼, 이문열, 김기택, 보들레르, 황동규와 이성복을 좋아했습니다. 그리고 성경을 읽었습니다.

허정　한편 시인은 그 가난이 과거로부터 이어져온 뿌리 깊었던 것임을 부각시키고 있습니다. 「최씨종친회」, 「여기에 없는 사람」, 「가난한 아버지들의 동화」, 「다들 어디로 가나」 등의 시를 보면, 조상은 피폐하게 말라 있으며 가난이 뼛속 깊이 사무친 형상을 하고 있습니다. 그런 면에서 『새들의 역사』는 가난이 윗대로부터 세습되는 가난의 계보학을 보여주는 시집으로 보입니다. 그 가난이 대물림된 것임을 부각함으로 인해 가난의 무게를 더욱 가중시키고, 계층 이동이 차단된 한국사회의 모순, 즉 자유경쟁이라는 명목하에 자본력을 가진 사람들만이 부를 세습하고 자본력이 없는 이들은 대를 이은 빈곤의 재생산 속에서 허덕이는 현실의 모순을 선명하게 부각시킬 수 있었던 것으로 보입니다.

　　그러나 한편으로는 그러한 결합이 다소 애매해지는 지점도 있는 것 같습니다. 시인은 가난의 원인을 사회현실에서 찾기도 합니다(평범한 국민에게 바라는 것을 한 번도 준 적 없는 국가에 대한 혐오가 그러한 예에 해당합니다). 그러나 그러한 시각은 단편적으로 드러나고, 가난의 주원인으로 자리하는 것은 과거의 가족사입니다. 앞서 인용한 「웃는 사람들」에 드러난 구절, "가난한 아버지와 불행한 어머니의 교배로 만들어진" "열성인자를 물려받고 태어난 웃음은 어딘가 일그러져/영락없이 잡종인 게 들통난다"라는 구절이 그 예가 되겠지요. 즉 조상들이 가난했기에 그 유전자를 이어받은 자신도 그렇게 될 수밖에 없다는 식인데, 이는 그 가난을 어찌할 수 없는 운명론적인 것으로 수용하고,

그 모순의 사회적 원인을 희석시키고 있는 게 아닌가 하는 의문도 듭니다. 이것은 과거에서부터 현재까지 요지부동으로 이어지는 가난에 대해서는 설득력을 더 할 수 있겠지만, 현실에 대한 대응이나 나아갈 방향의 제시에 있어서는 다소 무력해지지 않을까 생각됩니다.

최금진　저는 자신의 삶을 이해하고 질문하며 탐구해나가는 과정을 '시업(詩業)' 이라고 생각합니다. 때문에 모든 작품은 자신을 위로하거나 반성하는 것에 집중된 것이며 다소 극단적으로는 그것 말고는 별다른 관심이 없다는 뜻이기도 합니다. 편의상, '첫 시집을 낼 무렵' 이라는 한 시점을 가정하고 쓰겠습니다. 첫 시집을 낼 무렵, 의지나 생각과는 전혀 다르게 풀려가는 제 인생에 대해 혼란스러웠습니다. 구구절절 다 기록할 수는 없지만 혼돈과 어둠 속을 가로질러간 질문은 '나는 누구인가?' 였습니다. 무엇보다 제 자신을 바르게 이해하는 일은 과거를 돌아보는 것이라 믿었습니다. 개인적인 가난이나 불행 그리고 혼돈은 마치 프랙탈(fractal)모형처럼 순환성을 가지고 있으며 부분과 전체, 개인과 사회 역시 혼란스러워 보이는 무질서 속에서 나름대로 어떤 규칙성을 갖고 있었습니다. 저는 그것을 '운명' 으로 이해했습니다. 의지와 의지가 충돌하면서 불규칙적인 절망을 쌓아가는 동안 전체적으로 제 인생은 '운명' 의 규칙적인 틀에 의해 질서를 이루고 있었던 것이었습니다. 겉으로는 불규칙해 보이고 이해할 수 없는 사회현상에서조차도 자세히 관찰해보면 어떤 법칙성을 찾을 수 있는 것이고 그것을 하나의 '사회적 운명' 으로 이해했습니다. 그러니까 첫 시집은 제 자신과 저를 둘러싸고 있는 것들에 대한 탐구로 봐주셨으면 합니다.

허정　『새들의 역사』 4부는 고향을 배경으로 한 유년시절이 설화적 세계로 펼쳐져 있습니다. 그런데 이 세계는 주로 성숙한 남정네들이 떠나고, 여성들 위주로 꾸려져 있습니다. 이 공간의 의미는 어떻게 읽을 수 있을까요? 그곳은 빈자들을 양산하는 자본주의 현실을 벗어나 있으며 현실의 결핍을 위무해주는 원초적 공간인가요? 그러나 그렇게 보기에는 그 속의 결핍 역시 많습니다. 아니면 그곳은 이 현실이 상실한 신성이 간직된 공간인가요? 다분히 그렇게 읽힙니다만, 그렇게만 보기에는 신성끼리의 대립, 어머니와 할머니를 대립축으로 한 기독교와 토속신앙 사이의 대립이 심합니다. 그렇다면 가난과 불행이 형성된 유년, 즉 지금의 자신이 형성된 배경을 보여주는 것인가요? 아니면 새처럼 떠나고 싶을 때 떠날 수 있는 자유라도 가진 남성들(그런 면에서 이 시집의 제목은 남성중심주의적입니다)과는 다른 삶을 살아야 했던 여성들의 역사(새마저도 될 수 없었던 이들의 역사)를 모계사회라는 이름 아래 보여주고 있는 것인가요? 아니면 이들이 총체적으로 어우러진 곳인가요? 저의 깜냥으로는 그 의미가 쉽게 파악되지 않습니다. 이를 시집 4부에 대폭적으로 배치시켰던 이유는 무엇인지요?

최금진   제 유년의 세계는 귀신이 있다고 믿어지는 세계였으며, 아버지는 죽어서 새가 되었고 당신의 기일에는 새 발자국을 쌀 위에 찍으며 온다고 믿어지는 그런 세계였습니다. 죽은 사람들에 대한 슬픔 혹은 가난한 삶을 수용하고 받아들이기 위해 창조되어진 '거짓' 일 수도 있겠지만 결핍의 세계를 사는 사람들이 현실을 이기며 살아가는 또 다른 현실의 대응이라고 생각합니다. 그런 점에서 『새들의 역사』는 유난히 죽은 사람들이 많았던 저의 유년과 그것을 극복하는 가족들과 친척들의 역사이며 동시에 모든 주술과 설화를 사실로 받아들이는 '마술적 사실주의' 같은 개념으로 이해할 수 있다고 생각합니다. '나는 누구인가' 에 대한 질문의 종점에서(어떻게 보면 출발점이기도 한)

늦은 시각 막차를 기다리고 있는 안개 같은 유령들은 모두 가난한 가족들과 친척들이었습니다. 그들과 만나는 것이 곧 저를 이해하는 일이기도 하고요.

허정   요즘 저는 '인간이란 무엇인가'를 고민하고 있습니다. 원래 인간은 동물성이나 식물성, 기계성을 공유하고 있었으나, 인간문명이 만들어낸 각종 규율에 대한 효과적인 적응을 방해하는 것이라는 이유로 이러한 속성들을 인간 사회에서 추방해왔습니다. 인간의 문명이란 인간과 비인간 사이의 이분법적인 경계를 설정한 뒤, 인간문명에 방해되는 것을 비인간적인 것으로 치환해왔고, 이를 부정하면서 이루어져 온 것이었다는 생각을 하고 있는 것이지요. 그래서 그런지 『새들의 역사』에 나타난 인간에 대한 규정이 눈에 띄었습니다. 시집에서 '인간은 자살해서는 안 되는 존재'나 '부정하는 존재'로 규정되기도 하고, 배고픔을 달래려 꽃을 따먹고는 '인간 아닌 존재'가 되기도 하고, 할머니와 같은 이는 승냥이나 백여우로 변신하기도 합니다. 이런 대목들을 읽으면서 시인도 '인간에 대해 많이 고민하고 계시구나', '인간이란 존재가 얼마나 많은 배제를 통해 그 존재양상을 피폐하게 만들어왔는지를 고민하고 계시구나' 하는 점을 느꼈습니다. 개인적인 질문이 될 수도 있는데, 실례가 되지 않는다면 시인이 생각하는 인간이란 어떤 존재인지 한 말씀 들을 수 있을까요?

최금진   묘하게도 이 질문에서 앞에서 말했던 모든 이야기들이 딱 요약되는 느낌입니다. 인간이 어떤 존재인지에 대해 정답을 아는 것은 불가능하겠지요. 파스칼이 말한 "인간은 양 극단의 무지에 있다"라는 말을 좋아합니다. 무한히 넓은 우주의 바깥과 지극히 작은 미립자의 세계 그 안쪽에 대해 모르는 상태에서 인간은 그 무지의 영역을 상상으로 채워갑니다. 이러한 무지의 세계 앞에서 인간이 실존적으로 택할 수 있는 방법은 딱 세 가지라고 생각합니다. 하나는 자살이며, 하나는 회개, 그리고 또 하나는 꿈꾸기. 한때 종교에 미치도록 빠져 산 적도 있었으며 허무 속에서 술에 빠진 적도 있었습니다. 그러나 이것이 꿈이라면, 만져지지 않는 세계라면 차라리 꿈을 꾸는 것이 나을 것이라는 생각을 합니다. 인간의 존재를 한마디로 말하는 것은 어려운 일이지만 제 자신이 어떤 사람으로 살아갈 것인지를 말하라고 한다면 저는 '몽상하는 인간'으로서의 존재를 유지하고 싶습니다.

허정 「작가산문」에 시인은 앞으로 자신을 오래 지배하고 있는 과거의 영향력으로부터 벗어나는 연습을 할 것이라고 했습니다. 그러면서 자신을 '태양인'이라고 하고 있습니다. 이 선언은 시인의 향후 행보를 함축하고 있는 중요한 발언인 것 같습니다. 역시 「작가산문」에서 자신의 시가 타협하지 않는 불과 칼을 닮아 본성을 있는 그대로 드러내고 독자들에게 두려움을 주었으면 좋겠다고 했는데, '불과 칼' 역시 '태양인'과 같은 맥락에 있는 것으로 읽힙니다. 앞으로 시인의 행보를 지켜보면 조금씩 깨달을 수도 있겠지만, 지금으로서는 그 의미가 저에게는 아직 흐릿한 상태입니다. '태양인', '불과 칼'이 어떤 의미를 지닌 것인지 말씀해주실 수 있겠는지요?

최금진 앞서 말한 대로 시 쓰기는 자신과 자신을 둘러싼 세계를 탐구하는 일일 것입니다. 제가 태양인이라는 것을 의미 있게 생각한 것은 그것이 곧 나를 이해하고 탐구하는 또 다른 도구이기 때문입니다. 유년기 남자아이들이 대개 그렇게 놀았겠지만 저 역시 '불과 칼'을 갖고 놀았던 기억이 있습니다. 그런데 어떤 기억은 희미해지지 않고 오히려 점점 더 강해져서 그것이 마치 어제 일인 듯 삶의 배경을 차지하는 것도 있습니다. 방 안에 목검세트를 사서 진열해놓거나 관광지에서 쓸모도 없는 대나무 칼 따위를 사들이는 이상한 취미는 아마도 기억 저편의 혹은 현재의 나를 간접적으로 드러내는 행동일 것입니다. 얼마 전에 우연히 한의원에서 알게 된 태양인 체질이 칼과 불의 속성으로 연결된 것도 그것 때문이고요. 태양인은 뜨거운 화기로 인해 자칫 세상을 함부로 살거나 혹은 그 정열을 제어해야 하는 사회에서 영원히 자신을 유배시키고 살아가기도 합니다. 저는 제 시가 온몸에 불을 붙인 칼처럼 살아남았으면 합니다. 그러나 그런 뜨거운 불을 내면에 담아두고 꺼내지 못하는 괴리에서 오히려 시는 담금질한 칼처럼 예리하게 될 것을 믿습니다. 때문에 저는 내면으로의 도피와 현실에서의 싸움, 그 중간에서 처절하게 제 시가 태어나기를 바랍니다.

허정　　『새들의 역사』에서 저에게 가장 인상 깊었던 점은 진창과 같은 삶 속에서 꿈틀거림을 포기하지 않는 의지였습니다. 「끝없는 길」에서 지렁이가 "관짝"과 같은 땅속의 고통에 진저리치면서도 생명을 포기하지 않고 꿈틀거리는 의지를 보이는 것, "잘린 손목의 신경 같은 본능만 남아/벌겋게 어둠을 쥐었다 놓"았다 하는 그 꿈틀거림을 포기하지 않는 것. 하찮아 보였던 지렁이의 이러한 꿈틀거림 끝에 드디어 땅속에는 피가 돌게 됩니다. 저는 그 꿈틀거림이야말로 이 시집이 나아가야 할 중요한 방향이 아닐까 하고, 여기에 적극적인 의미를 부여해보았습니다.

　　저는 시인이 벗어나고자 하는 '과거'가 그 꿈틀거림에 힘을 실어줄 수 있다고 생각합니다. 가령, 「천개의 손」에서 자살하려는 '당신'을 붙들고 있는 보이지 않는 어머니는, 시인의 어법을 빌려 표현하자면 '당신'을 형성해온 과거입니다. 그 과거는 당신과 함께하며 폭력적인 현실에 상처 입은 왜소한 자아의 죽음을 가로막고 있습니다. 그리고 당신이라는 존재를 진절머리나는 현실에서 꿈틀거리고 살아가게끔 해줄 것으로 보입니다.

앞서 시인은 과거의 영향력으로부터 벗어날 것이라고 했는데, 저는 그 과거를 모두 내치지 말았으면 합니다. 그 과거가 현실과 절연된 행복한 망각이나 나르시시즘을 고취시키는 것에 그치고, 현실을 운명론적으로 수리하기 위한 알리바이로 반복적으로 소모된다면, 거기서 탈피할 필요가 있다고 생각합니다. 그러나 시인이 나아가고자 하는 방향에서 현재적 의의를 이끌어낼 수 있는 과거라면, 적극적으로 끌어안을 부분도 있다고 생각합니다. 그것이 시세계의 연속성을 발전적으로 이어가고 확장해가는 방법이 아닐까 생각합니다. 이것은 저의 소박한 바람입니다.

최금진　　그렇습니다. "역사는 현재와 과거와의 끊임없는 대화"라는 한 역사학자의 명제를 생각해보면, 한 개인의 역사라는 것도 결국 누적된 과거의 체험과 오늘날의 경험 사이를 넘나드는 자아성찰의 모습에 다름 아닐 것입니다. 과거란 나무의 그림자와 같아서 그것이 어둡고 깊은 그림자를 드리울수록 나무의 잎과 가지와 열매가 풍성함을 발견하게 할 것입니다. 다만, 체험의 영역을 넓히지 못하고 자기복제를 반복하는 길은 걷고 싶지 않습니다.

허정   「새들의 역사」에서 새에 비유된 최씨 가문의 남자들은 대처로 떠돌아다닙니다. 화자 역시 30대 후반까지 정착하지 못하고 떠돌아다닌 것으로 나옵니다. 실제로 시인 역시 여러 곳을 옮겨 다니다가 지금은 광주에 정착하고 있는 것으로 알고 있습니다. 여러 곳을 부유했던 지난 삶의 이력이나, 지금 살고 있는 광주에서의 생활, 앞으로 또 다른 곳으로 정처를 옮길 계획이 없는지 궁금합니다.

최금진   사주에 역마살이 있다는 말을 들었습니다. 지나고 보니, 그렇게도 이해할 수 없었던, 밖으로 나돌고 싶어하는 갑갑증의 원인이 분명하게 이해가 되었습니다. 한 5년 정도 싸돌아다녔고 내년이면 마흔입니다. '행동은 평범하게 마음은 비범하게' 라는 이율배반적인 모순을 자식처럼 끌어안고 살고 싶습니다. 광주에서 40여 분 거리에 '화순' 이라는 곳이 있습니다. 제 본관이 화순인데, 화순을 가까이에 두고 사는 것만으로도 제가 모태로 돌아온 듯한 생각이 듭니다. 화순 어딘가에 있다는 최씨 집성촌 같은 데를 한 번 가보고 싶습니다.

허정   서투르고 엉뚱한 질문에 성의껏 답변해주셔서 감사합니다. 이 질문들 때문에 정작 하고 싶으신 말씀을 하지 못하셨을 것입니다. 못다 한 말씀을 자유롭게 말씀해주시면 감사하겠습니다.

최금진   시를 쓸수록 그것이 자꾸 욕망과 허영을 동반하는 것을 봅니다. 시를 잘 쓰고 싶은 욕망과 사람들 앞에서 그 시가 인정받기를 바라는 마음은 결국 동일한 건지도 모르겠습니다. 문학은 결국 독자를 전제로 하는 것일 테니까요. 한동안 인터넷과 잡지를 모두 끊고 살았던 적이 있었는데 그때 시를 가장 많이 썼고 좋은 시를 썼다고 생각합니다. 갈대밭에 꽂혀서 눈도 귀도 없이 흔들리다 보면 거미줄처럼 와서

몸에 척 감기는 바로 그것을 썼으면 좋겠습니다. 꾸미지 않고 있는 그
대로 시와 한 몸이 되는 순간을 기다리는 자세야말로 시를 통해 삶을
완성해가는 과정이라 생각합니다. 귀한 지면 허락해주신 『오늘의문예
비평』에 감사드립니다.

김이듬

작가산문
비밀수업 시놉시스

대담
집요한 허정, 달아나는 이듬

김이듬 · 허정

비밀수업 시놉시스

김이듬

노랫소리가 멈췄다. 그 노래는 조금 전까지 한 시간 십오 분가량 계속되었다. 들국화와 유재하의 노래였지만 나는 더 이상 참을 수 없었다. 남을 아랑곳하지 않고 한밤중에 질러대는 폭력적인 소음이었다. 처음엔 누군가 술 처먹고 교정에서 고성방가를 하는 거라 생각했지만, 너무나 오래 반복해서 열창하는 게 이상했다. 게다가 피아노 반주소리도 낮게 들렸다. 분명히 맞은편 건물에서 들려오는 소리였다. "조금만 작게 부르면 안 될까요?" 난 창밖으로 머리를 내밀고 소리쳤다. 그러고는 이 글을 쓰기 위해 노트북을 켰다. 이 글은 당최 뭘 쓰라는 요구도 없고, 그저 산문 30매 시작노트 같은 거라고 했다. 할 말이 없어 한 주를 미뤘기 때문에 오늘은 뭐라도 써서 보내고 털어버릴 생각이었다. 그러나 그 노랫소리는 더욱 강렬하게 온 세상 개들의 비명같이 울려 퍼졌다. 난 뛰어내릴 태세로 창틀에 올라앉아 소리 질렀다. "조용히 해. 이 개새끼들아!" 순간 난 내 입을 틀어막은 채 귀를 의심했다. 도저히 들어줄 수 없는 그 목소리는 잠깐 끊어졌다 다시 세차게 시작되었다. 행진, 행진, 행진하는 거야, 난 노래할 거야.

어두침침하고 천장이 높은 건물이었다. 입구엔 더러운 비너스상이 서 있었다. 허연 벽면엔 부조가 걸려 있고 못이, 한때 엄청난 작품을 전시했다는 듯 시꺼멓고 커다란 못들이 군데군데 튀어나와 있었다. 잘라놓은 나무 그루터기와 찢어진 판넬, 페인트통 등이 아무렇게나 쌓여 있는 복도를 지나 3층으로 올라갔다. 바깥에서 봤을 때 그 층에만 불빛이 있었기 때문이다. 건물 전체엔 신나 냄새와 화장실 냄새가, 클라리넷의 고음과 아리아, 피아노 소리, 내가 좋아하는 월광 3악장도 섞여 있었다. 물론 내가 따라가는 멱따는 소리가 제일 크게 들렸다. 개인연습실이라는 팻말이 붙은 방마다 귀를 대고 소리를 확인했다. 방학이고 주말이라 몇 개의 방은 비어 있었다. 또 어떤 방에선 울음소리도 났다. 주저 없이 열여덟 번째 방문을 확 열어젖혔다. 한 학생이 피아노를 치고 있었고 한 학생은 노래를 부르고 있었다. 커플처럼 보이는 애들은 완전히 땀에 절어 있었다. 애처롭게도 얼굴이 짬뽕처럼 불어 있었다. 남자애가 생수병을 입으로 가져가며 무슨 일이냐고 나에게 물었다. "아, 저, 저기, 여기 예술관 연습실에서 그런 유행가를 그렇게 마구 불러도 괜찮아? 이런 심야에 창문도 닫지 않고…, 목소리가 워낙 커서 저기 저 건물까지, 난 저 불 켜진 방, 응, 4층 끝 방에, 열람실에 있는데, 굉장히 크게 들리거든. 집중이 안 돼서." 학생들은 음대생이 아니라 수학과 학생이지만, 교수 누구의 이름을 대며 연습실을 써도 좋다는 허락을 받았다고 했다. 내일모레 한 기획사의 오디션에 참가하기 때문에 바빠 죽겠다고 말했다. 여자앤 어이없다는 듯 나를 훑어보며 물었다. 난 핫팬츠에 슬리퍼, 감지 않은 머리칼을 대충 묶은 좋지 않은 상태였다. "그런데 그러는 당신은 뭐하는 사람이에요?"

웃음이 나왔다. 무척 곤혹스럽거나 처참해지는 순간, 누군가 무슨 말이건 해보라고 부추길 때, 이를테면 흥미로운 이야기를 기다리는 사람들 앞에서 대수롭지 않은 사건, 철학, 환상, 진실 등을 입에 올리거나 무엇이 옳다거나 그르다고 말해야 할 때. 나를 괴롭히고 갈등으로 밀어 넣는 사람들에게, 두려움을 주는 사람들에게 나는 웃어버림으로써 궁핍한 자유의 결손과 통제와 오해를 초래했다. 화가 난 어른들 앞에서 나는 몇 번 웃어댔기 때문에 부모와 떨어져 살아야 했던 건지, 따돌림을 받아야 했던 건지, 보편적이고 심오하며 진실한 것처럼 보이는 것들을 의심하기 시작했는지 알 수 없다. 한 가지 명확한 것은 내가 냉소주의자가 아니라는 것이다. 나는 다만 그들이, 마치 대단하고 특별한 위업을 완수해야 하는 사람들처럼 결연한 그들의 계몽과 연설, 논쟁이 지루했을 뿐이다. 나는 나의 증언이 전혀 새롭지 않을 것을 알았을 따름이다. 유감스럽게도 내가 해명하려고 애쓸수록 너무 많은 말을 쏟아낼수록 함정에 빠졌고, 다시 그 설명들이 허위라는 사실을 밝히거나 나 자신을 옹호하기 위해 다른 말들을 해야 하는 상황이 발생한다는 사실에 직면하곤 했던 것이다. 그리하여 나는 때때로 의도적으로 언어를 해체하거나 언어 자체가 스스로 훼손되는 상황을 내버려둔다. 상투적인 수사를 넘어서려거나 또 다른 상징을 만들거나 의미를 전복시키려는 시도가 무상하다고 여기며, 쓰는 동안 교란되고 잔혹하게 소진되는 나를 체험한다. 이 불충분한 시간을 유희하는 나를 나는 신뢰한다.

이율배반적으로 나는 나를 견딜 수 없다. 자신에 대한 신뢰의 결핍, 욕망, 나를 드러내고자 하는 욕망과 감추려는 욕망, 이 글쓰기에 대한 흥미를 이미 상실하지 않았나 하는 조바심, 자만심, 극복할 수 없는 좌절감, 인간의 원천적이고 유기적인 불행과 내 삶을 관여하는 불가해함과 불가사의함, 재수 없는 몽상. 정오쯤 일어나자마자 나는 순간적인 충동에 이끌렸다. 빨래를 돌렸다. 해변에 가고 말 거야. 새벽까지 내리던 장맛비가 그쳤고 온갖 종류의 물건들이 방구석에 나부라져 있었다.

햇빛 아래 자질구레한 쪽지와 몰리에르, 헤드폰, 밥풀, 그림자 따위. 먼지를 풀썩이며 푸른색 비키니를 찾아놓았다. 그리고 비닐 깔개도. 이 글을 끝내고나면 아—, 그러나 낮에 여기 와서 죽은 마이클의 노래를 뒤늦게 멀거니 듣고, DVD 〈커피와 담배〉를 다시 보며 노닥거리다가 이미 야심해서 바다에 가긴 늦었고, 한여름도 내 인생도 갈팡질팡하다 다 흘러가리. 아아, 이런 글과 나는 정말 안 어울린다. 살아가는 것이, 밥 먹고 일하고 사랑하는 것들이 누군가를 위해서가 아니듯, 물론 타자를 위해서 살아가는 사람들도 있다지만, 일하고 마시고 쓰는 일이 그러고 싶은 욕망 때문이었으므로, 계속해서 내가 무엇을 위해 시를 썼다거나, 혹은 어떤 사실을 말하고 무슨 개인적 역사적 맥락에 의해 또는 무슨 목적으로 쓴 것처럼, 비밀스런 이유가 있는 것처럼 쓸 수가 없는 것이다. 따라서 이 글을 읽는 사람들을 실망시킬 것이다. 시가, 이 글이, 당신에게 도움이 되길 원했다면— 나는 모래 위에 누워 아무 일도 하지 않았을 것이다. 한여름의 하루쯤 나는 나를 홀로 불타는 대지 위에 내버려둘 권리가 있었다. 쓸데없이 억누르는 무거운 것들을 벗고 웃음도 미소도 없이 모든 게 어둑해지고 캄캄해질 때까지. '길이 없어도 가보자, 친구여' 라든가 '꿈을 가져요' 라든가 하는 말을 난 정말 듣기 싫다. 행진하라고 하지 마라. 난 꿈꾸지 않으려고 글을 쓰고 얼굴을 지우고 현실을 지우려고 글을 쓴다.

시와 논문 폴더 사이에 '비밀수업' 폴더가 있다. 몇 해 전 작고한 박찬 시인을 선두로 문인 몇 명이 타클라마칸에 간 적 있다. 엉겁결 따라붙게 된 나는 송재학 시인으로부터 '시보다 소설을 쓰는 게 낫지 않겠냐?' 는 말을 듣고 사막 횡단 내내 뾰로통해 있었는데, 언령이 씌었는지 언제부턴가 끼적거리고 있는 나를 발견한다. '비밀수업' 은 내가 완성할 자전적 장편소설의 임시 제목이다. 시의 향연이니 문학의 숲이니 하는 게 지겹고 지겨울 때 쓰는 글인데 언제 끝날지 모른다.

　　아버지의 위암 수술은 성공적이지 못했다. 재수술을 기다리는
아버지의 병상 곁에서 무엇을 위해 이토록 살고 싶어 하는지 아빠
에게 묻고 싶었고 실제로 물었다. 사촌 동생이 사온 과자를 먹고
눈이 빨개지고 온몸이 가려워지기 시작한 오후였다. 대상포진이
흉터를 남기고 사그러진 후 생뚱맞게 초콜릿 알레르기가 도진 것
이다. 오! 나의 절친, 질병이여. 아버지가 잠든 사이, 난 추리닝을
벗고 병원 환자복으로 갈아입었다. 엘리베이터를 타고 구내 편의
점에 들러 담배를 샀다. 병원 밖으로 나와 지하도를 건넜다. 한 삼
십 분 걸어 영화관에 갔다. 매표원은 오만상을 쓰며 나를 훑어봤
다. 송강호는 최악이었다. 황정민만큼. 그들 연기의 내숭, 캐릭터
가 만든 착하고 서민적인 삶과 밀려드는 감동에 토할 것 같았다.
레코드가게에서 나오는 장기하의 어눌함도 질색이었다. 퇴행적 인
디. 사람들이 나를 보는 시선들, 곧은 척추와 머리들. 난 이들이 너
무 낯설었다. 이상하고 거대한 정신병동의 복도를 걷는 기분으로
해지는 길바닥을 헤맸다. 버스 정류소를 지나다 다리를 저는 남자
와 전화번호를 교환했다. 돌아와 보니 아버지는 죽어 있었다.

　　희망적인 마지막 한 문장만 빼면, 올 사월 이일의 내 다이어리다.
픽션이 필요해. 가끔 나는 시인이라는 환자복을 입고 세상을 만나 아
무도 아무것도 없는 비밀수업을 한다. 최근 난 약 먹은 것처럼 약간의
각성을 했다. 내 시는 아까 그 친구들의 악다구니보다 더 지독한 소음
이었을지도 모른다. 독자들이여, 용서하라. 난 더 나빠질지 모른다. 한
세미나의 토론문을 준비하며 주체와 타자, 새로운 공동체, 시적인 것,
문학적인 삶 따위를 고민하느라 석 달 넘게 시를 쓰지 못했다. 어쩌면

몇 년간 시를 못 쓸 수도, 죽을 때까지 못 쓸 수도 있다. 그럼 하늘이 무너지나? 다리가 내려앉나? 시인은 많고 모텔도 많고 교회는 넓다. 킥킥. 내 아비의 살고 싶은 본능이나 내가 쓰고 싶은 본능이나 별 명분도 가치도 없다. 가장 큰 문제는 그런 문제에 구속받지 말고 내키는 대로 쓰자는 마음이 자꾸 죽는 소리나 하는 거다.

오월과 유월이 지나갔다. 많은 사람들이 통곡하고 분노했으며 투쟁하거나 실천적인 삶을 선택했다. 나는 구호를 외쳤다. 나 또한 불안에 떨며 그들과 함께 시가지에 앉아 노래를 불렀다. 어느 때보다 꿈을 꾸는 일이 불가피했다. 교수들과 종교인들, 예술가들의 시국 선언이 있었고, ─왜 농민, 노동자는 선언 같은 거 못 하나?─ 젊은 시인들 또한 한 사람이 한 줄의 선언문을 낭독하는 방식으로 시국 선언에 동참했다. 그들은 죽도록 괴로워했을 것이다. 정부의 비민주적인 작태와 광기, 폭력성 앞에서 처참해진 시인들은 목소리를 높여 자신들의 요구를 표현했다. 나는 어땠는가? 나는 시인인가? 내가 시인이라고? 며칠 전 두 군데의 잡지사로부터 청탁을 받았다. ─가뜩이나 질식할 것 같을 때, 나를 조롱하듯 없던 청탁이 한꺼번에 오다니─ 하나는 격월간 『시를 사랑하는 사람들』에서 보낸 질문지였다. 거긴 '만약 시인이 되지 않았다면, 지금 무슨 일을 하고 있을까요?' 라는 질문도 섞여 있었는데, 나는 대충 얼버무렸다. 또 하나는 계간 『시평』에서 온 전화였다. 기획원고로 10인의 시인에게 산문을 청탁하는 중인데, 그 내용은 첫째, 시인이 가장 좋아하는 말(단어)과 그 이유이고 둘째, 시인의 삶에서 가장 큰 의미로 남아 있는 말과 그것에 얽힌 일화라고 했다. 마지막으로 써야 하는 내용은 '시인의 자작 묘비명과 남기고 싶은 삶에 대한 통찰의 말' 이라고 했다. 전화를 받는 내내 내 몸은 떨렸다. 입이 얼어 아무 말도 할 수 없었다. 모름지기 이런 물음에 답변할 말들이 솟구쳐 올라야 시인이라면 나는 시인 근처에도 못 간다. 솔직히 나를 소개할 때 '시인 아무갭니다' 라고 말해본 적이 단 한 번도 없다. 뭘 먹어야 시인으로 진화 변신 합체할 수 있나? 일 년에 한두 번 문단 행사에 잔뜩 차려입고 나가면 지하철 입구 거울 속의 나는 시골 다방 레지 같고, 술 먹고 까불 때는 개망나니는 저리 가라다. 난 그들보다 잘나지 않았고 불량하기가 얼추 비슷해서 시인으로서의 품위는 고사하고 기본기도 없다. 내가 가르치는 학생들은 나를 만만하게 보고 가끔 친구처럼 굴어줘서 고맙다. 그들은 내가 시 쓰는 줄 모른다. 알까봐 무섭다. 학교 축제에 정일근 시인, 나희덕 시인이 왔을 때 사인을 받느라고 난리도 아니었지만, 나는 숨어서 코딱지를 팠다. 대부분의 동료들은 내 시를 혐오하고 '시를 좀 아름답게 써라' 고 충고한다. 가족들은, 특히 아버지는 자기 친구나 친척들에게 내 시집을 함구하고 금기시하며 쪽팔려 한다. 전도사인 내 엄마는 오죽하겠는가? 딸이 불경하고 퇴폐적인 창작을 끊고 하루속히 회개하기를 눈물로 기도한다. 내가 스무 살 때 엄마를 찾은 후, 내 생일과 엄마 생일, 그리고 크리스마스에 만나는데 내가 자꾸 웃으면 엄마는 차를 세우게 하고 드셨던 걸 다 토한다. 나는 지지자도 당원도 하나 없는 이상한 일인당의 불쌍한 족속이다. 그러니 시인이라는 자의식이 생길까봐 무섭다. 제도가 지정한 시인이라는 코딱지만도 못한 라벨을 달고, 천직이니 운명이니 영감이니 아우라니 하지 못하겠다. 세상을 구원하겠다고 덤비며 감동을 강요하고 착한 척, 순결한 척 혼자 다하는, '우리', '사랑', '혁명', '노동' 등 순정한 말들을 케이크에 체리 올리듯 시 속에 박아놓고 운동 좀 하는 척하지 못하겠다. 제비꽃을 꺾으려다 손이 떨려서, 나무든 별이든 바람이든 그렇게 고맙고 사랑스러운 거 내가 마구 못 쓰겠다. 나는 나처럼 버려진 것들, 누가 쓰다 던진 말, 차마 입에 올리기도 추악하게 된 낱말들을 주워 조립한다. 골목을 다니며 폐지에 빈 병까지 줍는 할머니처럼 궁색하다. 유모차에 죽은 고양이를 태우고 살짝 노망기까지 도진 채 비틀비를 걸어간다. 머리에 꽃을 달고 실쭉거린다. 이쪽으로 오라면 저리 가고, 거기까지 가자면 멈춰버린다. 나도 삐딱한 내가 죽도록 싫지만, 죽을 때까지 시인답지 못할 거다. 나는 시적인 것을 믿지 않고 시를 믿는다. 나는 문학적인 문학을 불신하고 비문학적인 문학도 불신하며, 그러면 뭘 믿는데? 그야 모르지. 난 모르는 것에 매혹된다. 음악의 노이즈, 시각적 노이즈, 뭐 과잉되거나 결핍된 상태가 맘에 든다. 내가 6년간의 섹스리스 상태에서 썼던 시를 보며 창녀의 시 같다고 하고 지금처럼 전적으로 리얼만 써도 뻥이니 뭐니 하는 사람들에게 뭘 바라겠냐?

모로코나 러시아에 가서 바에 취직해 창녀처럼 살까도 생각했지만, 난 거기 갈 돈도 없고 창녀를 모독하는 발언을 취소한다. 나더러 점쟁이는 비구니 사주라고 했지만, 홧김에 빡빡 밀었을 때 두상이 못생겨서 모자를 세 개나 샀다. 대학 졸업반 때 친구 따라 간 가마골소극장에서 이윤택 씨가 배우를 해보라고 권했지만, 다시 보더니 키가 너무 크다고 했다. 뭘 했어도 핑계거리가 많았을 것이고 지지부진했을 것이고 아무것도 잘하지 못했을 것이다. 창작을 통해 일순간도 성취감을 느끼지 못했을뿐더러 앞으로도 좋은 시인이 될 수 없을 것이다. 시가 나에게 아무것도 해줄 수 없기를 빈다. 단지 시가 날 혹독하게 변화시키기를, 뭔가로 정의되려는 나에게 저항하기를 바랄 뿐이다. 그리하여 난 내 시의 죽음 혹은 시인으로서의 내 죽음을 추구하거나 더 갈급해하며 시를 향한 미친 사랑을 멈추지 못할 것이다. 죽을 때까지 시의 얼굴을 볼 수 없을 것이다. 한 비평가는 내게 덜 직설적이고 덜 노골적이어야 한다고 말했다. 나는 더 직설적이고 더 노골적이지 못해 안달이다. 난 괴발개발 흘러나오는 시에게 적당한 장식을 하라고 요구하지 않겠다. 안 한 듯 고급스럽게 치장하려거든 내놓고 까발리라고 부추기지만 시는 내 의지를 벗어난다. 은근히 눈물샘을 자극하게 하거나 앵벌이 시키지도 않겠다. 독자와 나는 시라는 소도(蘇塗)에 든 공범자처럼 서로 공평하고 평등한 관계라서 가르치거나 위로하고 말고 할 필요가 없다. 뜻밖의 사건이나 초대하지 않은 사람이 시에 끼어들어도 상관하지 않겠다. 잡종이라고 또 지랄하겠지. 의미심장하지도 애매하지도 아카데 믹하지도 염결하지도 단정하지도 못한 게, 무슨 시냐고 뭐라 하겠지? 허구한 날 난 빌어먹는 사람인 양 눈치를 본다. 귀는 팔랑팔랑, 간도 작고 심장도 약한 데다 스트레스를 많이 받아서 대상포진에다 초콜릿 알레르기까지 도졌다. 히스테릭한 약골로 태어난 걸 어쩌랴. 배 째라. 병고와 죽음은 태초의 혼동처럼 황홀한 일. 제발 잡귀들아! 내 시로 들어와라. 날 흔들어라. 수많은 사람과 귀신과 사물이 내 시에서 날뛰고 너나 없고 다소곳해질 리 없고 난잡해져라. 그들이 지지부진한 말들을 늘어놓아도, 함축해라, 인마! 리듬을 살려, 반복해봐! 라고 요구하지 않는다. 시의 리듬, 규칙 좋아하네. 뒤죽박죽 제멋대로 흘러넘치지 못하게 내가 부지불식간에 섣부른 규범으로 가당찮은 이론으로 가둔 감옥을 열어젖혀야 한다. 이전의 갇힌 곳에서 벗어나 시와 내가 서로를 몰라볼 때까지. 지금 지껄이는 말들이 오류가 되고 완전무효가 될 때까지.

집요한 허정, 달아나는 이듬

김이듬 · 허정

허정　이메일 대담에 응해주셔서 감사합니다. 『별 모양의 얼룩』 (천년의시작, 2005), 『명랑하라 팜 파탈』(문학과지성사, 2007) 두 권의 시집을 읽으면서 시인께 묻고 싶었던 몇 가지 질문을 드리도록 하겠습니다.

시인의 시들은 대체로 긴 편이고 거기에는 많은 언어들이 채워져 있습니다. 그러나 시 속에는 이질적인 이미지들이 병치되거나, 장면이 갑작스럽게 전환되거나, 인과관계를 무시하고 문맥이 생략되거나 비약되는 대목이 많았습니다. 그리고 의미가 포착되는 부분도 더러 있었지만, 그보다는 진술되는 상황이나 의미로부터 미끄러지는 언어들이 많았습니다. 그래서 쓰인 내용을 있는 그대로 읽으려 하는 이들에게, 시집 속의 언어들은 수다스럽지만 어쩌면 침묵처럼 느껴질 수도 있겠구나 하는 생각이 들었습니다. 저 역시 시가 의미의 차원으로 환원되는 것이 아니라는 점을 잘 알면서도 이제껏 시를 쓰인 내용 위주로 읽어오곤 했는데, 그런 버릇 때문인지 시의 메시지를 파악하기가 어려웠습니다. 그래서 시인의 시를 쓰인 내용 위주로 읽고 이해하려 하기보다는, '시인은 왜 이런 식으로 쓰는가' '시인은 독자들이 어떠한 종류의 감수성과 상상력을 동원하길 요구하고 있는가' '이 낯선 방식이 숨기고 있는 진실은 과연 무엇일까?' 하는 점부터 생각하고 시를 보아야 할 것이라고 생각했습니다.

시인께서는 어떠한 과정을 거쳐 시를 창작하시는지, 시에서 특히 어떠한 점을 부각시키려고 하시는지, 또한 독자들이 어떤 점에 포커스를 두고 읽어주길 원하시는지 여쭈어봐도 되겠는지요?

김이듬 자연스레 쓰는 편입니다. 숨을 들이쉬고 내쉬는 것처럼 본능적으로 쓰는 것 같습니다. 많은 시인들이 시 창작을 출산에 비유하며 기다림의 미학을 말합니다. 저 또한 하나의 이미지를 취한 후 일 년 넘게 쓰지 못할 때도 있습니다. 그러나 종종 곧장 쓰는 편입니다. 날뛰는 언어들이 순연해지고 들끓고 헝클어진 감정이 정돈될 때까지 기다리지 못하고, 그 황홀한 혼돈의 순간에 단숨에 쓸 때가 많습니다. 그래서 처음에 쓰려던 것에서 빗나가고 펜을 놓을 때까지 뭘 쓰게 될지 모릅니다. 퇴고 과정에서 이상한 주술적인 말, 심한 욕설, 횡설수설 등을 걸러냅니다.

특별히 어떤 점을 부각시키려는 의도는 없습니다.

독자들이 자유롭게 상상하고 멋대로 읽으시길 원합니다. 제 맘에 드는 시보다 그렇지 않은 시를 좋아하시는 점이 재미있습니다. 독자들에게 의미와 논리를 말하고 싶지 않고, 말할 수 있는 자격도 없습니다. 다만 저는 의미와 논리를 지우려고 씁니다. 진실, 그런 게 있다면 그것을 말하기보다 그 진실을 지키려고 애씁니다.

허정　　시 속에서 시인은 정신분석적 상황에 대한 기술을 많이 하고 있습니다. 「안나 오의 진료실」, 「별 모양의 얼룩」, 「망한 정신병원 자리에 마리 수선점을 개업하기 전날 밤」이 그러합니다. 그 외에도 정신과의사로 보이는 분석자와 피분석자 사이의 상담을 연상시키는 시들이 더러 보입니다. 많은 시편들이 분석상황 속에서 발화되는 언어들을 시로 옮겨놓은 것이 아닌가 싶었습니다.

시인의 시를 읽기 위해서는 제 나름대로 잣대가 있어야 할 것이라고 생각했는데, 저는 그 방법으로 정신분석적 방법을 활용하기로 마음먹었습니다. 이제부터 드릴 몇 가지 질문들은 이러한 정신분석적 방법을 전제로 깔고 드리는 질문들입니다. 충분한 맥락 없이 질문 드리는 것은 결례라고 생각되므로, 제가 정신분석의 관점에서 시를 독해한 부분을 먼저 말씀드리고 질문을 드리는 방식을 취하도록 하겠습니다. 일천한 지식에 불과하고 일반적인 질문지 형식과도 동떨어져 있지만, 저 나름대로 시인의 시를 읽어내고자 하는 고민의 산물로 너그럽게 이해해주셨으면 합니다. 우선 인상 깊게 읽은 시 한 대목을 인용해보겠습니다.

그 사실이 실어증에 걸린 앰플리파이어와 어떤 관계에 있을까요?
언제 꽉 찬 소리가 터질지 모르는 그것이나, 무슨 말을 해야 할지 눈치를 살피는 당신이나 별 의미가 없기는 마찬가지가 아닐까요?
— 「지하 스튜디오 고장 난 앰플리파이어」 부분

앞서 말씀드렸듯이 시인의 시는 의미가 잘 포착되지 않습니다. "실어증에 걸린 앰플리파이어"처럼, 시 속의 화자는 의미를 제대로 전달하지 못하는 실어증 상태에 걸려 있는 것이 아닌가 하는 생각이 듭니다. 야콥슨이 실어증의 한 유형으로 본 유사성 장애(similarity disorder)의 경우도 주체가 환유적 배열원칙에 따라 많은 말을 하지만, 그 말들은 현실에서 통용되는 의미를 제대로 전달하지 못하는 실어증으로 처리됩니다. 물론 이러한 언어운용 방식은 시인이 의도한 고도화된 시적 전략이겠지만, 외형상으로만 두고 본다면 시인의 시적 언술은 유사성장애의 실어증으로 볼 수 있을 것 같습니다.

그러나 그것은 인용한 시의 한 대목처럼 한편으로는 "꽉 찬 소리"를 드러내주는 것이라고 생각되었습니다. 라캉 유의 정신분석은 빈 발화(empty speech)와 꽉 찬 발화(full speech)를 구별합니다. 빈 발화 속에는 요구의 영역에 고착된 언표주체(subject of the enounced)가 드러나지만, 꽉 찬 발화 속에는 욕망의 영역을 드러내는 언술행위의 주체(subject of the enunciation)가 나타납니다. 시인의 시 역시 일상적인 의미에서 미끄러지는 언술들을 통해 상징질서 속에서 억압되고 사라지는 언술행위의 주체(욕망의 주체이자 무의식의 주체)를 추적하고 있는 듯 보입니다. 「나는 내가 사라지는 것을 보았고」라는 제목처럼, 현실을 살아가는 나 이면에서 사라지는 '또 다른 나'를 전폭적으로 드러내는 것이라고도 할 수 있겠지요. 결국 언표의 측면에서는 실어증처럼 볼 수 있지만, 언술행위의 측면에서는 욕망의 환유적인 흐름을 흘러넘치게끔 드러내 보이는 꽉 찬 발화라고 할 수 있습니다.

시 속의 주체분열은 이러한 측면에서 이해할 수 있을 것 같습니다. "결국 그녀는 그 여자가 어디 있는지 못 찾습니다"(「유령 시인들의 정원을 지나」)에 나타난 여자의 분열, "나도 날 못 봤는데"(「푸른 수염의 마지막 여자」)나, "김이듬을 나라고 말하는 너는 이듬이랑 영락없니?"(「침묵의 복원」)에 나타난 나의 분열. 라캉 식으로 말하면 이 분열은 일상적 의미에 묶인 언표주체와 그 의미로부터 미끄러지면서 자신을 드러내는 언술행위 주체 사이의 분열이라고 할 수 있겠지요.

물론 여기에는 상징질서를 따라 말을 해야 하는 언표주체에 대한 불만이 뿌리 깊게 깔려 있습니다. 상징질서로의 진입은 기표에 관통당하면서 자신의 존재성을 상실해야 하는 것이고, 자기 고유의 욕망이 아니라 대타자의 욕망을 대리 수행하는 주체로 탄생해야 하는 것이기에, 그러한 주체는 용인되기가 어려울 것입니다. 그러한 불만이 누빔점에 고정되지 않고 미끄러지는 수많은 언술들을 남기고, 상징질서를 따라 말을 해야 하는 언표주체에 대해 불만을 토로하는 언술행위의 주체를 시 속에 드러내는 것으로 보입니다. 즉 주체 분열은 언술행위의 주체가 원치 않는 자리에 위치한 언표주체를 들여다보는 지점에서 일어난다고 할 수 있을 것입니다. 가령, 이 분열은 「유령 시인들의 정원을 지나」에 나오는 한 구절을 빌려 표현하자면 다음과 같습니다.

도덕적 우열을 따지는 엄마. 봐라! 너도 더럽잖아. 네 아버지와
똑같지 않니?
—「유령 시인들의 정원을 지나」 부분

아버지라는 대타자가 지배하는 상징질서 속에 관통당하여 속화된 삶을 사는 딸은 언표주체에, 그것을 바라보면서 비판하고 있는 또 다

른 목소리는 언술행위의 주체로 볼 수 있을 것 같습니다. 자신을 두고 태어나지 말았어야 하는 존재라고 말하는 이면에는 '지금의 나는 내가 아니다' 라는 인식, "다시 생겨날 당시의 용도로 돌아갈 수 없"(「드러머와 나」)다는, 현재의 자신에 대한 불만 같은 것이 짙게 깔려 있다고 생각됩니다. 시인의 많은 시들은 이러한 방식으로 구성된 것으로 보입니다. 이렇게 시인의 시에는 상징질서에 대한 불만족이 짙게 깔려 있습니다. 그런 면에서 상징질서는 시인의 시를 추동시키는 출발점이라고도 할 수 있을 겁니다.

이즈음에서 이 불만족스러운 현실의 구체적인 모습에 대한 시인의 말씀을 들을 수 있겠는지요?

김이듬 생각나는 대로 말할까요? 음…, 오늘의 날씨, 구내식당 밥, 약, 국비유학제도, 스타킹 가격, 오토바이, 가족, 교수, 권위, 생일, 친구, 학생, 무도덕성, 이명박 정부, 현 시국 상황, 분노와 절망, 불안과 초조, 껌, 도서관 출입문, 내 목소리와 걸음걸이, 어제 저녁과 내일, 알레르기, 시, 꽃, 전선과 진흙, 급여, 생리통, 매미소리, 억압적 사회구조, 새소리, 웃음소리, 바람이 부는 방향, 책 넘기는 소리, 책상, 역사, 개봉한 영화, 발매되지 않은 음반, 일박 이일 말하고도 남을 불만스러운 것들, 일순간 이 모든 게 주체할 수 없이 좋아지는 변덕, 왜 이렇게 사니? 참혹한 이 기분 등등.

허정 평자들 중에는 시인의 시를 '자기 유폐' '자폐적 이기성' '자아에 고착' '유아적 퇴행기로의 고착' 으로 읽는 이들이 있었습니다. 저는 첫 시집이 다소 그렇게 읽힐 수 있었다고 생각되지만, 두 번째 시집은 거기서 많이 벗어나 있다고 생각합니다. 그렇게 말할 수 있는 근거는 「자화상은 지겨워」와 같이 그러한 자폐성을 의식적으로 거부하는 시가 있는가 하면, 「이제 불이 필요하지 않는 시각」과 같이 겨울 저수지에 동일시된 자신의 결박상태를 풀어헤치고 타자들과의 소통을 모색하는 시도 있습니다. 그리고 「유령 시인들의 정원을 지나」, 「일요일의 세이렌」과 같이 상징질서 아래 부당하게 사라지고 있는 것을 붙잡으려 하는 시가 있는가 하면, 「세이렌의 노래」와 같이 그 질서를 넘어서려는 시도 있습니다. 이런 시들이 내장하고 있는 긴장감이나 거기서 발생하는 추진력이 향하는 곳은 자아라는 중심이 아니라, 상징질서 혹은 그 바깥이라는 느낌이 듭니다.

'자기 유폐'라는 평단의 반응에 대해서 어떻게 생각하시는지요? 그리고 두 번째 시집을 쓸 무렵, 첫 시집에 행해진 평단의 반응 중 수용하신 부분은 있으신지요?

김이듬 다분히 '자기 유폐'적인 시들이 있습니다. 혼자 몇 달 집에 틀어박혀 있으면 참 좋고요. 먼 여행지에서도 그럴 때가 많아요. 우리는 모두 고독하고 우리는 모두 언젠가 죽잖습니까? 그게 무슨 문제인가요?

첫 시집에 대한 의외의 반응에 깜짝 놀랐습니다. 혹독하고 날카로운 비판도 있었고 간간이 공감과 지지가 있었던 것 같아요. 그 말들을 다 수용했다면 지금 이런 꼴은 아닐 텐데. 하지만 인정받거나 공감받기 위해 시를 쓰는 건 아니니까 아무래도 괜찮아요. 외부적 문제제기에 좀 무심한 편인데다 쉽게 잊어버립니다, 말로만. 한손으로 꼽을 수 있는 고마운 분들의 비평이 없었다면 자포자기했을 지도 모르지만…. 하긴 늘 자포자기 심정으로 쓰긴 해요.

허정 시집에는 화자를 제외하고도 많은 여성들이 나옵니다. 그런데 그 모습들은 기존에 여성시라고 불린 시들과는 달리, 여성차별적인 현실에 집중하고 있다는 느낌은 들지 않았습니다. 단순화를 무릅쓰고 본다면, 시 속의 여성은 크게 두 가지 모습으로 나눌 수 있을 것 같습니다.

하나는 어머니입니다. 어머니는 시집의 많은 곳에서 무섭고 매정한 모습으로 등장하고 있습니다. 포근한 모성의 품을 연상시키기보다는 복종과 체벌을 가하는 공포의 어머니로 등장하고 있는 것이지요. 어머니는 주로 새엄마의 모습으로 등장하는데, 그 존재는 분이 다 풀릴 때까지 전처 딸을 때리는 폭력을 행사하기도 하고(「정동진 횟집」), 엄마라고 불러야만 밥을 주는 매정한 존재로, 화자를 압사하고 머리를 잘라 끓여버릴 듯한 공포의 어머니로 등장합니다(「뒤주 속의 아리아」), 그리고 어머니는 어린 딸을 버리는 매정한 존재(「유령 시인들의 정원을 지나」)로도 나타납니다. 이 어머니는 어머니라고 생각하면 떠올리기 쉬운 포근하고 희생적인 모성상으로부터 멀리 떨어져 있습니다. 오히려 멜라니 클라인이 말한 나쁜 어머니를 연상시킵니다. 어머니의 젖가슴에 의해 공격당하고 집어삼켜질지 모른다는 박해의 환상을 유아에게 유발시키는 대상으로 말입니다. "모성이란 다양한 것"(「거리의 기타리스트」)인데, 희생이나 포용이라는 기준에 맞춰 어머니를 이해하는 사회적 편견을 해체하기 위해, 이러한 모성상을 전면에 내세운 것이 아닌가 싶었습니다.

또 다른 여성상은 '상징질서로부터의 탈출'과 밀접하게 연관된 신화 속의 여성입니다. 첫 시집에는 유디트라는 인물이 나옵니다. 이제껏 유디트는 다양한 모습으로 재현되어왔지요. 성서에서는 아시리아로부터 이스라엘을 구한 애국여걸로, 젠틸레스키와 같은 화가에게서는 남성의 폭력을 응징하는 복수의 화신으로, 알로리와 같은 남성화가에게는 자신의 사랑을 받아주지 않는 매정한 여인으로, 클림트와 같은 화가에게는 남성들을 유혹하면서 위기로 몰아넣는 요부로 재현되어

왔지요. 그런데 시인의 시에서 유디트는 '아버지와 동일시된 상징질서'를 거부하고 그 거부를 유희로 이어가는 존재로 나타납니다. 이 시에서 화자는 아버지의 머리를 잘라 그것을 축구공처럼 가지고 놉니다. 여기서 아버지는 생물학적이고 신체적인 아버지라기보다는 상징질서와 규범을 의미하는 아버지의 이름(name of the father)으로 읽힙니다. 그리고 자른 머리를 차면서 놀이하는 행위는 그런 질서로부터의 위반을 감행하는 즐거운 놀이로 보입니다. 상징질서로부터 벗어나려는 그러한 즐거운 유희가 바로 두 번째 시집의 제목이기도 한 '명랑하라 팜파탈'의 정체가 아닐까 생각해보았습니다.

이러한 모습은 세이렌에게서도 나타납니다. 세이렌은 주체들을 어떤 경계(상징계의 경계) 너머로 유혹하는 신화 속의 여성입니다. 시인의 유디트가 상징질서 속에서 그 너머로 나아가려는 곳에 위치한다면, 세이렌은 이미 상징계가 한계를 드러내는 곳인 실재계 쪽에 위치한 것으로 보입니다. 그곳에서 세이렌은 목소리(부분대상)를 통해 그러한 월경을 갈망하는 주체를 유혹하고 있습니다. 그런 면에서 저는 시적 화자의 위치가 세이렌보다는 유디트에 가깝다고도 생각됩니다. 두 번째 시집 해설을 쓴 이는 화자를 세이렌으로 읽고 있지만, 시집을 전반적으로 볼 때 화자의 위치는 세이렌에 유혹당하며 세이렌이 위치한 곳으로 가려는 이로 보입니다. 세이렌의 유혹을 피하기 위해 필사적으로 강박증적인 의례를 이행하였던 오디세우스와는 달리, 서슴없이 그 유혹을 향해 나아가려는 충동을 드러내고 있는 것이지요.

저에게 유디트와 세이렌은 라캉이 말하는 성차 중 여성성을 체현하는 인물로 읽혔습니다. 라캉의 성차는 생물학적인 성별에 의해서가 아니라, 주체가 어떤 향유를 선택하느냐에 따라 결정됩니다. 남성은 여성을 환상대상으로 삼고 그 틀 속에서 향유를 누립니다. 반

면 여성은 기존 상징적 질서 내에 결핍되어 있는 것과 자신을 동일
시하며 상징질서를 넘어서려는 향유, 상징적 질서 바깥으로 내몰릴
수밖에 없는 타자적 향유를 선택합니다. 즉 남성성은 상징계의 한계
속에 갇혀 있지만, 여성성은 상징계를 넘어서는 것이기도 합니다.
유디트와 세이렌 같은 신화 속의 여성은 상징질서를 넘어서려거나
넘어서 있다는 측면에서 라캉이 말하는 여성성을 드러내고 있는 것
으로 보입니다. 시집 속의 여성들을 저 나름대로 이렇게 해석해보았
습니다.

　시인께서는 이러한 여성들을 통해 무엇을 드러내려 했는지 직접 들
어볼 수 있을까요?

김이듬　여성이라는 젠더의 문제의식에서 출발한 건 아닙니다. 그러
나 제 시의 태도, 여성 화자, 여성 문제 등이 가부장적 이데올로기에
대한 도전을 시도하는 건 자연스러운 발로겠지요. 다락방의 광녀나
중세 마녀 사냥 등을 소급할 의도도 없어요. 아름다운 여성, 현모양처
를 요구하는 사회적 강박증을 말하는 것도 구태의연합니다. 저는 성
장하면서 '아버지의 법'은 물론이고 '어머니의 부재' 문제로 가치관
의 혼란을 겪었어요. 교과서의 어머니상은 왜 모두 헌신적이었나? 동
화책의 어머니가 없는 딸들은 계모에게 괴롭힘이나 죽임을 당했지요.
심청이나 바리데기 등 초인으로 거듭나는 것만이 유일한 윤리 같았어
요. 전 평범했고 평범하기를 갈망했습니다. 누구도 계모가 적이 아니
라 더 큰 적이 있다고 알려주지 않았고, 세상의 모든 어머니들이 따뜻
한 밥을 해놓고 자식을 위해 죽는 건 아니라고 가르쳐주지 않았어요.
저는 그저 말썽 일으키지 않는 모범생으로, 결손가정의 애라는 게 티
나지 않게 더 조신해야 했지요. 안 그러면 맞았으니까. 사춘기에 읽은
외국 남성작가들은 여성의 미를 노래하고 그 섹슈얼리티를 문학소재

로 삼았으며 어머니를 찬양하는 데 급급했어요. 한국에선 지금도 정치적으로 진보를 말하는 계간지조차 문학에 있어서 얼마나 보수적인지 알고 있지 않습니까? 그들은 어머니라는 식민지를 양산해요. 어머니의 노동과 출산, 눈물을 유지하고 대물림하기 위해 모성이데올로기를 구축하죠. 여성이 신체적으로 정신적으로 열등한 사람들이 아니라는 걸, 제가 버려진 것은 자신이 선택하거나 잘못해서가 아닌 걸 알기까지 오랜 시간 고통 받았습니다. 저는 여성이 아니라 인간을 드러냅니다. 아직 레즈비언은 아니지만 여성들이 제 체질에 잘 맞아요. 그들은 빗자루를 타고 제 몸을 관통하거나 자궁을 뒤집어쓰고 피를 흘려요. 그들의 말을 복화술을 하듯 내뱉고 싶지만 전 자꾸자꾸 도망치고 있습니다.

허정　시집 속에는 성에 대한 묘사가 다소 위악적이라고 할 만큼 노골적으로 드러나기도 합니다. 그 속에는 여성의 몸을 호시탐탐 노리는 남근적 질서 아래 대상(환상대상)화되었던 성을 자신의 쾌락으로 향유하려는 의도가 깔려 있는 것 같습니다. '남근적 질서라는 대타자'가 욕망하는 나를 욕망하는 것이 아니라, 그 성을 자기 고유의 향유로 전환하겠다는 의도 같은 것 말입니다. 이 점은 해설을 쓴 이광호 평론가가 「여드름투성이 안장(鞍裝)」을 평하며 쓴 구절, 즉 자전거 타기에서 "남근적 상징으로서의 안장을 제거함으로써 여성적 육체의 모험은 다른 차원으로 열린다"는 대목에서도 암시됩니다. 앞서 말한 성차공식을 빌려 말하면, 환상대상을 통해 욕망을 조율하고 대타자의 결여를 메워가는 남성적 향유를, 상징적 질서 바깥으로 나아가려는 여성적 향유로 바꾸려는 전략이 성에 대한 묘사 속에 깔려 있다고 봐집니다. 마찬가지로 성적 언술을 비롯한 시 속의 고백은 대타자에 대한 불신 위에서 전개되기 때문에(이는 분석 상황에서 대타자 역할을 맡고 있는 정신과의사들에 대한 불신 속에 잘 드러납니다), 그 고백은 대타자의 지배술에 이용되기보다는, 오히려 주체의 내면마저 장악하려는 이 지배술을 조롱하고 있는 것으로도 보입니다.

시인께서는 이러한 성적인 언술을 통해 무엇을 강조하고자 했는지요?

김이듬 무슨 질문이 이래요? (농담) 쑥스럽지만 말하기로 했으니…. 왜 성적인 언술일까요? 저는 성에 민감합니다. 강조하고 말고 할 게 없답니다. 성과 관련된 예술에 탐닉하는 편이고요. 성은 단순히 섹스의 문제가 아닙니다. 그것은 인간의 주체성의 형성과 밀접한 관계를 맺고 있는 심리적 섹슈얼리티를 내포합니다. 이런 사실은 위에서 허정 선생님의 질문 속에 이미 설명된 것 같습니다. 저는 가해자와 피해자로서의 성이 아니라, 주체와 타자가 관계 맺는 적극적 방식 중 하나로서의 성을 말하고 싶었습니다. 원초적인 본능적 욕구나 클리토리스를 죄악시할 필요가 없으니까요. 개인적으로 성관계에서 경험하는 흥분과 떨림, 오르가슴은 시 쓰는 동안의 그것과 흡사합니다. 만약 천 편의 시를 쓴다면 수천 개의 사물, 수천 명의 사람들을 매일 다르게 만나는 거죠. 그들과 매일 다르게 음란하게 사랑하는 것입니다. 결국 속(俗)과 성(聖)이 만나게 될 거라는 기대는 안 해요.

허정 꼭 답변을 요구하는 질문은 아닙니다. 시를 읽으며 들었던 느낌 두 가지를 말씀드리고 싶습니다. 먼저, 상징질서 넘어서기란 그것과의 지속적인 긴장 관계 속에서, 상징질서를 통과하는 부단한 과정 속에서 이루어져야 한다는 점입니다. 그러한 과정이 생략되면 그 시도는 아버지의 이름을 폐제하고 상상계에만 고착되는 정신병적인 자아로 퇴행할 위험이 있습니다. 주판치치나 지젝도 환상 너머나 충동으로 곧바로 나아갈 수 없고, 그러기 위해서는 환상이나 환상에 의해 지탱되는 욕망과의 맞대면이 필요하다는 점을 강조했습니다. 상징질서와의 부단한 대면 과정을 통해 환상에 의해 은폐된 대타자의 결여를 분명히 할 수 있고 그로부터의 탈주는 더욱 탄력을 받을 수 있을 것입니다. 대타자 속의 결여와 대면하는 것은 주체에게 숨 쉴 공간을 주고 주체를 기계 이상의 급진적이고 정치적인 존재로 변화시켜 줍니다.

물론 시인의 시 속에는 해외입양아들을 썩은 물 흐르는 화물처럼 더럽고 비천한 것으로 취급하고(「물류센터」), 서열과 위계가 매겨지고(「안녕」), 비정상을 규정하고 이를 배제하는 현실(「평균율」)의 부당함과 대면하려는 대목들이 있습니다. 그러나 이러한 부당함이 응집력을 갖고 좀 더 본격적으로 표현될 수 있다면, 상징질서를 넘어서려는 절실함 역시 더욱 강렬해지지 않을까 하는 생각이 들었습니다. 어떤 대목에서는 '왜 벗어나야 하는가' 하는 이유보다는 탈주의 상상력이 습관적으로 반복되고 있는 것이 아닌가 하는 의문이 들기도 했습니다(물론 이것은 시 속의 상징이나 암시를 제대로 독해를 하지 않아 생기는 문제일 수도 있습니다). 저는 비평가들이 시인의 시를 두고 '현실과의 교섭을 거부하는 나르시시즘적 자아에 빠져 있다'고 읽는 이유도 이러한 부분이 시 속에 선명하게 드러나지 않아서 생긴 것이 아닐까 생각해보았습니다.

또 하나, 시에 나타난 충동에 대한 것입니다. 충동이란 주이상스(고통 속의 쾌락)와 깊이 결부된 용어입니다. 프로이트의 두 개의 충동(에로스와 타나토스) 중에서 라캉이 죽음충동 중심으로 충동을 받아들인 데에는 성적인 쾌락 못지않게 그 속에서 감내해야 할 고통을 강조하는 맥락이 있다고 생각됩니다. 그런데 시에서는 상징질서의 한계를 통과할 때 느껴지는 고통보다는, 위반에서 생기는 쾌락이나 유희의 측면이 더 부각되고 있는 게 아닌가 싶었습니다. 핑크는 충동($\Diamond$D) 이후를 두고 "주체는 타자에게 책임을 전가하지 않고, 그것을 제공할 수 있는 유일한 것이라는 우월한 지위를 타자에게 부여하지 않은 채 만족을 추구한다"라고 설명합니다. 즉 충동이란 과감한 탈주만을 가리키는 것이 아니라, 상징질서에 예속된 주체로부터 해방되어, 자기 행위에 대한 책임을 대타자와 같은 보증인에게 전가하기보다는 자기 스스로가 지고 만족을 누리는 것입니다. 근본적인 불가능성에 의해 빗금 쳐져 있으며 결여된 상태에 있는 대타자를, 때로는 내부의 균열을 은폐하기 위해 그 부정성을 희생양에게 투사해버리는 대타자를, 알량한 법과 도덕을 관장하는 주재자인 척하다가 때로는 자신의 결여를 메우기 위해 법의 위반에 대한 몰상식하고 맹목적인 명령(희생양을 단죄하라는 명령)을 내리는 그러한 대타자(요즘 절감하는 사실인데, 사회든 집단이든 우리를 주체로 호명하는 대타자의 실상은 이러한 비열한 모습이 아닌가 싶습니다)를 보증인으로 삼고 자신의 욕망을 포기할 필요는 없겠지요. 여하튼 저는 충동을 드러내는 과정에서 고통이나 책임 같은 것이 더 강화된다면 시인의 시가 더 큰 울림을 얻을 수 있지 않을까 생각합니다.

이 연장선상에서 거론하고 싶은 시가 두 번째 시집의 「이제 불이 필요하지 않은 시각」입니다. 이 시는 시인의 시 중에서 어법이나 내용에 있어 매우 이질적인 시로 읽힙니다. 이 시에서 겨울 저수지에 동일시된 화자는 결빙된 부분을 깨고 "너"라는 존재를 안겠다고 선언하고 있습니다. 이것은 환상에 의해 조화로운 전체로 위장되고 있던 상징질서의 한계(너를 배제하고 있는 겨울 저수지)를 명확히 하고, 그 한계 지점으로부터 자신을 분리시킨 뒤(얼어붙은 심연을 깸), 그 지점에 출몰하는 증상과 자신을 동일시(너를 껴안음)하겠다는 의지를 담아내고 있습니다. 시인은 첫 시집 「자서」에서 "버려진 아이들, 갇힌 동물들과

병(病)중에 있는 사람들과/같이 울어주지 못했다. 미안하고 부끄러울
뿐"이라고 아쉬워했는데, 시인은 이 시에 이르러 그러한 존재들을 껴
안겠다는 발언을 하고 있습니다. 즉 이 시에는 상징질서의 한계, 분리
의 고통, 그 뒤의 책임감 등이 잘 드러나 있습니다. 저는 개인적으로
이러한 부분들이 시인의 시 속에 많이 드러났으면 합니다.

김이듬 완곡하게 말씀하셨지
만, 공동체 혹은 연대의 문제
때문에 여러분들로부터 몇 번
말을 들은 적이 있습니다. 얼
마 전엔 광주 일대에서 진주로
놀러온 시인들과 막걸리 마시
다 멱살을 잡은 적 있어요. 제
작품이 도마에 올랐거든요. 저
는 "최소한 너네처럼 독자를
내려다보며 훈계하진 않잖느
냐? 대상을 동일시한답시고
왜곡하진 않거든" 등 맞대응
을 했습니다. 기억 안 나지만
심한 말을 했고 결국 떠나는
차를 잡고 사과했어요. 억수로 비가 내렸지요. 요즘은 레비나스와 랑
시에르 등을 읽고 있는데, 시가 저의 힘인데, 힘이 다 빠졌습니다. 등
단 이후 최악의 패닉 상태예요. 저는 실천하지 않으면 말할 수 없는 부
분이 있다고 봅니다. 코뮌에 대한 회의도 있고요. 반짝거리고 아름답
고 고결한 말을 쓰기엔 제 입이 너무 더러워요.
　　하지만 첫 시집 「자서」에 반영된 그것은 내 시를 지탱하는 골격이

자 뿌리입니다. 그러나 나무의 뿌리나 조소의 골격이 노출되는 건 곤란하겠지요. 나는 그것의 존재를 어렴풋이 드러내게 될 것입니다. 천천히 아무도 모르게.

허정　이제 다른 질문을 드리도록 하겠습니다. 첫 시집의 제목이 『별 모양의 얼룩』입니다. 소설가 하성란의 단편소설(『창작과비평』, 2001년 봄호)과 제목이 같더군요. 그래서 그 소설을 얼른 읽어보았습니다. 그 소설은 씨랜드 화재사건에서 모티브를 얻어 쓴 소설로 보였고, 아이를 잃은 어머니의 간절한 심정을 담아내고 있는 소설이었습니다. 그러나 저의 투박한 눈에는 얼룩(하성란 소설에서 아이의 상의에 별 모양으로 번져간 얼룩과, 시인의 시에 나오는 이불에 묻은 얼룩) 외에 그 소설과 시인의 시 사이의 연관성을 찾기 어려웠습니다. 첫 시집 제목을 그렇게 붙인 특별한 이유가 있으신지요?

김이듬　그 제목은 몇 개의 가제목들 중에서 골랐습니다. 출판사 테이블에 몇 명이 둘러앉아 "그들의 아지트는 어때?" "흠, 별로야" "그럼, 시 제목 중에서 고르자"는 식으로 대충 고른 겁니다. 그냥 빨리 정하고 놀 생각이었죠. 그땐 시집을 내자니까 낸 거고 크게 중요한 일이라고 생각지도 못했어요. 시집 출판 이후에 동명의 소설이 있다는 걸 알게 되었습니다. 그러니 모티프나 주제의식이 무관할 수밖에요. 하성란 소설가를 뵙게 되면 술이라도 한 잔 사드리고 싶습니다.

허정　약력에 보니까, 시인께서는 부산에서 진주로 이주하셨더군요. 그리고 학부에서는 독문학과를 전공하셨는데, 대학원에서는 국문학과로 과를 바꾸신 것으로 되어 있습니다. 시집 속에 표현된 "부산을 더러운 도시라고 말하며 지나치는 여자를 본다"(「태양 아래 헐벗고」)

또는 "아시겠지만 큰 도시는 아닙니다/이곳에서 내가 태어나고 길러진 것도 아니고요/그래서 좋아했고 정도 들었답니다"(「투견」)와 같이 부산과 진주가 배경으로 등장하는 시를 통해 그 이유를 추측해보았지만, 쉽게 답을 구할 수 없었습니다. 결례가 되지 않는다면, 이 부분에 대한 이야기를 들을 수 있겠는지요?

김이듬　하마터면 저는 달리는 기차에서 태어날 뻔했어요. 그랬다고 해서 더 나쁠 건 없었겠지만…. 톰 웨이츠는 택시 안에서 태어났다는데, 멋진 것 같죠?

　저는 진주역 부근에서 태어나 부산으로 옮겨 대학교까지 다녔습니다. 새어머니 손에 길러졌고 대부분 세월 가내공장에서 자랐어요. 슬리퍼를 만드는 재밌는 집이었죠. 전 인형과 의사놀이를 했어요. 어느 날 아빠가 그 인형을 버렸어요. 그걸 만지지 않으면 잠을 못 잤거든요. 하긴 너무 누더기로 변했고 눈알도 없어진 상태였어요. 저는 건너편 시멘트블록 만드는 공장과 깻잎 밭, 하수구를 뒤져 찾았습니다. 프레스에 손가락 잘린 공원 오빠와 야근반 일당은 야비한 사장에게 화가 났을 때마다 이상한 방법으로 제게 분노를 표출했지만 참을 만했습니다. 발목을 쥐고 거꾸로 우물에 넣었다 뺐다 한다든가. 그런 부산은 기계소음과 바다냄새…, 뭐랄까? 제 무의식 속에 비밀스럽게 출렁이는 물고기 같아요. 몇 해 전, 다시 진주로 돌아와 생활하고 있습니다. 조용하고 아름다운 곳입니다. 얼마 후 더 작고 적요한 도시로 갈 예정입니다. 모르겠어요. 러시아의 한국어학당 교사 자리도 알아보긴 했는데, 아니면 더 멀리 가게 될지 모릅니다. 이렇게 어찌해야 할지 모를 때, 제대로 찾아가고 있다는 생각이 들어요.

허정　두 권의 시집에는 시에 대한 성찰이나 시 쓰기에 대한 강박증이 드러난 대목이 제법 있습니다. 가령, "시를 쓴다는 것은 무슨 까닭입니까?"라는 반문도 있고, "쓰고 있는 것에 대한 기대를 덮었습니다"(「유령 시인들의 정원을 지나」)라는 진술도 있습니다. 그러면서도 시인은 "시를 쓰지 않는 날은 가슴이 조이고 아프다"(「가룽빈가」)라든가 "나는 죽을까 말까 망설이느라 시도 못쓰고 흐르지도 못합니다"(「드므」)와 같이, 시 쓰기를 반드시 수행해야 하는 강박증적인 의례와 같이 생각하고 있는 대목도 있습니다. 시인에게 있어 시 쓰기는 무엇이라고 할 수 있겠는지요?

김이듬　요즘 이런 질문이 유행인가? 끝나지 않는 질문인가? 난 '인간은 무엇인가?'라는 문제에 대해서도 스스로에게 더 이상 묻지 않기로 했습니다. 모든 것은 변하기 때문이지요. 어쨌거나 지금 나는 글쓰기에 깊은 변동을 겪는 중입니다.

　사실 '시 쓰기가 무엇인가' 답변하려고 껌벅이는 커서를 한참 동안 보았어요. 오늘 저는 성실하게 답변하기로 맘먹었거든요. 그래서 즉흥적으로 생각나는 대로 썼어요. 답변에 가까운 몇 개의 문항이 있습니다. 이번엔 당신 차례예요. 공감하는 부분에 체크하세요. 물론 정답은 없습니다.

　※ 다음 중 시 쓰기(비평 쓰기)는 무엇입니까? 백해무익한 짓, 지옥, 아주 기가 꺾이는 일, 어리석고 치명적인 실수, 마법처럼 매력적인 일, 유일한 친구이며 쾌락, 멀고도 가까운 나를 향한 산책, 사랑과 노여움, 그럼에도 불구하고 세계를 이해하려는 편협한 방식.

허정　질문의 방향이 저에게로 향하니 당혹스럽고 어벙벙합니다. 친절하게 객관식 문항까지 여럿 제시해주셨는데, 고르기가 쉽지 않군요. 이 자리가 얼마나 곤혹스러운 자리인지 조금 알 것 같습니다. 어렵사리 골라본다면, '아주 기가 꺾이는 일' '그럼에도 불구하고 세계를 이해하려는 편협한 방식' 둘을 선택하겠습니다. 글을 더디고 어렵사리 쓰는 편이라 그 과정은 매번 '지옥'이고, 아주 드물지만 '매력적인 쾌락'으로 다가올 때도 있습니다.

허정　　저의 편협한 질문이 시인께서 정작 하시고 싶었던 말을 많이 가로막았을 것입니다. 못다 한 말씀이 있으시면 자유롭게 해주십시오. 더불어 앞으로 쓰고 싶은 방향에 대해 말씀해주시면 선생님을 좋아하는 여러 독자분들께 많은 도움이 될 것 같습니다.

김이듬　　과연 내가 말하고 싶은 게 있었나 모르겠습니다. 우리 업계에 널리 알려진 말로, '시인은 시로만 말해야 한다' '시인들은 추측되는 대상이지 증언의 대상은 아니다'라는 문장이 있습니다. 그렇지만 저는 좋은 시인도 아니고 그 집단의 아웃사이더라서 이런 글도 씁니다. 범죄와 비행을 저지르고 자술서를 쓰는 기분이었어요. 허접한 텍스트를 애정을 갖고 꼼꼼히 읽어준 당신께 감사할 따름입니다.

　　저를 좋아하는 독자들이 있으실까요? 아직 정말 계시다면, 나를 올라타고 넘어가세요. 그리고 멀리 가십시오. 전 이제 쇠진했고 깊은 병석에 있습니다. 제 시:집은 부도나 허물어져가는 가내공장의 애처럼 망연자실합니다. 쥐들이 먼저 알고 여기저기 기어 다닙니다. 냉담하게 지나치던 사람들이 벌써 무너진 담벼락을 건너보며, 쯧쯧 나름대로 괜찮은 전방이었는데…, 라며 혀를 차요. 먼지 뒤집어쓰기 전에 나를 버리고 멀리 가세요. 진심으로 하는 말인데, 요즘 좋은 시와 시인이 정말 많습니다. 거기로 가세요. 이렇게 쓰니 마치 아이돌 스타가 고별 공연을 하는 것 같네요. 정규앨범을 준비하러 잠시 떠나겠다며. 웃기지요?

내 어머니가 믿는 신이 셋이면서 하나이듯이 독자와 시와 시인은 하나입니다. 우리는 더 멀리 서로 희미해져야 해요. 그렇게 영원히 헤어지는 방식으로 매일매일 만나게 되길 빕니다.

허정   감사합니다.

박진성

작가산문
병시病詩, 이후─환우들에게

대담
병시病詩를 넘어 연대로

박진성 · 박대현

병시病詩, 이후—환우들에게

박 진 성

　최초의 기억엔 신작로에 쪼그리고 앉아 우는 아이가 있다. 엄마가
외출 나간 밤이고 동생은 자고 아이는 운다. 아이는 번들번들 덤프트
럭이 밟고 지나간 길의 검은 공기를 죄다 빨아 먹을 기세로 운다. 울기
만 한다. 옆집 여자가 나온다. 엄마가 또 늦는 모양이로구나, 동생은
계속 자고 여자는 아이를 업고 동네 한 바퀴… 싸전 버드나무는 이상
한 바람을 몰아와 출렁이고 경운기는 덤프트럭만큼 커지고… 놀란 엄
마가, 아이야 엄마 왔다, 울지 마라… 최초의 기억엔 "엄마 없다"의 불
안이 있고, "엄마 왔다"의 안도가 있다. 기억이 있는 것이 아니라 언어
가 있다. 언어만 있다.

*

　hypochondriasis라는 말이 있다. 우리말로 '건강염려증'이라는 말
로 번역되는데, 고3 자습 시간에 발견한 말이다. 수시로 밀려오는 발

작의 징후들은 나로 하여금 저 말에 매달리게 한다. 노을보다 더 빈번한 호흡곤란, 빗방울보다 더 자주 오는 비현실감, 나는 내 자신이 내 건강을 너무 염려한 나머지 모든 것을 망쳐버린 것이 아닌가 하는 생각이 들곤 한다. 산 속에 처박혀 있는 특수목적 고등학교, 1996년, 20분을 테니스 코트 넘어 걸어 올라가서 몰래 담배를 피우며 저주라는 말을 새긴다. 아이는 자랐는데 아이는 자라서 혼자 숨 쉬어야 하는데 엄마는 그곳까지 올 수가 없다. 이러한 사태가 진전되다 보니, 습관적 약물복용으로 가라앉는 몸 상태와는 별개의 문제로, 'hypochondriasis'라는 말 자체가 나를 옥죄어오기 시작한다. 이따위 신경증에나 발목 잡힐 정신이었던가, 내 피를 의심하기 시작하고 기숙사 좁은 방 철제침대 2층에서 그 말은 거대한 불면으로 내 안의 모든 불안을 토해낸다. 그럴수록, 몸의 반응, 정신의 반응에 대한 감각은 예민해지고, 누가 'hypochondriasis'라는 말을 만들었을까, 모든 공포의 원인을 'hypochondriasis'라는 낱말에 투사하고 있는 내 자신을 발견한다.

*

문제는 언어다. 우울증이라는 언어가 우울을 재생산하고 발작이라는 말이 발작을 일으킨다. 불안이라는 언어는 전 존재를 불안의 파국으로 이동시킨다. 고요라는 말은 나무를 잠재우고 적막이라는 말은 불길하게 출렁이는 수면을 잠재운다. 완전한 파국으로 치닫는 '이해할 수 없는 사태'들과 그러한 정신적 파국에서 벗어나는 근원은 언어에 그 뿌리를 두고 있는 경우가 많다. 어떤 때는 실제로서의 발작보다 '발작'이라는 말에 더 민감하게 반응할 때가 있고, 분리의 경험에서 오는 배반감은 종종 '이별'이라는 말로 그 사태가 과장되곤 한다. 다시 말하지만, 문제는 언어다.

*

　아주 끔찍한 꿈의 경험으로 나는 '말'의 위력을 실감한다. 새벽에
간신히 잠든 날이었고, 낮게 음악이 흐르는 자취방이었는데, 꿈에,
형체를 알 수 없는 거대한 물체가 나를 공격하기 시작한다. 공격은
어떠한 물리적 힘에 의해 나를 압박하는 것이 아니다. 저건 괴물이
야, 라는 언어가 공포의 질량과 부피를 부풀린다. 물체에 '저건 세상
에서 가장 무서운 것'이라는 환상을 뒤집어씌우고, 나는 무작정 도
망친다. 8차선 대로변을 무단횡단하고, 내가 알 수 없는 괴력으로 빌
딩과 빌딩 사이로 큰 길을 만들고, 마침내 골목길에 다다른다. '세상
에서 가장 무서운 것'과 나는 사투를 벌인다. 파국이다. 나는 이제
더 이상 물러설 곳이 없다. '막다른 골목이군.' 괴물이 나에게 나지
막이 중얼거린다. "막다른 골목인 거, 너, 알지?" 공포는 순식간에
제 몸을 키운다. 마치, '막다른 골목'이라는 말이 막다른 골목을 만
든 것처럼 말이다. 막다르다는 말은 골목을 더 막다른 국면으로 몰고
간다. 꿈의 잔상들은 사라지고 '막다르다'라는 말만 남는다. 그래,
나는 막다른 골목이다, 내 삶은 막다른 골목이다, 2002년이었다, 도
저히 서울 생활을 지탱할 수 없을 만큼, 몸도, 마음도, 망가져버린,
어두운 날들의 상징. 막다르다, 라는 말에 기대어 시를 썼던 어두운
날짜들.

*

　'병(病)'이라는 말이 거느리고 있는 힘도 이러한 '막다른 골목'의

상징과 별반 다르지 않다. 실제로 내 몸에 가해지는 고통은 병(病)이라는 말에 의해 그 파장을 더 넓혀간다. 소위 '명의(名醫)'라고 소문난 의사들의 공통점은 암 말기 환자나 수술 직후 환자에게 신경안정제를 투여한다는 것이다. 이러한 의료행위의 목적은 환자에게 내재해 있는 공포의 상념을 누그러뜨려 마치 그 병에 대한 치료가 원활하게 이루어졌다는 환상을 심어주는 것이다. 어디 명의뿐이겠는가. 어머니 몸에 열이 많아서 동네 내과에 갔을 때 나는 의사의 처방전에서 '바리움'이라는 낯익은 말을 발견한다. 바리움, 향정신성의약품. 1999년 겨울에, 지독하게, 4년째 먹어오던 것을 가까스로 밀어냈던, 바로 그 '바리움'이다. 나는 즉시 의사에게 항의하고 의사는 그것이 아주 일반적으로 쓰이는 약물이라는 것과 함께 어머니의 신경상태에 대해 말한다. 나는 그 약을 처방전에서 제외해줄 것을 요구하고 사태는 일단락된다. 문제는 바리움이라는 기표다. 어쩌면 그 작은 알약이 신열에서 헤매는 어머니의 상태를 호전시킬 수도 있었으리라. 문제는 바리움이라는 공포의 언어다. 항불안제라는 말이 던지는 불안함과 항우울제라는 말이 내뱉는 멜랑콜리. 언어는 사건에 선행한다. 사건이 먼저 있고 그 사건을 규정하는 언어가 있는 것이 아니다. 내가 겪은 많은 것엔 '언어'만 있다.

*

내 병(病)을 받아들이고 완만한 회복세를 보이기 시작한 것이, 바로 그 병을 시로 쓰기 시작할 무렵이다. 막연한 환상과 공포의 병을 내 삶의 일부분으로 받아들일 때 병은 본래면목을 보여준다는 것이다. 본래면목은 바로 언어이다. 어떠한 사태의 본질을 언어화할 때 비로소 그 사태는 자신의 뿌리를 조금이나마 보여준다는 거다. 문제는 어떠어떠한 명명(命名)으로 '병' 자체의 공포를 자기 증식하는 것이다. 병이라는 언어는 신체에 가해지는 실재로서의 병의 국면과 팽팽한 긴장감을 형성한다. 그 긴장이 무너질 때, 사태는 곤혹스러워진다. 우울증이니 공황장애니 편집증이니 조울증이니 하는 병명 자체가 사태의 본질을 흐리고 외양의 괴기스러움만 부풀릴 수 있다. 병이라는 언어가 삶을 압도해버리면 그 자신은 '병-상태'를 초래하게 한 원인을 망각한 채 병이라는 말의 무책임하고 대부분 과장된 상황에 봉착하게 되는 것이다. 무장해제된 상태로.

*

이러한 곤혹의 극단은 자폭이다. 자살이다.

*

'막다른 골목'에서 나는 시를 쓰거나 시를 읽는다. 현실과 환상의 팽팽한 줄타기. 병은 칼이다. 나를 찌를 것인가 너를 찌를 것인가의 문제가 아니라 그 칼을 어떻게 쓸 것인가의 문제. 앓는 사람은 열렬하다. 어디 검을 든 무사에게 방심이 있을 수 있겠는가.

내 아들아 네가 내 말을 믿으면 다알리아 꽃이 될 것이다
틀림없이 된다 믿음으로 세운 天國을 믿음으로 부술 수도 있다
믿음으로 안 되는 일은 없다 아들아 詩를 쓰면서 나는
내 나이 또래의 작부들과 작부들의 물수건과 속쓰림을 만끽하
였다
시로 쓰고 쓰고 쓰고서도 남는 작부들, 물수건, 속쓰림……

사랑은 응시하는 것이다 빈말이라도 따뜻이 말해 주는 것이다
아들아

—이성복, 「아들에게」 부분

　　자, "믿음으로 세운 천국", 그 천국이 바로 시(詩)다. "네가 내 말을
믿으면" 너는 우울에서 벗어나 불안을 딛고 "다알리아 꽃이 될 것이
다." 언어로 만든 불안의 제국 바깥에는 나무들이 있다. 틀림없이 있
다. 그 나무들을 응시할 때, 나무들이 어떻게 꽃을 틔워내는지, 나뭇잎
에 어떻게 초록이 배어드는지 단풍 드는지 붉으락푸르락 풍경을 감싸
안고 스스로 풍경이 되는지 응시할 수만 있다면 당신은 이미 병의 바
깥에 있게 될 것이다. 놀랍게도 나무는 치유의 언어다. 바슐라르가 아
편이나 술이 어떤 변화, 곧 운동을 신체와 정신에 유도하는 것과 마찬
가지로 시도 우리 내부에 역동적 유도, 곧 운동을 낳는다고 말할 때,
이때의 운동은 나무가 사계절을 나는 운동의 힘과 맞닿는다. 시는 언
어요 나무요 치유라는 것을 나는 간절히 믿는다. 보라, 시인에겐 정말
로 나무가 있지 않은가.

*

　　느티, 하고 부르면 내 안에 그늘을 드리우는 게 있다
　　느릿느릿 얼룩이 진다 눈물을 훔치듯
　　가지는 지상을 슬슬 쓸어담고 있다
　　이런 건 아니었다, 느티가 흔드는 건 가지일 뿐
　　제 둥치는 한번도 흔들린 적이 없다
　　느티는 넓은 잎과 주름 많은 껍질을 가졌다
　　초근목피草根木皮를 발음하면

박진성 _ 229

내 안의 어린 것이 칭얼대며 걸어온다
바닥이 닿지 않는 쌀통이나
부엌 한쪽 벽에 쌓아둔 연탄처럼
느티의 안쪽은 어둡다 하지만
이런 것도 아니다, 느티는 밥을 먹지도 않고
온기를 쐬지도 않는다
할머니는 한번도 동네 노인들과 어울리지 않으셨다
그저 현관 앞에 나와 담배를 태우며
하루 종일 앉아 있을 뿐이었다
이런 얘기도 아니다, 느티는 정자나무지만
할머니처럼 집안에 들어와 있지는 않으며
우리 집 가계家系는 계통수보다 복잡하다
느티 잎들은 지금도 고개를 젓는다
바람 부는 대로, 좌우로, 들썩이며,
부정의 힘으로 나는 왔다 나는 아니다 나는 안이다
여기에 느티나무 잎 넓은 그늘이 그득하다
　　　　　　　　—권혁웅, 「내게는 느티나무가 있다 1」 전문

*

　　올 가을 나는 집을 옮겼다. 손이 작고 하얀 아내와 함께 책장을 옮
기고 시집을 꽂아 넣는데 우편배달부가 반가운 시집 한 권을 건넨다.
진은영의 신작시집이다. 너무 반가워서 봉투를 뜯어보니, 거기, '오래
된 환우 박진성 시인에게'라는 글자가 누워 있다. 그 글자가 어찌나 반
가웠는지 한 번도 본 적 없는 진은영 시인의 손을 꼬옥 잡고 있는 듯한
느낌에 사로잡힌다. 환우라니. 나뭇잎이 나뭇잎에 스치듯 우리들은 이

겨울을 버티고 있는 것 아니겠는가. 나무는 제 몸을 끝까지 버리지 않고 종이로 새로 태어나지 않는가. 그러니 사람들아, 보이지 않는 나의 환우들아, 이 세계를 같이 앓을 수 있어서 숨구멍이 물관처럼 조금은 촉촉하지 않겠는가, 말이다.

*

　그 날 책을 옮기고 있었지요, 나의 오래된 환우, 라고 누워있는 글자들을 오래 어루었습니다 책장에 책을 옮긴 건 나인데 시집들이 무슨 리듬에 취해 나뭇결 방향으로 자꾸 넘어집니다 시집도 책장도 생활도 본래 나무겠지요 자신의 풍경을 자신이 견디어 내는 일, 나는 여전히 시 근처에 있습니다 우리는 매일매일 근처만 떠돕니다

　앓을 때도 그랬지요 뜨거운 아스팔트에 아이스크림이 떨어질 때[1] 침대에 누워 내 심장을 어루만질 때 환患이라는 글자가 맥박을 짓누를 때 병病이라는 글자가 관자놀이 관통할 때 울鬱이라는 글자가 나의 혈관에 흐를 때, 울음에 기대어 시를 쓰려 했지요

　고통이 리듬을 타면 음악입니다 정든 고통을 버리고 새 집으로 왔습니다 이제 음악은 목숨을 버린 책장의 몫일까요 시집들의 몫일까요 다만 患友라는 말만 품고 가겠습니다 제 자리를 막 찾은 시집들이 볕을 머금어 그 틈이 다 숲입니다 그래요, 보이지 않는 숲으로 오래 미뤄둔 산책을 갑니다 세상은 온통 병원 바깥입니다

---

1) 진은영 시, 「멜랑콜리아」에서 인용.

숲은 이상한 힘으로 물듭니다 나무가 단풍 드는 힘, 우리는 그걸 시라고 부르겠지요 시집이 책장에서 낡고 낡고 낡아가듯이 우리는 매일매일 견디고 견디고 견디어 병들고 죽겠지만요 내가 묘을 기억할 때 묘의 비밀까지는 못 알겠지만요,

　　　　　　　　　　　—졸시, 「오래된 환우—진은영 시인께」 전문

병시病詩를 넘어 연대로

박진성 · 박대현

박대현　박진성 시인께 이제야 이 글을 씁니다.『목숨』. 간결한 제목만큼 간절함을 담고 있는 이 시집을 저는 4년 전에 읽었습니다. 그리고 선생님의 시에 대해 해야 할 말을 오랫동안 찾아왔습니다. 나 역시 들숨과 날숨이 늘 의식이 되는 사람이었던 만큼, 부자연스러운 호흡처럼 삶 또한 그러했다는 생각이 드는군요. 그러니 당신의 시집『목숨』을 발견하고 어찌 읽지 않을 수가 있었을까요. 나는 당신의 '목숨' 부터 찾아 읽었습니다.

　　살고 싶은 새벽이 더럽게도 맑아서 그만 미안한 마음도 없이 업
　혀서 언덕길을 내려오는데 내 목숨에 걸린 그이의 등짝이 단단하
　게 떨리고 있었습니다.

　　　　　　　　　　　　　　　　　　　　—「목숨을 걸다」부분

『목숨』은 2005년도의 많은 시집 속에서 '유일' 하게 살기를 희망했

던 시집이었습니다. 목숨. 선생님의 고백처럼 병을 견디기 위해 선생님께서는 시를 써야 했습니다. 선생님의 내부에서 각혈처럼 쏟아지는 시들을 나는 『목숨』을 통해 만날 수 있었습니다. 신기한 것은 내 스스로가 가지고 있는 목숨에 대한 자의식들이 선생님의 시 속으로 온통 빨려 들어가고 말았다는 점입니다. 선생님의 언어는 시집 바깥으로 넘쳐흘렀습니다. 저는 박진성 시인에 대해 무언가를 쓰고자 하는 욕망은 있었으나, 결국 그러지 못했습니다. 겨우 한두 페이지에 걸쳐 당신에 대해 잠깐 언급한 것이 전부였을 따름입니다. 이제야 저는 몇 가지 물음을 던집니다. 그러나 이 물음들이 맥락을 놓치거나 자의적 해석에 빠져버린 것은 아닐까 하는 걱정이 앞서기도 합니다.

첫 시집 『목숨』에 비해 두 번째 시집 『아라리』는 병적 증상을 시적 제재로 채택하는 시들이 현저히 줄어들었습니다. 송재학 시인의 지적처럼, "첫 시집 『목숨』에서 적나라하게 노출시킨 병적 체험으로 인한 육체의 흉흉함이 시인을 나무라는 편안한 명사(名詞) 속으로 떠민 것"(『나무와 물과 음악들의 물관』)인데, 첫 시집보다는 두 번째 시집은 한결 편안해졌습니다. 실제 건강이 많이 좋아지셨는지요. 작가산문 「병시, 이후」에 잠깐 언급되어 있습니다만, 최근 근황에 대해서도 말씀해주시겠습니까.

박진성 첫 시집 『목숨』을 세상에 내놓고 고민이 많았습니다. 첫 시집 이후의 시의 맥락을 어떻게 잡아야 하나 갈팡질팡했지요. 스물여덟, 그러니까 첫 시집이 나온 2005년을 되돌아보면 저는 여전히 앓는 환자였습니다. 『목숨』에서 드러내놓은 병적 체험의 시들을 더 밀어붙이자니, 몸과 마음은 더 아플 것이 뻔한 일일 테고 그와 다른 어떤 상상력을 새로 찾기에는 몸도 마음도 지쳐 있었습니다. 뼈저리게 반성하고 또 스스로 경계하는 일이지만 시를 쓰는 사람에게 가장 나쁜 습관 중의 하나는 스스로의 시를 복제하는 일이 아닐까 합니다. 병에 대한 시를 계속 복제해 내는 나의 시작(詩作)에 환멸을 느꼈고 자폐적으로 고립되어 있는 나의 생활이 지겨웠습니다.

정신의 병이라는 것이 지독히 이기적인 것이 사실이지요. 다른 병도 대부분 마찬가지겠지만 정신의 병이 더 더욱 '이기적인 병' 이라는 사실을 첫 시집을 낼 무렵에 알았어요. 앓을 때는 자기 밖에 모르는 법이 인지상정이지만, 유독 정신과 질환의 경우에는 그 정도가 더합니다. 내가 열심히 앓는 사이에 제 주변이 초토화되어 있더군요. 우선 가족이 그랬고 친구들이 그랬고 지인들이 그랬습니다. 시를 쓰기 위해서도 그랬고 생활을 위해서도 그랬고 필사적으로 타인의 삶에 대해 들여다보기 시작했어요. 좁은 생각으로는 '어디 세상에 나만 아프겠는가' 라는 문제에서 시작해서 '왜 아픈가' 혹은 '같이 아플 수 없는가' 를 고민하기 시작했지요. 사실, '타인의 고통' 이 더 아프더군요. 일종의 성장통이라고 할까요. 일단 타인을 들여다보기 시작하니까 제 자신에 집중하는 시간이 적어지고 역설적으로 제 자신에 집중하는 시간이 줄어드는 만큼 병세는 호전되더군요.

여전히 병원은 들락날락하고 있지만 많이 좋아진 상태고 아픈 티를 내지 않으려고 노력하다 보니 자연스럽게 시는 좀 편안해진 것 같습니다. 작년 11월에 결혼을 했는데 저의 모든 것을 받아준 아내에게 그저 고마울 따름이죠. 『목숨』을 낼 당시의 제가 '나의 물관'에만 집착했다면 송재학 선생님께서 두 번째 시집 해설에서 잘 지적해주신 것처럼 이제는 '나무와 물과 음악들의 물관' 즉, 타인들의 물관을 들여다볼 힘이 제게도 생긴 것이죠.

박대현 박진성 시인의 고백에 따르면, 병을 앓고 난 후 '막다른 골목'에 다다르고 나서야 시를 쓴 것으로 되어 있습니다. 필연적으로 선생님의 시에는 병에 대한 끊임없는 자의식이 등장합니다. 첫 시집 『목숨』을 읽는 과정에서 저절로 선생님의 병력(病歷)을 짐작할 수 있을 정도이지요. 스스로 '병시'로 규정하고 있을 만큼 시인의 시적 동인은 선생님의 병력과 무관하지 않으리라 생각합니다. 병을 앓으면서 시를 쓰게 된 과정을 좀 더 자세하게 말씀해주실 수 있을는지요. 제가 이런 질문을 드리는 이유는 병을 앓기 이전부터 시에 대한 각별한 생각이 있지 않았을까 하는 짐작 때문입니다.

박진성 병을 앓기 시작한 것이 1996년 2월이고 본격적으로 시 수업을 시작한 것이 1997년 가을 무렵이니까 병을 앓기 이전부터 시에 대한 각별한 생각이 있었던 것은 아닙니다. 제가 국문학과를 선택하지 않고 사학과를 선택한 것도 시에 대한 절실한 어떤 것은 없었기 때문입니다. 현재는, 제가 앓았던 '공황장애'가 많이 알려지고 그 병 자체에 대한 터부도 많이 줄어들어 거부감이 덜한 것이 사실이지만 1996년 발병 당시에는 희귀병에 가까웠죠. 시를 쓰기 시작한 것은 아픈 제 자신의 응어리진 어떤 것을 풀어내기 위해서가 맞습니다. 저는 이유도 모르고 아파야 했으니까요. 정신의 어딘가가 아프고 끊임없이 약물을 복용해야 한다는 사실, 응급실을 들락날락해야 한다는 사실은 제게 엄청난 충격이었고 어떻게든 제가 존재하는 이유를 스스로에게 입증해야 했습니다. 제가 선택한 것은 시라는 장르였죠.

시에 제 스스로의 병 얘기를 쓰기 시작한 이유는 앞서 말씀드린 것처럼 제 스스로를 증명해야 하는 절박함도 있었지만 '정신과 질환'에 대한 상상을 초월하는 사회적 거부감과 통념에 질린 탓도 큽니다. 어느 정도 병과 거리를 유지할만한 시선이 생기니까 자연스럽게 왜 이병에는 이렇게 무시무시한 은유들이 덕지덕지 달라붙어 있나 하는 생각이 들더군요. 수전 손택이 잘 지적하고 있지만 병 자체는 단지 치료의 대상일 뿐입니다. 문제는 그 병을 무시무시한 것으로 만드는 사회의 통념이겠지요. 정신과, 하면 자연스레 미친놈을 떠올리게 되고 미친놈은 욕 아닙니까. 약 먹을 시간이다, 병원 가봐라, 하는 유머에는 당대의 시선이 고스란히 잘 담겨 있죠. 수전 손택에 힘입은 바 크지만 정신과 질환도 마찬가지로 치료해야 할 질병의 하나에 불과하다는 생각이 들었고 병 자체에 매달려 있는 무시무시한 은유들과 싸우고 싶었달까요, 일종의 오기 같은 것이 제 시를 진행해준 중요한 동력임은 부인할 수가 없습니다.

박대현 선생님께서는 자신의 시를 병시(病詩)로 규정하고 있습니다. 질병과 시가 결합함으로써 파생되는 낭만성이라는 함정을 피하기 위해 선생님은 스스로의 규정에 최소한의 조건을 덧붙여놓고 있습니다. "나는 병을 통해 병 자체를 말하려는 것이 아니다. 굳이 말하자면 '병-상태'가 강력하게 환기하는 '살아야겠음'의 동력이랄까"(「病詩」, 『목숨』)라고 한 선생님의 언급은 의미심장하다고 생각합니다. 박진성 시인의 '병시'가 함의하고 있는 본질이라 할 수 있겠지요. 다시 말해, 박진성 시인의 '앓음'이 의학적 질병으로 제한됨으로써 '낭만성'이 덧입혀진 미적 자족성으로 소비될 우려를 제거하고 있다는 생각입니다. 선생님의 시에서 '앓음'은 의학적 질병에서 출발하고 있지만, 개인적 '앓음'에서 보편적 '앓음'으로 확장되는 징후를 곳곳에서 보여줍니다. 첫 시집의 「나쁜 피-그 겨울의 삽화」가 좋은 예입니다. '앓음'의 확장을 가능하게 했던 시적 자의식은 어디서 비롯되었다고 할 수 있을까요?

박진성 앓는 시간이 제게 격렬의 시간이라면 앓음 이후에 오는 고요의 시간은 제게 몽상의 시간입니다. 「나무의 경제」라는 시에 썼던 구절이지만 삶이라는 것이 "악화와 회복의 지루한 공방전"이 아닌가 하는 생각이에요. 앓는 시간이 많아지는 만큼 몽상하는 시간도 그만큼 많아지게 되죠. 병이 제게 준 중요한 것 중의 하나가 소중한 몽상의 시간입니다. 저는 우리가 살고 있는 시대가 지성과 이성이 지나치게 비만한 사회라고 생각합니다. 저는 지성으로 살균된 사회를 예술적 상상력으로 적시자고 말하던 바슐라르의 입장을 지지합니다. 낭만주의자들의 중요한 고민 중 하나가 '어떻게 하면 예술과 삶 사이에 가로놓인 거리를 좁힐 수 있을까' 하는 문제였는데 저 역시 이 같은 고민에 골몰하는 중입니다.

소박한 생각이지만, '앓는 시간' 즉, 병에 붙들린 시간들도 삶의 중요한 국면이겠지요. 앓는 시간을 단지 '건강해지기 위한 시간', '정상으로 가기 위해 비정상에 머물러 있는 시간'으로 규정할 때 곤혹이 온다고 저는 생각합니다. 병이 촉발하는 상상력을 꾸준히 끄집어낸 것도 이러한 문제의식에서입니다. 제 경험에 비추어봤을 때 앓는 시간은 자신에 대한 몽상이 극대화되는 시간이며 동시에 타인과 세계에 대한 몽상이 폭발적으로 증가하는 시간입니다. 건강한 정신이랄까, 이를테면 '지성으로 살균된 시간'을 격렬하게 반추하는 시간이기도 한 셈이죠. 저는 이 시간들이 주는 상상력을 옹호하는 편입니다.

이러한 생각에는 선생님이 지적하신 것처럼 저의 시들이 다분히 '미적 자족성을 소비' 하는 국면에 경도될 우려를 포함하고 있죠. 선생님이 잘 지적해주신 것처럼 첫 시집이 다분히 개인적·자족적 성격이 강한 앓음의 시편들이라면 두 번째 시집은 집단적·보편적 앓음을 들여다보기 위한 몸부림의 시편들입니다.

박대현 두 권의 시집에는 간간히 이주노동자에 대한 이야기가 나옵니다. 첫 시집의 「까따리나는 없다」라든가, 두 번째 시집의 「모하메드 이야기」, 「비 맞는 까따리나」, 「장마」는 선생님의 시들 중 극히 일부이긴 하지만, 의미 있게 다가왔습니다. 시인 스스로도 실직의 어려움을 겪은 바 있고, 생존의 힘겨움이 어떤 것인지를 절절히 체험했다는 점에서 소외된 자리에 대한 시선은 필연적인 결과라고 생각합니다. 시인의 낮은 시선이 더욱 소중하게 느껴지는 것은 병으로 인해 시세계가 폐쇄적일 수 있었음에도 불구하고 선생님의 시적 시선은 열려 있다는 점 때문입니다. 여기서 선생님의 실제 생활이 궁금해지지 않을 수 없습니다. 선생님의 시에서 얼핏 엿보이는 낮은 곳과 소외된 곳에 대한 애정 어린 시선을 가능하게 했던 선생님의 실제 생활의 한 부분을 말씀해주시면 고맙겠습니다.

박진성 낮은 곳과 소외된 곳에 대한 애정이 저에게만 있다고는 전혀 생각하지 않습니다. 소위 문학하는 사람들의 공통분모랄까, 특히 시인들은, 어딘가 모자란 것들, 꽉 채워지지 않은 것들, 버려진 것들에 대한 감각이 유난히 발달한 사람들이라 생각합니다. 그런 것이 만약에 존재한다면 '어떤 시적인 기질' 이 제게도 좀 있는 것이라 생각하고요, 저 같은 경우는 병을 오래 앓다 보니 자연스럽게 병원을 자주 들락거리고 '저 사람은 왜 아프지' '좀 덜 아프면 안 될까' 하는 생각이 많았던 것 같습니다. 병원이라는 공간은 어떤 극단의 삶의 모습을 보여줍니다. 그러한 극단의 삶의 모습들과 같이 있는 시간이 많다 보니 저의 고통과 더불어 타인의 고통도 들여다볼 시간이 상대적으로 많았습니다. 아픈 것들에게 '열려 있다'는 말은 오랜 병체험이 제게 준 선물 같다는 생각도 합니다. 저의 병 즉, '나의 물관'에서 좀 벗어나니까 살고 싶어지고, 살고 싶어지는 마음이 이주노동자라든가 장애인과 같은 사회적 약자에게로 시선이 옮겨갔습니다(이러한 시선 이동의 직접적 계기가 되었던 것은 2005년 경기도 광주, '모하메드'라는 이름을 가진 스리랑카 청년과의 만남입니다. 제 시 「모하메드 이야기-아라리」에서 그 친구와의 인연을 잠깐 소개한 적이 있는데, 지금도 이메일을 주고받고 있어요. 2005년 경기도 광주는 제게 중요한 시·공간입니다. 육체적으로나 정신적으로 최악의 상황이었고 인간이 어디까지 이기적일 수 있나를 확인한 공간이었고 방황하는 시간이었고 내 몸과 내 정신에게로만 향했던 시선을 타자에게로 뻗어본 공간이기도 합니다. 모하메드와 인연이 되어 이주노동자 문제에 관심을 갖게 되었고 이주노동자 단체에서 봉사활동도 하고 얼마 안 되는 돈이지만 관련 단체에 후원금도 보내게 되면서 제 자신 삶의 많은 부분이 바뀌었습니다). 「모하메드 이야기」, 「장마」와 같은 시는, 정신과 질환이 주는 '지독한 이기(利己)'를 벗어나기 위한 제 나름의 노력이 시로 표현된 것이 아닌가 생각해요. 현재는, 장애인불자협회 관련 일을 몇 가지 맡아서 하고 있는데 이들과의 소중한 인연이 좋은 시로 익어가기를 기다리는 중입니다.

박대현   두 번째 시집 제목이 '아라리'입니다. '아라리'는 『목숨』에 수록된 산문 「病詩」에서도 밝히고 있듯이, "'接神' 상태의 황홀함"이거나 "'病'의 몸을 관통하는 원심과 구심의 지루한 공방전이 낳은

'병-상태'의 몸"으로 설명되고 있습니다. 정상과 비정상의 경계, 즉 '병'과 '병 아닌 것'의 경계를 허물고 넘나드는 '아라리'는 "病의 오래된 꼬리를 잘라내"(「 」, 『목숨』)고 '병'을 병이 아닌 삶의 은폐된 실재로서 받아들이겠다는 태도로 읽힙니다. 이는 "궁극적으로 병은 '내가 아픔'을 통해서 '타인의 아픔'을 들여다보는 거대한 구멍이 아닐까, 혹은 그러한 아픔이 온전히 만날 수 있는 날(生) 것 그대로의 혼융 상태가 아닐까"(「病詩」)라는 고백과 무관하지 않아 보입니다. 다시 말해 '아라리'라는 접신의 병적 상태(근대적인 의미에서)는 타자와의 경계를 일시에 허물어버리는 타자의 윤리학을 함의하고 있다고 생각됩니다. 이런 의미에서 '아라리' 연작시편은 선생님의 시에서 매우 중요한 시적 변화라고 볼 수 있습니다. 『목숨』의 시편에서 진술되고 있는 '아라리'가 병적 징후를 떨쳐내는 데 안간힘을 쓰고 있다면, 두 번째 시집 『아라리』의 '아라리' 연작시편은 타자의 삶에 대한 구체적 시선을 확보하고 있기 때문입니다. 아랍인 노동자(「모하메드 이야기-아라리2」), 실직한 우울증 환자 경필이(「한국인 경필이-아라리4」), 외삼촌에게 착취당하는 정신지체장애자 봉구(「봉구 이야기-아라리5」), 가난한 대평리 농부들과 할머니의 삶(「대평리 약사(略史)-아라리6」, 「할머니의 카세트-아라리7」)에 대한 이야기는 '아라리'의 시적 방향성을 짐작케 합니다. 이러한 변화는 시집 『목숨』의 산문 「病詩」에서 언급한 '아라리' 론(論)의 구체적 실천이라고 봐도 무방할는지요.

박진성 앞서 말씀드린 것처럼 첫 시집의 아라리가 개인적이고 자족적인 아라리였다면 두 번째 시집의 아라리는 집단적이고 보편적 성격이 강합니다. 집단적이고 보편적이라고 해서 거창한 것을 추구하는 것은 아니고요, 제가 생각하는 아라리는 앓는 사람에게 다가가 '당신 참 아프시군요'라고 말할 수 있는 최소한의 '이타성'입니다. 그걸 따뜻함이라고 해도 좋고 감정적 연대라고 말해도 좋고 사회의 편견에 대한 투쟁이라고 말해도 좋습니다. 우리 시대에게 필요한 공통감각은 '우리-같이 아픔'을 인정하고 수긍하고 보듬을 수 있는 최소한의 윤리라고 생각해요. 제가 시에서 말하고 싶었던 아라리는 이러한 윤리감각입니다.

박대현　2000년대 새로운 시적 경향은 시적 주체의 분열에서 찾을 수 있으리라 생각합니다. 분열만큼이나 젊은 시인들에게 매혹적인 말이 있었을까요. '분열'은 현실을 전복하는 시적 상상력으로 군림하였고, 앞으로도 그 흐름은 지속되리라 생각합니다. 선생님의 시가 유독 빛나 보였던 이유는 바로 여기에 있습니다. 젊은 시인들의 시적 상상이 분열을 향해 치달을 때, 선생님의 시는 분열에서 통합으로 가고자 하는 육신의 고통을 보여준다는 것이지요. 많은 시인들이 상상적 분열을 통해 현실을 전복하고 살해하고 조롱하는 동안, 당신은 고통스러운 분열을 빠져나와 '통합'을 유지하고자 하는 힘겨운 투쟁을 보여주고 있습니다.

　제 생각에 선생님의 시는 최근의 시적 경향 속에서 특이한 위치를 차지합니다. 인간은 본질적으로 분열적 존재이지만 통합을 지향하는 과정에서 삶의 의미가 발현될 수 있음을 선생님의 시가 매우 강렬하게 보여주고 있기 때문이지요. 선생님은 상상적 분열을 즐기는 시인들과는 계열을 달리하는 시인입니다. 그래서 많은 시인들이 분열을 지향해 가는 반면에 선생님께서는 주체의 통합을 힘겹게 유지하고자 합니다. 통합을 지향하는 선생님의 시가 분열의 한 극단에서 시작되었다는 점은 의미 있는 역설입니다.

　어떻습니까. 최근 젊은 시인들과 선생님의 시는 어쨌든 '분열'이라는 공통분모를 가지고 있습니다만, 방향은 많이 달라 보입니다. 다소 포괄적인 질문일 수 있습니다만, 젊은 시인들의 시적 지형도를 그려보았을 때, 선생님의 시를 어디쯤에다 둘 수 있을까요?

박진성　'젊은 시인들'에 대한 정의를 어디선가 '1970년대産, 2000년대發', 즉 1970년 전후로 태어난, 2000년 전후로 등단한 시인들로 규정하는 것을 보았는데요, 저는 대체로 이러한 세대구분에 동의합니다. 많은 젊은 시인들의 상상력이 환상적인 측면에 기대는 것도 사실이고 선생님의 말씀처럼 이들이 분열을 상상적으로 즐기고 있다, 라는 말에도 어느 정도 공감합니다.

　하지만 미친 사람에게는 미친 상태가 곧 현실입니다. 정신과 병동에 입원해 있는 환자에게 착란이나 분열은 현실입니다. 환상이 아니라는 말이죠. 다소 거친 말이지만, 이 시대는 전체가 정신과 병동이 아닐까요. 이러한 시대를 예민하게 감각하고 고민하는 사람들이 저는 여전히 시인들이라고 생각합니다. 젊은 시인들이 분열적 상상력에 매료되는 것은 그들이 '통각'에 예민하게 반응하기 때문이라고 생각합니다.

　1970년대를 전후로 태어나 2000년대 전후로 등단한 시인들이 또 하나 지니고 있는 공통점은 바로 이들이 1990년대에 대학을 다녔다는 점이죠. 1990년대의 특징을 여러 측면에서 생각해볼 수 있지만 제가 주목해서 보는 점은 바로 1990년대에 학생운동이 괴멸되었다는 점이죠. 지금도 학생운동을 하고 있는 친구들에게는 미안한 말이지만 1990년대에 학생운동은 뚜렷이 그 퇴조양상을 보입니다. 제 개인적인 경험으로는 김대중 정권이 최루탄을 쏘지 않겠다고 공언한 것이 1998년의 일이고 제가 대학을 졸업할 무렵인 2000년을 즈음해서는 가투는 고사하고 학내집회마저도 볼 수가 없더군요.

제가 하고 싶은 얘기는 이 세대에게는 '싸울 대상'이 없어졌다는 겁니다. 차라리 싸울 대상이 숨어버렸다는 표현이 맞겠지요. 시인 진은영은 이러한 사태를 "우리는 목숨을 걸고 쓴다지만/우리에게/아무도 총을 겨누지 않는다/그것이 비극이다"(「70년대産」)라는 말로 갈무리를 하고 있죠. 제가 생각해도 비극이 맞습니다. 대학 초년생이던 1990년대를 생각해보면 내가 굳이 가투에 참여하지 않고 내가 굳이 연행되지 않더라도, 싸우고 끌려가는 친구들이 같은 강의실에서 공부하는 동료들이었지요. 시대에 대한 최소한의 책무가 그들에겐 있었다는 얘깁니다. 하지만 상황이 많이 달라졌죠. 시대 자체가 싸움을 요구하질 않아요. 여전히 싸워야 할 대상은 분명히 있는데, 싸워주질 않으니 미치는 거죠. 젊은 시인들에게 과도하게 보이는 분열증적 증세나 개인 내면에 대한 과잉의 집착은 이러한 시대상황을 빼놓고는 말할 수 없습니다.

모두가 미쳐 있는 상태에서 모두가 맨 정신으로 버텨야 하는 상태. 이것이 지금의 젊은 시인들이 지고 있는 짐이라고 생각합니다. 이성복 선생님이 1980년에 "모두가 병들었는데 아무도 아프지 않았다"라고 썼지만 그 구절은 오히려 (시집 『뒹구는 돌은 언제 잠깨는가』가 출간되었던) 1980년의 상황보다 현재의 상황에 더욱 들어맞는다 생각합니다. 현재의 젊은 시인들이 분열적 상상력에 매료되어 시를 전개해나가는 원인을 저는 그들의 내면보다는 시대적 상황에서 찾고 싶은 거죠.

주체의 자명성이나 분열, 복원과 같은 문제들은 젊은 시인들에게도 여전히 중요할 수밖에 없는 문제라고 생각해요. 주체의 분열과 주체의 계속적인 파편화 양상에 주목하는 시인들이 있을 테고 그 반대로 주체의 복원이나 주체의 입지를 확인하는 작업에 힘을 쓰는 시인이 있을 테지요. 굳이 분류를 하자면 저는 후자에 속합니다. 주체가 분열되는 상황을 저는 상상적인 측면에서 겪은 것이 아니라 응급실과 정신과라는 실재적인 측면에서 겪었습니다. 분열의 극단이 역설적으로 통합이나 질서를 추구하게 만든 아이러니가 지금 제 몸과 정신의 현장에서 벌어지고 있는 거죠. 분열적인 상상으로 세계를 바라보는 시각은 제가 의도했건 의도하지 않았건 어느 정도 겪어보았고 그 반대편으로, 필사적으로 이동을 하는 것이 지금 제 시의 좌표 이동이라고 생각해요. 이러한 발걸음을 가능하게 했던 힘은 무엇보다도 새로운 미적 영토에 대한 호기심 때문입니다. 아직은 30대 초반이고 제게 필요한 것은 분열의 정착보다 통합의 방랑이 아닌가 하는 생각이 요즈음 들어 더욱 강렬하게 저를 지배합니다. 이러한 통합의 방랑이 가닿는 영토가 제 시의 타자들(가령 이주노동자와 장애인, 노인들과 같은)이 거주하는 통합의 공간이라 생각합니다.

박대현 "필요한 것은 분열의 정착보다 통합의 방랑"이라는 말씀이 참 인상적입니다. 박진성 시인께서는 두 번째 시집에서 "발작 없이도 나는 시를 쓸 수 있을 것이다"(「발작 없이도 나는」)라고 말한 바 있습니다. 발작 없이도 시를 쓰겠다는 욕망은 작가산문 「병시, 이후」라는 제목과 무관하지 않으리라 생각합니다. 병에서 촉발된 시작(詩作)이었지만, 선생님의 시는 병을 넘어 어디로 향해가고 있는지 분명하게 보이는군요. 솔직히 말해서 저는 한국시단에서 박진성 시인의 미래가 매우 귀하고 소중하다고 생각합니다. 두 번째 시집의 「러시아 혁명사 읽는 밤」은 선생님의 병시 이면에 잠재된 시세계를 어렴풋이 가늠하게 합니다. 선생님의 시에 주름 접힌 시세계, 다시 말해 선생님의 시적 미래를 어떻게 예견해볼 수 있겠습니까?

박진성　앞에서 유령 얘기를 잠깐 했지만 병에서 한 발짝 물러난 저는 이제 병과도 싸울 수가 없게 되었죠. 이상한 유령이 된 셈이죠. 그렇다고 해탈을 말할 수도 없는 노릇이고. 한 가지 분명한 것은 제가, 병이 주는 상상력과 병이라는 말이 환기하는 이상한 감각을 부단히 자기갱신해야 한다는 점이겠죠. 소박하게 말씀드리면, 타인의 고통에 더 열심히 귀 기울이겠다는 말입니다. 훗날에 좋은 시인으로 남고 싶다는 것이 작고 분명하고 확실한 소망입니다.

박대현　지금까지 좋은 말씀 감사합니다. 박진성 시인의 작품 활동을 앞으로도 관심있게 지켜보겠습니다.

이영광

어쩔 도리가 없다

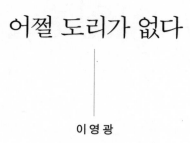

이 영 광

누가 딱히 묻지도 않았는데 자기 얘기를 늘어놓는 사람은 정신이 약간 이상한 사람이다. 지금 내가 딱 그런 느낌이다. 그러나 정신이 좀 이상하다는 얘길 들어본 적이 없는 것도 아니므로, 그냥 말해보기로 한다.

나는 1965년 음력 7월 경상북도 의성군 단촌면 병방동이라는 데서 태어났다. 발음도 발음하기에도 별로 좋지 않은 이 마을 이름을 사람들은 수백 년 동안 불러오던 대로 '갈방실' 또는 '정골'로 부르길 좋아했다. 의성은 높은 산이 드문 곳인데도 그중 가장 골짜기다 보니 사방이 산이고 논이 적어, 마을은 산비탈을 개간하여 고추나 깨 따위를 심어 일변 먹고 일변 내다팔며 살았다. 마을은 가난했고 우리 집은 더 가난했다. 인심은 별로 좋지 않았다. 배운 게 없으면 삶이 힘들고 삶이 힘들면 마음도 찌드니까. 그러나 그렇게 죄 많은 마을은 아니었다.

우리 집은 별로 화목하지 못한 집이었다. 도대체 행복할 줄 몰랐다. 가장들은 대대로 술에 절어 살았고 여자들은 술주정을 피해 다니기 바빴던 것 같다. 툭하면 싸웠고 치고받았다. 나는 수난 받는 여자들의 편이었으나 나이가 들어서는 진절머리가 나서 아예 집을 잊고 멀리 떠돌았다. 이 金州 李哥 혈통이 어떤 근본적인 유전적 불구를 내장한 게 아닌가 하는 두려움 때문에 나는 내가 사회생활에 막대한 지장을 받고 있다고 생각해왔다. 집안에서는 폭군인 아버지는 말도 잘 하고 목소리도 커서 단촌 바닥에 나서면 꽤 유력인사였는데, 험했던 50년대에 고등교육을 받을 걸 대단한 자랑으로 여기는 분이었다. 자식이 박사 과정을 다녀도 줄곧 가르치려고만 들었다. 그러나 이분은 좀 실속 없는 농사꾼이었던 것 같다. 이런저런 특용작물도 재배해보고 과수원도 해보고 닭, 돼지, 소를 차례로 먹였고, 온 식구가 거기 매달려 혀를 빼물고 일을 하는데도 어찌된 영문인지 우리 집은 마을에서 빚이 제일 많았다. 소학교 중퇴 학력의 어머니와는 사이가 매우 안 좋았고 대화도 통 안 되어서 사시사철 으르렁댔다. 아버지는 좀 게을렀고 어머니는 좀 심하게 부지런했다. 이분들은 부부가 아니었다는 생각이 든다.

뭔가를 앞서 벌이는 걸 좋아하는 가장의 결정에 따라 우리 동구 밖 과수원집 오 남매는 인근의 안동시로 공부하러 이주했다. 할아버질 벌레 보듯 하던 할머니가 얼씨구나 해서 우릴 데리고 갔다(고 한다). 나는 여덟 살이었다. 이때 기차를 처음 타봤다. 여덟 살치고는 덩어리가 컸던 애한테 차표를 끊어주질 않아서, 이때는 물론이고 이후 한 1년간을 나는 개찰구를 통과할 때마다 키를 속이느라 앉은뱅이걸음으로 버르적거리다가 검표원의 눈을 피해 잽싸게 내빼곤 했다. 오래전에 돌아가신 할머니에 대한 나의 유일한 불만은 바로 이거다. 돈이 없어도 새 나라의 어린이들에게 차표는 끊어줘야 한다. 한 번 도망치면 영원히 도망치게 되니까. 그러나저러나 우리 오 남매는 할머니가 해주는 밥을 먹고, 할머니 손을 잡고 학교 가고, 할머니한테 신경질을 부리다가 잔소리도 들으며 이 도시에서 살았다. 누나가 하나, 형이 둘, 여동생이

하나였다.

아버지는 이놈들이 부지런히 배우고 또 배워서 어서 대학을 들어가선 뭔가 한 자리 해주길 학수고대하는 눈치였다. 그걸로 단촌 장터에서 그렇고 그런 그의 라이벌들한테 재고 싶었을 것이다. 집안에서 가장 외로웠던 할아버지는 술만 취하면, 쪽박을 들고 동냥질을 해서라도 우릴 공부시켜 사람 만들겠노라고 연거푸 공중에다 포효했지만, 우리 형제들은 그 사자후에 감탄하면서도 실제로 그러리라고는 눈곱만큼도 믿지 않았다. 다행히 이분은 동냥질은 해보지 못하고 세상을 떠나가셨다. 그러나 행복이 뭔지 잘 모르는 집안의 후예들답게 우리 형제들은 실패와 방황의 탄탄대로를 거침없이 달려갔다. 쌈질을 하고, 학교를 때려치우고, 대학을 못 들어가고, 술타령을 하면서. 중학생이 되었을 때는 나와 동생만이 남았다.

물론 나는 집 떠나 살았던 게 할 수 없이 더 나았다고 생각하지만, 애들은 일찍 내놔서는 안 된다. 쓸쓸하면 병드니까. 내가 몹시 허전한 마음이 되어 밤늦은 퇴근길에서 선술집 문을 이마로 밀고 어둡게 들어갈 때, 안 되는 시를 쓴답시고 동네 '별 다방'에 다친 곰처럼 우두커니 인상 쓰고 앉았을 때, 나는 코흘리개 동생과 자취방 쪽마루에 나앉아 해져서 어두운데 어쩌고 노래하던 생각이 나고, 리어카에 책 보따리, 냄비 등속을 싣고 언덕길을 낑낑대며 둘이 이사하던 생각이 나고, 공납금 못 내서 얻어터졌는데 딱히 하소연할 데가 없던 방과 후의 화장실 담벼락이 생각나고, 담임이란 자를 욕하면서 손끝이 노래지도록 빨던 '거북선' 생각이 나고, 갈 데 없어 기웃대던 어느 골목 유리창에서 새어나오던 따스한 등 빛과 콧속이 알알한 웃음소리가 생각나고, 포장마차에 앉아 소주에 꼼장어를 먹는데도 아무도 건들지 않던 중3 때가 생각나고, 가출해서 헤매던 어느 겨울 밤 추웠던 들길이 생각난다. 애들은 일찍 내놔선 안 된다. 길이, 자꾸 이 철부지들을 잃어버리기 때문이다. 믿는 게 멀리 있으면 함부로 자란다. 그건 자라지 않는 거다. 그의 자아는 너무 직접적으로 초자아에 부딪힌다. 개기면 맞는다는 식으로. 경고 없이 패는 초자아라고나 할까. 그렇게 그는 치고받고 망가져 고통이라고는 견디지 못하는 자가 된다, 성난 새도 복서처럼.

내가 나고 자란 곳은 이상한 동네다. 인사 잘 하고 공부 잘 하면 칭찬 듣는 건 조선 팔도가 다 마찬가지겠지만, 이 동네 아이들은 씩씩하고 나서기 좋아하고 반장 되는 거 좋아하고 법대 가야 하고 출세해야 하고 집안 일으켜야 하고 지역 출신 정권에 충성스러운 인간이 되어야 하고 누구나 대통령 꿈쯤은 꾸어야 했다. 남자가 '갑바'가 있어야 한다는 거다. 이것도 다 마찬가진가. 그러나 '갑바' 잘못 키우면 탱크 몰고 양민들에게 총질하는 구국의 또라이가 된다. 아무튼 이러한 외향성, 출세 지향성에 대한 선호의 강도가 좀 세다. 이 동네 사람들은 혹 내면이라는 것도 근육질로 되어 있는 게 아닌가, 하는 의혹이 가끔 든다. 이게 나하고는 잘 안 맞았다. 내가 구슬픈 강아지 눈을 하고 연습장에다가 시라는 걸 끼적대고 있노라면, 뭐 그런 걸 하고 있냐는 듯한 눈길들이 지나가고, 지나가고, 지나갔다. 나는 숨기면서 쓰면서 속으로 말했다. 니들은 그냥 니들 집안이나 일으켜라, 존말 할 때.

그러나 어느 세상에나 정신없는 낭만파는 있게 마련이어서 고교 시절에는 작당해서 문학 서클 같은 걸 만들어 희희낙락 시회전이니 낭송회니 문집 발간이니 하는 활동이란 걸 했는데, 학교 얘기만 나오면 욕부터 삼키는 나에게 '목민 학생 문학회' 시절은 어쩌다 꿈에 얻어먹은 떡 같은 순금의 책갈피라고나 할까. 시를 계속 써서 시인이 된 건 그렇다 쳐도 어째서 내가 학교라는 곳에서 훈장 노릇을 하고 있는지 희한하기 짝이 없다. 이래서 인생은 믿을 수가 없다. 그래도 예술이 숨쉬기 어려운 '갑바'와 도학군장의 땅에서 용케 살아남은 그들에게 축하와 감사를 보낸다. 그 시절도 나름대로 진짜였던 거다. 1984년 2월 나는 아버지와 형이 중도하차한 안동고등학교에서 집안 최초로 졸업장을 받아드는 쾌거를 이루었다. 나는 가문의 수치를 말끔히 씻어냈다. 고등교육 수혜자로서의 자부심은 드높았지만 공납금도 제때 안 주던 아버지가 학교 안 가고 빈둥거리던 날 잡아다놓고, 삼부자가 그놈의 학교 졸업장 하나 못 받으면 무슨 개망신이냐고, 제발 학교 좀 가라고 약한 모습 보이던 생각이 나서 나는 씩 웃었다. 그리고 그 해 드디어 고향 땅을 벗어나 서울 유학길에 올랐다. 이후의 대학 시절, 군대 시절, 언제나 뮤즈의 눈길을 얻는 데 실패하던 습작시절을 거쳐 어느 날 정신 차려보니, 서울도 아니고 고향도 아니고 도시도 아니고 시골도 아닌 광릉 땅 산비탈에 아무도 안 쳐다보는 뚱딴지가 되어 앉아 있다. 그동안 고향집 지붕은 기울고 담장은 무너지고 식구는 반으로 줄었다. 귀신들 숫자가 산사람 머릿수를 훨씬 능가한다. 그 산골짝 외로운 집에 멋모르고 시집와 산전수전 공중전 다 치르고 드디어 심심한 할매가 된 어머니가 툭하면 전화를 걸어 검은 것들이 나타난다고 난리다. 어머니, 그분들하고 이제 좀 친해보세요. 전화를 끊고 생각해보면 전지구적 통신망의 시대에 인간은 서로에 대해 모두 귀신이다. 아무튼 이 몸의 인생도 한 판의 인생이지만, 어쩌다 정신이 들 때면 이렇게 사는 게 절대 아니었어, 얘들아 니들은 이렇게 살아선 안 된다, 잊지 않고 동네 아그들한테 충고해주곤 한다.

나는 내가 시를 쓰면서도 시인이 아니라는 생각이 들 때가 많다. 시하고는 아무 상관없는 딴짓을 하고 있다는 생각이 자주 든다. 시인들 사이에 끼여 있으면 내가 이 사람들과는 다르게 생겨먹은 인간이라는 느낌을 지울 수가 없다. 그건 나에게 미학적 자의식이 없기 때문이 아닐까 짐작해보기도 하지만, 한편으로 내 속에 뿌리 깊게 자리 잡은 무잡한 기질, 뒷골목 자포자기 스타일, 상스럽고 신파적인 감성, 악착 없음 같은 걸로나 설명 가능한 마이너스 에너지들이 부글부글 끓고 있기 때문일 거다. 이것들이 뒤섞여 한 빛깔이 되면 멍한 무기력이 찾아온다. 출근 버스가 왔는데도 버스가 왔구나, 버스가 지나가는구나, 하고 한 대 보내고 다시 기다리는 때와 비슷한 이 무기력에 의해, 무기력을 가지고 나는 버텨왔다.

나는 시를 지우기 위해 시를 쓴다. 사다리를 치우면서 절벽을 올라가는 사람처럼 길을 지우면서 어딘가로 가려 한다. 방법이 없어도 가능한 작업이 있을 것이다. 아니, 방법이 없어야 되는 작업이 있을 것이다. 아는 걸 말해서 뭣하겠는가. 반복 가능한 공정을 뭣하러 되풀이하고, 복제가능한 물건을 뭣하러 또 만들겠는가. 하물며 팔리지도 않을 것을! 한 번 찾으면 다시는 찾을 수 없는 것, 그런 걸 찾으려면 늘 모든 걸 잊고 있어야 한다. 인간은 지워지기 위해 여기 나타났으므로 언젠가는 나도 지워지고 시도 지워질 것이다. 그러니 무슨 방법이나 도리가 있겠는가. 어쩔 도리가 없는 것이 도리 아니겠는가.

이영광에게 묻다

이영광 · 박대현

이영광 시인에 대한 독자의 궁금증을 해소하기 위해서 짧은 이메일 대담을 진행하였다. 그와의 대담을 위해 그의 시집 2권과 그가 보내준 작가산문 「어쩔 도리가 없다」를 읽었다. 그를 전혀 만나본 일이 없는 나로서는 당연히 그의 삶이 궁금해졌는데, 그의 시가 그의 삶 속에서 어떻게 발아되고 있는지, 그리고 그가 시를 쓰는 근원적인 이유에 대해서 이미 짐작하고 있으면서도 다시 묻지 않을 수 없었다. 그러나 그의 시를 읽고 난 후 흘러나오는 나의 질문 역시 공허하며, 그의 대답 또한 공허하다. 그의 한 구절처럼, 사람 혹은 시란 "지워지기 위해 잠깐 나타나는 것들"(「사라진다」, 『그늘과 사귀다』)이 아닌가. 하지만 그 공허한 떨림이 이 세계의 공명통을 울리지 않겠는가. 시를 쓰는 자와 시를 읽는 자의 넋두리가 여기 있다.

박대현 이영광 선생님, 대담에 응해주셔서 감사합니다. 『오늘의문예비평』은 선생님의 시에 주목하고 있습니다. 최근의 한국의 시들이 언어적 난무(亂舞)에서 헤어나지 못하고 탈서정으로 치닫고 있는 상황에서 선생님의 시적 언어가 오히려 매우 낯설게 느껴지면서 깊은 울림을 지니고 있다는 생각이 듭니다. 1998년 『문예중앙』으로 등단하신 이후에 문단 속으로 화려한 외출(?)을 하지 않으시고 조용히 시만 써오신 걸로 알고 있는데요. 2003년도 첫 시집 『직선 위에서 떨다』 출간 이후, 2007년에 출간된 두 번째 시집 『그늘과 사귀다』에 대한 평단의 반응이 매우 좋습니다. 저 역시 선생님의 시집을 읽고는 쉽사리 경험할 수 없는 시적 전율을 느끼기도 했는데요. 그러나 선생님에 대해서 궁금해하는 독자들이 있을 것 같습니다. 등단 이후 10년 정도의 창작 활동과 그간의 생활에 대해서 말씀해주시겠습니까?

이영광 시 쓰는 사람이 알려지지 않은 건 숨기 좋아해서가 아니라 시가 모자라서이겠지요. 혼자 있는 게 더 편하기도 하고요. 별다를 게 없는 십 년이었습니다. 그리고 언제나 뭔가 모자라는 십 년이었습니다. 천천히, 그러나 쉬지 않고 시를 쓰기는 했는데, 십 년 공부 도로아미타불인 것만 같아 진땀이 납니다. 제가 사는 곳이 광릉

근첩니다. 그곳에서 대부분의 시간을 보내고 밥벌이할 때, 가까운 누가 술 먹자고 할 때 가끔 서울로 나갑니다. 천성이 게으른데다가 산만

하기까지 해서 바쁘면 짜증이 나고, 뭐든 온힘을 다 모아서 하질 못하고, 간신히 시 하나만 놓지 않고 기신기신 해온 거지요. 두 번째 시집에 대한 반응이 있다면, 저로서는 약간 어리둥절한 일입니다.

박대현   선생님께서는 영문과를 나오시고 대학원에서는 국문학을 전공하셨는데요. 국문학을 전공한 계기가 있었는지 궁금합니다. 국문학과 영문학을 두루 공부하시면서, 선생님 시에 영향을 주었을 법한 시인이 제법 있을 것 같은데, 시적 스승이라고 한다면 누굴 들 수 있을까요?

이영광   별다른 계기는 없었던 것 같습니다. 대학원은 좀 막연한 마음으로 갔습니다. 졸업반이 되니까 진로를 생각해야 했는데, 올빼미를 넘어 저승사자 수준의 야행성이었던 저는 도저히 아침 일찍 일어나 회사 나갈 자신이 없었습니다. 그렇다고 놀고먹을 처지도 못 되어서, 영문학 공부엔 관심도 의욕도 없었지만 문학은 좀 더 알고 싶고 시도 써보고 싶고 해서 국문학 대학원에 갔습니다. 어지러운 세상에 살면서, 책 읽고 글 쓰는 법을 나름대로 익혀둔 것이 결과적으로는 좋았다고 생각합니다.

살면서 시를 쓰면서 많은 분들께 많은 것을 배웠습니다. 영문과에서는 김우창 선생님, 대학원에서는 오탁번 선생님을 대표적으로 들 수 있겠습니다. 김우창 선생님께는 사람 마음과 예술적 감수성의 본래 자리와 그 움직임에 대한 섬세하고도 깊은 통찰, 문학예술이 제 영토를 넘어 인접한 정신 영역으로 또는 삶과 역사의 지평으로 나아갈 때 요청되는 사유의 틀, 사유의 방식에 대해 지속적이고 끈질긴 지침과 암시를 얻었습니다. 오탁번 선생님께는 시를 보고 느끼는 안목은 물론 문학하는 마음가짐의 엄정함을 배웠습니다. 스승이 허투루 쓰지 않는

데 제자가 그럴 수는 없지요. 이분들 외에 제 시에 직접적인 영향을 미친 분들로는 미당과 황지우 시인을 들 수 있겠습니다. 이분들은 말을 하면 그것이 바로 시가 되고, 시를 쓰면 시 이상의 것이 나오는 분들 같습니다. 한때는 이분들의 시를 너무 열심히 읽어서 제 속에서 나오는 목소리가 혹 이분들의 목소리가 아닌가 의심스런 적도 있었습니다. 지금은 물론 이렇지는 않지만요.

박대현 선생님의 첫 시집이 『직선 위에서 떨다』입니다. '직선'에서 어떤 삶의 엄정성이 느껴지기도 합니다만, 첫 시집의 제목이 지니는 의미에 대해서 말씀해주시겠습니까?

이영광 그 시는 한 십오 년쯤 전에 쓴 건데, 어쩌다 보니 표제시가 되었습니다. 시의 모티브는 이렇습니다. 제가 그때 한강을 건너다니면서 살았는데, 어느 날 보니 강에 놓인 다리들이 다 직선이고, 휘어졌거나 삐뚤어진 건 하나도 없는 거예요. 이런저런 생각이 났지요. '저건 건축 공학적으로 저렇게 될 수밖에 없는 거다, 직선이어야 다리도 쉽게 놓을 수 있고, 돈도 덜 들고, 또 바쁜 세상에 곡선을 따라 길을 돌아갈 수도 없으니까 저렇다' 등등의 생각을 했습니다. 그러면서 또 떠오른 생각이, 강물이 하나의 위험이라면 위험 위를 지나가는 사람의 행로도 결국 팽팽한 직선이 될 수밖에 없지 않나 하는 것이었어요. 최대한 빨리 위험에서 벗어나야 하니까요. 삶이 인간에게 위험을 요구한다면 어떻게 해야 하는가. 절벽에 놓인 외나무다리 같은 것에 온몸을 던져 건너가야 한다면 어떻게 될 것인가. 또, 그런 요구를 받아본 적이 있는 세대로서 나는 얼마나 정직했으며, 위험을 숱하게 건너간 인간들의 내면은 어떠했을까, 하는 생각을 말하고 싶었습니다. 제가 엄정한 것이 아니라 삶 자체가 엄정함을 요구하지요.

박대현　선생님의 두 번째 시집 『그늘과 사귀다』는 죽음에 대한 성찰이 중심에 놓여 있습니다. 첫 시집에 비해 죽음에 대한 성찰이 농후해진 이유가 있는 걸로 알고 있습니다만, 구체적으로 선생님의 시와 삶에 어떤 변화를 초래했다고 할 수 있습니까?

이영광　간단히 말씀드리기 어렵습니다. 그러나 간단히 말해보자면, 죽음이 제 곁을 서성이고 있다고 느끼게 되었지 않나 생각합니다. 사는 게 괴로우면 죽는 걸 생각하는 단계에서 한 걸음 나아가 삶과 죽음을 한 데 놓고 이런저런 궁리를 하게 되지요. 사고(四苦) 팔고(八苦)의 번뇌와 싸우는 거지요. 삶이라는 게 그 가운데서도 순간순간 엄습하는 죽음의 어두운 그림자와 싸우는 것 아닙니까. 행복한 생명은 죽음을 잊고 삽니다. 감각이 마비된 생명도 죽음을 생각하지 않습니다. 행복하지도 무감각하지도 않은 사람에게 죽음은 즐겨 나타납니다. 아무튼 이런 생각을 더 많이 하게 된 건 가족들의 죽음을 제 손으로 수습하면서였다고 할 수 있겠습니다. 죽어 헤어지는 순간에도 끊어내지 못한 애증과 회한이 많았습니다. 이걸 어떻게든 털고 싶어하다 보니 배운게 도둑질이라고 시를 가지고 해본 거지요. 이 와중에 소월과 미당을 열심히 읽었는데, 이 두 분의 시가 딛고 선 무속적 사유의 바탕을 파헤치고 저울질하는 가운데 사생(死生)은 단절이되 일도양단은 아닐 수도 있겠구나 하는 생각이 들었습니다. 죽음의 거울에 비춰보지 않으면 삶이란 무시무시한 맹목일 것 같습니다. 이런 생각들이 저에게 작고 희미한 거울 하나를 선사해준 것 같은 느낌이 듭니다.

박대현　죽음을 다루는 시들이야 한국 현대시에서 적잖이 존재합니다만, 선생님의 시에서 죽음은 생명과 다름없는 것으로 그려지고 있는데요. 이를테면, 「성묘」라는 시에서 무덤을 두고 "회복 중이시다"라고 한 표현은 매우 인상적이었습니다. '그늘'의 자리는 우리가 미처 눈여겨보지 못한 죽음의 자리를 말하는 듯합니다만, '그늘'과 사귀는 성찰적 행위 속에는 죽음으로 인한 근원적인 비애가 희미하게 지워져 있습니다. 여기에는 '시적 절제'만으로는 설명되지 않는 무언가가 있는 것 같습니다. 삶과 죽음을 함께 성찰하는 정신의 높이라고 해야 할까요. 죽음이 지니는 깊은 상처가 선생님의 시에서 새로운 생명력으로 변환되는 특별한 이유가 있을까요?

이영광   죽음을 삶의 지속으로 보는 것은 이런저런 가설적 종교관념, 내세관념을 넘어 인간 본능의 발로입니다. 생명은 특별한 예외를 빼면, 죽지 않으려 합니다. 죽음 이후에 대한 수다한 상상적 기획들은 다 여기서 출발하지요. 인도와 희랍의 윤회관념도 그 기원은 여기에 있습니다. 생사의 수수께끼를 풀고자 하는 마음, 생사윤회를 괴로움이라 여기 벗어나고자 하는 마음 또한 영원히 살고자 하는 생명의 욕구에서 뻗어나온 것이지요. 추구하는 삶의 형식과 내용은 다르지만, 저는 죽음에 대한 인식론적 판단이 서지 않고서는 제 삶의 존재론은 공허할 뿐이라는 생각이 듭니다. 그러나 저는 아직 작은 대답조차 얻지 못했습니다. 사실 죽음 이후에 뭔가 딴 세계가 있을 것 같지는 않습니다. 육체의 소산인 영혼이 죽음을 맞이하여 따로 분리되지는 않을 것 같습니다. 고대인들이 주목한 숨, 호흡이라는 생명의 실체는 영혼과는 다른 거지요. 숨은 육체의 활동입니다. 그러나 때로 생명에는 생명 이상의 뭔가가 있는 것 같습니다. 생명의 지극한 출렁거림은 그 자체로 생명을 초월해 있는 것 같아 보입니다. 이 생명의 신비로운 아우라가 죽음의 실재성을 받아들이지 못하게 하고, 죽음 이후를 상상하게 하는 것 아닐까 합니다. 유한자 속에 내재한 무한의 단서를 자꾸 찾고 싶어하는 거지요. 아무튼 저는 이런 혼란 속에 있습니다. 병들어 죽은 자가 회복 중이고 살아 있다는 발언은 생사에 대한 혼란에서 나온 것이겠지요. 그는 오도 가도 못 하고 영원한 중유(中有)의 시간에 갇혀 있습니다. 다만 떠나지 않았을 뿐이지요. 희랍의 망령들은 『오딧세이』에서 오디세우스가 만나는 죽은 아킬레우스처럼 흐리멍덩합니다. 망령들은 그냥 저승의 어둠 속을 배회하고 있지요. 제 시의 그늘이나 그늘 속의 인영(人影)들도 그와 비슷합니다. 그는 지옥, 연옥, 천국 중 어디에도, 또 육도라는 생사의 영토 어디에도 도달해 있지 못합니다. 그러한 세계에 대한 믿음이 저에게 흐릿하기 때문이지요. 쉽게 알 수 있고, 쉽게 받아들일 수 있는 것은 우리를 구원하지 못합니다.

박대현　죽음에 매우 예민한 반응을 보인 시인들이 많이 있습니다. 이른 바 '죽음의 감수성'이라고 해야 할까요. 기형도 이후 90년대의 세기말적 상상력 속에서 죽음의 감수성이 발악하듯 했습니다. 최근에도 젊은 시인들은 그러한 감수성을 계속 지니고 있는 현상을 볼 수 있습니다. 사실 시는 죽음의식과 천연성이 있으니, 당연한 현상이라 볼 수 있습니다. 그러나 최근 젊은 시인들이 보이고 있는 죽음의 감수성에 대해서는 어떻게 생각하시는지요?

이영광　최근 시인들의 그러한 경향에 대해 단편적인 것 이상으로는 알지 못합니다.

박대현　시적 성찰이 일상적 성찰로 이어지지 못하고 있는 경우를 자주 목격하곤 합니다. 시적 깨달음은 단순한 예술의 심미적 영역 안에서만 이루어지고 있을 뿐이라는 비판이 그것인데요. 다시 말하자면, 시인은 자신의 시로부터 너무 멀리 떨어져 있을 때 더욱 절망할 수밖에 없을 것 같습니다. 제가 이런 말씀을 드리는 이유는 선생님의 시는 죽음을 삶의 역설적인 회복으로 형상화하면서 매우 슬프면서도 아름다운 성찰을 제공하기 때문입니다. 그런 시적 성찰이 때론 너무 멀게 느껴져서 힘겨울 때가 있을 것 같습니다만, 어떻습니까? 선생님의 삶은 선생님의 시적 성찰에 얼마나 가까이 다가서 있습니까? 혹은 삶 속에서 자연스레 배어 나오는 시적 성찰인지요?

이영광 그렇다고 말할 수밖에 없군요. 제 시는 제 삶에서 나옵니다. 생사 번뇌에 허덕이는 것이 제 삶이고 제 시는 그걸 받아 적은 겁니다. 시와 일상, 시와 삶으로 범주화시켜 말씀하셨는데, 저는 시는 시로 그쳐도 괜찮다고 봅니다. '예술의 심미적 영역'을 지키는 일 자체는 한 예술가가 평생을 바쳐도 이루기 어려운 과업이니까요. 그러나 절실하게 수행해야겠지요. 깊은 의미에서 시는 삶, 일상과 분리될 수도 없고 분리되지도 않습니다. 삶과 일상에 대한 어떤 특수한 개념적 규정을 이반하는 것이겠지요. 지금 우리 삶의 윤곽과 방향을 규정하는 전망과 논리가 있습니까. 수많은 문제들과 수많은 담론들이 계통 없이 들끓고 있는 건 아닌가요. 우리 시대에 확실한 건 아무것도 없고, 확실한 게 있다면 그것은 초국적 자본 운동의 논리고 이것이 강요하는 한계 이상의 파멸적 생존 경쟁, 자연 파괴, 인간 훼손이 삶을 지배한다는 사실이죠. 같은 종끼리 같은 민족끼리 동네 주민들끼리 친구들끼리 이러고 있습니다. 확실한 게 아무것도 없다는 것만 확실합니다. 우리사회의 경쟁은 서로를 짓밟고 죽이는 경쟁입니다. 우리는 잔혹합니다. 같은 민족을 가장 박해하는 건 결국 같은 민족이죠. 이걸 더 독려하는 자들이 국민의 선택을 받았으니, 상황은 훨씬 더 나빠지겠지요. 아무튼 인간은 한 치 앞을 내다보지 못한다, 이것이 제 판단입니다. 호모 사피엔스의 문명이 영원한 게 아니라는 걸 지구 역사는 알려줍니다. 지질학적 시간으로 보면 진화의 승리자는 언제나 진화의 패배자였습니다. 다수의 인류들이 수백만 년 동안의 진화 과정에서 경쟁하다 사멸했습니다. 인류 진화의 계통도에서 현생인류의 가지는 정점에 해당하지만, 지구 생명의 역사를 하루로 보면 십만 년은 십 초도 되지 않습니다. 게다가 지구는 생물종들을 여섯 차례나 괴멸시켰습니다. 인간과 인간의 문명이 대단하지만 보잘것없다는 통찰이 필요하지 않을까요. 인간이 아무것도 아니라는 데서 오는 허무는 인간이 아무것도 아니라는 사실에 대한 인식 자체에 의해 치유될 수밖에 없다고 봅니다. 제가 왜 이런 얘기를 하냐 하면, 이런 혼란스런 생각과 헤맴도 하나의 삶이고 이것 가지고도 시는 이루어진다고 생각하기 때문입니다. 삶은 진실로 무엇인가 하는 생각이 발 디딜 여지가 있어야 합니다. 두 번째 시집에 대해 어디선가에서 '삶의 의욕이 부족하다'는 말을 들은 적이 있습니다. '당신이 삶의 의욕이라고 부르는 그 모호한 마음의 어두운 뿌리와 바탕에 나는 관심이 있다'는 대답을 들려주고 싶습니다.

박대현　선생님께서 쓴 작가신문 「어쩔 도리가 없다」를 읽어보면, 시를 안 쓰고는 견딜 수 없는 시인의 안쓰러움이 물씬 묻어나면서, 천생 시인이라는 생각을 지울 수 없습니다. 그러나 시인이 지닌 삶의 막막함 앞에서 마음이 답답해져오는 것도 사실인데요. 선생님의 시의 궁극은 과연 어디에 있다고 할 수 있을까요? 단지 어쩔 도리가 없으므로 시를 쓰기는 하지만, 시를 쓰는 삶 끝에 버리고 싶거나 얻고 싶은 것이 있다면 무엇일까요?

이영광   제 시의 궁극을 제가 어떻게 알겠습니까. 어쩌면 그것은 시를 놓아버리는 데 있지 않을까요? 끝까지 붙잡고 싶은 것은 알고 보면 가장 버리고 싶은 것이기도 하죠. 아주 놓아버리지는 못하리라는 사실을 잘 알고는 있지만, 만약 놓아버렸는데도 뭔가 남는 것이 있다면 그것이 제가 얻고 싶은 것이리라는 막연한 느낌이 듭니다. 어쩔 도리가 없다는 말은 이런 뜻에서 한 겁니다. 방법지에서 좀 벗어나야겠다는 거지요. 저는 시가 오래된 것이지만 영원한 것은 아니며, 비록 천의 얼굴 천의 목소리를 지녔다 해도 아주 크고 넓은 것은 아니라고 생각합니다. 그렇기 때문에 제가 시를 사랑하고 시에 몰입할 수는 있어도 시가 저를 소진시키지는 못할 것입니다. 저는 시를 위해 사는 사람이라기보다는 시를 통해 어딘가로 가려 하는 사람에 가깝습니다. 바라는 바는 마음의 고요와 평화입니다.